던전에서 만남을 추구하면 안 되는 걸까

오모리 후지노
OMORI FUJINO

일러스트 야스다 스즈히토
YASUDA SUZUHITO

김완 옮김

2

2

오모리 후지노 지음 | **야스다 스즈히토** 일러스트 | **김완** 옮김

S NOVEL

커버 그림, 본문 일러스트 | **야스다 스즈히토**

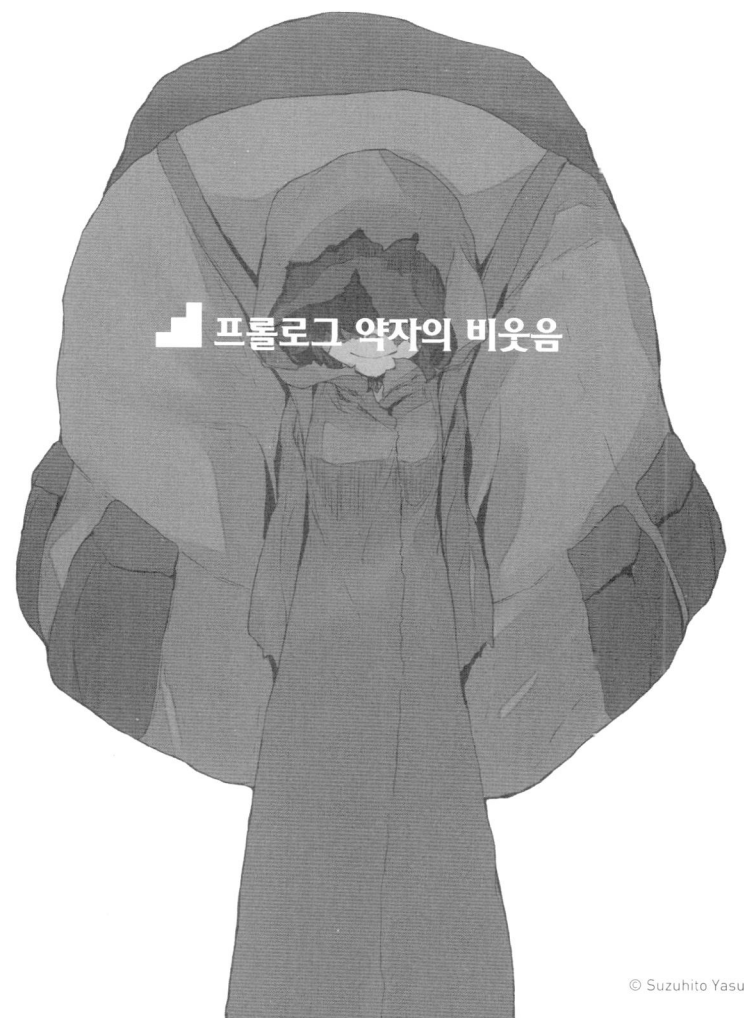

프롤로그 약자의 비웃음

서포터. 던전 탐색의 비전투원.

주로 마석이나 드롭 아이템 같은 전리품을 회수해 지상으로 무사히 나르는 역할.

전선에서 몬스터와 싸우는 파티에게 부담을 미치지 않도록 백업 전반을 맡은 도우미.

말하자면 서포터란, 짐꾼이다.

"야, 뭘 꾸물대고 앉았어! 빨리빨리 움직여!"

오늘도 거친 목소리가 터졌다.

빵빵하게 부푼 커다란 짐을 지는 바람에 살짝 느려진 발걸음을, 모험자 사내는 경멸하듯 책망했다.

인광을 띠어 광원 하나만은 부족하지 않은 미궁 속에.

멸시를 감추려고도 하지 않는 그 목소리가 냉혹하게 울려 퍼졌다.

"짐 나르는 게 뭐 힘들다고 꾸물대, 이 밥벌레야!"

단순한 짐꾼이라 비난하는, 이제까지 귀에 못이 박힐 정도로 들었던, 바뀌지도 않는 그 문구.

거만한 말은 때로 거친 폭력으로 바뀌기도 한다. 항상 갑의 입장인 그들은 발판이 되는 자의 처지는 전혀 생각하지 않는다.

모험자는 서포터를 챙겨주지 않는다.

하물며 전업 서포터 따위 조롱의 대상일 뿐이다.

그들은 약자에게 한없이 잔혹해질 수 있다.

돈도, 존엄도, 희망도, 모든 것을 빼앗아가는 것이다.

이런 말을 어디선가 들은 적이 있다.

말인즉슨, 좋은 서포터를 얻지 못하면 모험자는 진가를 발휘할 수 없다.

말인즉슨, 서포터의 활약이 있기에 모험자는 던전에 내려갈 수 있다.

말인즉슨, 그들은 보이지 않는 일꾼이다.

수식이 과다하기는 하지만, 누구나 고개를 끄덕인다. 그도 그렇다. 분명 일리가 있다.

서포터의 존재가 모험자의 부담을 더는 데 한몫을 한다. 이것은 부정할 수 없다.

"일도 제대로 못하는 주제에 거치적거리기나 하면 돈 안 준다!"

그러나 그 사실을 일말이라도 이해해주는 모험자가 얼마나 될까.

서포터의 고마움을 인식해주는 기특한 모험자가 대체 어디 있을까.

전업 서포터에게 이런 식으로 모멸을 퍼붓지 않는 착한 사람이 과연 존재하긴 하는 걸까.

"야, 명심해. 몬스터에게 포위당했을 때만큼은 착·실하게 일을 하라고—— 서포터."

여차하면 몬스터의 미끼로는 안성맞춤이라고.

당당히 그딴 소리를 지껄이는 모험자님을 보며, 웃음이 새나오고 말았다.

그렇구나. 그렇구나.
정말 아무런 거리낌 없이 환멸을 품을 수 있는 존재지.
모험자란 것들은.

제1장

데이트 후 서포터

사박, 사박. 흙을 밟는 소리가 울려 퍼졌다.

천장에서 내려온 인광이 연녹색 벽에 에워싸인 주위 일대를 비춘다. '룸'이라 불리는, 던전 내의 널찍한 정사각형 공간이다.

나는 그 안에서 역수로 쥔 《주신님 나이프》를 놈에게 들이댔다.

네 개의 발에 두 개의 가느다란 팔, 커다란 두 눈. 온통 붉은색으로 물든 그 모습은 개미를 연상케 한다.

보통 개미와 다른 점은 몸집이 나와 비슷할 정도로 거대하다는 것과, 잘록한 허리를 기점으로 상반신을 치켜들었다는 것이다.

'킬러 앤트'.

7계층에서 처음 모습을 나타내는 몬스터. 모험자들 사이에서는 6계층의 '워섀도'와 함께 '신참 킬러'라 불린다고 한다.

그 별명의 유래는 몸에 걸친 튼튼한 겉껍질과, 고블린 같은 저급 몬스터와는 비교도 되지 않는 공격력. 몸 표면을 감싼 외피는 마치 갑옷처럼 단단하다. 어정쩡한 공격은 튕겨내며, 그렇지 않아도 저 껍질을 통해서 육체에 직접 대미지를 주기는 매우 힘들다.

팔 끝에는 잘 발달된 네 개의 발톱. 완만하게 구부러진 괴이한 돌기는 지금도 으스스한 광택을 뿜어낸다.

방어를 무너뜨리지 못하고 있을 때 날카로운 발톱에 치

명상을 입는 것. 이것이 킬러 앤트에게 당하는 가장 흔한 패턴이다.

이제까지에 비하면 훨씬 까다로운 몬스터인 탓에, 상층의 적에게 익숙해졌던 모험자들은 모조리 놈들의 먹이가 되는 것이다.

『끼긱..』

따각따각따각, 킬러 앤트가 턱을 우물우물 움직이며 이빨을 울렸다.

사실 이 몬스터는 동료를 부르기도 한다. 소리를 지르지는 않지만, 위급할 때면 우리는 느낄 수 없는 페로몬 같은 것을 발산하는 모양이다.

정말 단단한 껍질과의 상성이 좋은 능력이다. 우리 모험자에게는 끔찍하지만.

아무튼 쓰러뜨리려면 속공. 최선책은 일격에 숨통을 끊는 것이다.

몇 걸음의 간격을 두고 나와 킬러 앤트는 서로를 노려보았다.

"──흡!"

움직인 것은 나. 반격이니 후수 같은 것은 성미에 맞지 않는다.

내가 먼저 공격하고 육박해. 울부짖으며 오른팔을 쳐드는 킬러 앤트에게 짓쳐들었다.

허공에 하얀 궤적을 그린 적의 네 발톱이 시야 왼쪽에서 밀려들어와—— 절단.

내가 한순간 빨랐다. 킬러 앤트를 웃도는 스윙 스피드로 발톱을 앞발과 함께 잘라냈던 것이다.

『끼익?!』

오른팔—— 무기가 사라진 킬러 앤트의 오른쪽 측면으로 돌아가, 고통 어린 신음을 들으며 나는 다음 순간을 위해《주신님 나이프》에 힘을 모았다.

킬러 앤트를 제대로 쓰러뜨리려면 겉껍질의 틈새를 노려 안쪽의 부드러운 살점을 공격하는 것이 기본이다. 신출내기 모험자에게는 좁은 껍질 틈새를 찌르는 것이 어렵지만, 적어도 정석은 그렇다.

하지만 나는 일부러 그것을 무시했다.

팔이 사라져 무방비하게 옆면을 드러낸 킬러 앤트의 목을 향해 칠흑의 칼날을 수평으로 그었다.

『——.』

목을 지키는 껍질에 칼날이 박히는 감각.

감촉은 처음뿐. 그 후로는 별다른 저항도 없이 칼날이 매끄럽게 파고들어가, 나는 여느 때처럼 자연체로 팔을 휘둘렀다.

싸악. 기분 좋은 소리와 함께 나이프가 빠져나오고, 킬러 앤트의 목이 허공으로 날아갔다.

목의 단면에서 쏟아지는 보라색 액체. 상공을 빙글빙글 도는 몬스터의 머리는 무엇이 일어났는지도 알 수 없다는 그런 표정과 함께 이윽고 지면에 추락했다.

그리고 목을 잃은 몸이 마치 그제야 생각났다는 듯 힘없이 지면에 쓰러졌다.

"……음, 좋은데!"

검신을 휘둘러 달라붙은 체액을 털어내며 나는 《주신님 나이프》를 보았다.

손바닥에 착 달라붙는 감각. 마치 옛날부터 계속 함께했던 것처럼 내 손에 딱 맞았다.

위력도 불만이 없다. 킬러 앤트의 그 단단한 껍질을 버터처럼 잘라내버린다.

대단하다. 이것이 헤파이스토스의 무기!!

주신님이 나를 위해 만들어주신 물건!

"~ ♪"

새 장난감을 받은 어린아이처럼 들떠서 몬스터의 마석 회수 작업을 시작했다.

실제로 지금 나는 어린아이와 별로 다를 바가 없을 것이다. 1년에 한 번 있는 생일에 할아버지에게서 영웅들의 그림책을 받았던 그때의 마음과 비슷했다. 당시에는 언제까지고 소중하게 읽겠다고 생각했다. 처음에는 괜히 건드렸다가 더러워질까 두려울 정도였다.

물론 지금이야 칼을 쓰는 것이 아깝다는 소리는 안 하지만, 마음이 들뜨는 것은 막을 수 없었다.

'고맙습니다, 주신님…….'

최근 이래저래 바쁘신 것 같은 주신님의 얼굴을 떠올리며, 나는 웃음과 함께 감사의 마음을 드러냈다.

반드시 강해질 테다. 이 무기에 어울리는 주인이 되도록, 주신님의 마음을 헛되이 하지 않도록.

허리에 찬 칼집에 나이프를 꽂고, 나는 7계층 탐색을 계속했다.

"치일게에츠응~?"

"네, 네헥?!"

벨은 비명을 질렀다. 의문을 드러낸 목소리와는 달리, 눈앞에서 눈썹을 한껏 치켜세운 에이나에게서는 분노의 기척이 물씬 풍겼기 때문이다.

오늘 7계층 탐색을 마친 벨은 헤스티아에게서 받은 나이프도 있고 해서, 매우 기분이 좋아져 조금 전 의기양양 길드 본부로 개선했다. 전리품 환전을 마친 후 자신의 어드바이저인 에이나에게 들른 김에 근황보고를 할 생각이었는데—— 도달 계층이 7계층에 이르렀다고 말한 순간, 벨의 절정기는 종식을 맞았던 것이다.

"너— 진—짜—! 왜 내 말을 하나도 안 듣는 거니!! 5계층을 넘어간 것도 모자라서 7계층?! 경솔한 것도 분수가 있지!"

"죄죄죄죄죄송합니다아아?!"

콰앙! 에이나는 책상에 두 손을 내리쳤다. 그녀의 치켜 올라간 에메랄드색 시선이 화살처럼 꽂혀 벨은 뱀 앞의 개구리 꼴이었다.

에이나가 화를 내는 이유는 말 그대로 벨이 분수도 모르고 도달 계층을 획획 늘려나갔다는 사실이었다. 그녀의 지론을 빌려 표현하자면 모험자가 '모험'을 했기에 야단치는 것이다.

"겨우 일주일 전에 미노타우로스에게 죽을 뻔했던 게 누구였더라?!"

"저, 접니다!"

"그럼 왜 자꾸 하층으로 내려가는 거니?! 그렇게 혼나고도 정신을 못 차린 거야, 벨?!"

"죄, 죄송합니다……!"

벨은 눈물을 글썽거렸지만, 에이나의 입장에서는 진심으로 생각해주기에 야단을 치는 것이다. 벨이 죽지 않기를 바라는 마음에 몸도 마음도 악마가 되어 소리를 질러댄다.

모험자가 되고 보름 조금 넘은 병아리가 5계층보다 아래로 내려가는 것은 자살행위에 가깝다.

5계층부터는 던전의 경향이 갑자기 바뀌어 난이도가 확 올라간다. 벨이 발을 들였던 7계층을 예를 들면, 킬러 앤트가 동료를 부른 순간 끝장이다. 코볼트의 무리와는 차원이 달라, 솔로라면 눈 깜짝할 사이에 개미 몬스터들에게 뜯어먹히고 말 것이다.

"넌 위기감이 없어! 없어도 너무 없어! 오늘은 네 마음가짐을 교정할 겸 던전의 무서움을 철저하게 가르쳐줄 테니 그렇게 알아!!"

허으윽!

벨은 한심한 목소리를 냈다. 에이나의 지도가 얼마나 무서운지는 지난 보름을 겪으며 뼛속까지 느꼈기 때문이다.

그녀의 가르침은 틀림없이 도움을 주지만, 특훈과도 같은 그 교육을 "맡겨만 주세요"라고 흔쾌히 승낙할 수 있는가는 다른 문제다. 벨은 황급히 변명했다.

"자, 잠시만요?! 그게, 저요, 그 후로 꽤 성장했거든요, 에이나 누나?!"

"어빌리티 평가 H가 고작인 주제에 성장이라니, 어느 입으로 그런 말을……!"

"저, 정말이에요! 제【스테이터스】어빌리티 중에 몇 개는 E까지 올라갔는데요?!"

"……E?"

에이나는 우뚝 움직임을 멈추었다. 어리둥절 눈을 크게 뜬다.

창졸간의 발언이 무엇을 뜻하는지 겨우 깨닫자 믿을 수 없다는 표정을 지었다.

"되, 되는 대로 말한다고 내가 믿을 것 같으니……?"

"정말이에요, 정말! 어쩐지 요즘은 갑자기 성장한달까,

아무튼 숙련도가 쑥쑥 올라간다니깐요!"

　"……진짜?"

　끄덕끄덕끄덕. 힘차게 고개를 세로로 흔드는 벨의 모습에 에이나는 당황한 표정을 지었다.

　벨의 담당 어드바이저가 되고 아직 얼마 지나지 않았지만, 눈앞의 소년이 거짓말을 할 때와 그렇지 않을 대는 대충 구분할 수 있었기 때문이었다.

　에이나의 통찰에 따르면, 지금 벨은 거짓말을 하지 않고 있다.

　"……진짜로, E?"

　"네, 네에."

　잠깐 기다리라며 에이나는 벨에게 손바닥을 내밀었다.

　반대쪽 손으로 S, A, B, C, D, E……하고 손가락을 여섯 번 꼽았다 편 후 끙끙 소리를 냈다. 다시 한 번, S, A, B, C, D, E…… 여섯 번. 결과는 변함이 없다.

　에이나도 혼란에 빠졌다. 벨은 거짓말을 하지 않았다. 하지는 않았지만, 기본 어빌리티가 E까지 올라갔다는 허풍을 어떻게 믿으란 말인가.

　에이나가 말한 어빌리티 평가 H라는 예측도 근거가 없는 것은 아니었다. 보름이라는 시간으로 모험자가 도달할 수 있는 타당한 능력 라인이. 주특기 분야인지 아닌지를 막론하고, H인 것이다. 그것도 꽤 실력이 있는 사람에 한해.

　G라면 보통이 아닌 거고, F 이상이라면…… 암만 그래

도 지나치게 빠르다.

만약 모험자가 되기 전부터 전투의 소양이 있었던 자라면 다소 설득력이 있었겠지만, 애석하게도 눈앞의 소년은 농민 출신이다. 그러나 벨은 거짓말을 하지 않았다.

"끄으응."

여전히 복잡한 표정을 풀 수 없었던 에이나는 가느다란 턱에 검지를 대고 생각에 잠겼다.

혼자 침묵 속에 남은 벨은 약간 불편한 기분에 몸을 이리저리 뒤틀었다.

"……저어, 벨."

"네, 네에?"

"네 등에 새겨진【스테이터스】, 내게도 보여줄 수 있을까?"

"……네?!"

에이나가 지극히 진지한 표정으로 그런 소리를 하는 바람에 벨의 목소리가 한 톤 높아졌다.

"아, 네가 말하는 걸 못 믿겠다는 건 아니야! 다만……."

에이나는 당황하며 파닥파닥 두 손을 내밀어 오해를 풀었다.

그렇다. 다만…… 벨의 주신인 헤스티아가 그에게 잘못된 정보를 알려주었을 가능성도 없지는 않지 않은가…… 그녀는 생각했던 것이다. 어쩌면 정보전달 과정에서 무언가 착오가 있었을지도 모른다고.

그런 식으로 의심이 들 만큼, E라는 기호는 에이나에게 비상식적이었다.

그야말로 움직일 수 없는 증거를 보기 전에는 뷀의 말을 믿을 수 없었다.

"하, 하지만 모험자의【스테이터스】는, 절대 공개해서는 안 되는 정보 아닌가요……?"

도시의 모험자를 관할하는 길드에서도 개인정보 누설은 터부였다. Lv. 같은 것은 각 개인의 랭크나 파밀리아의 강함을 나타내는 지표로서 보고할 의무가 있지만, 그 외에는 그렇지만도 않다.

개중에는 희귀한 '스킬'이나 특수한 '마법'을 가진 자도 있다. 이제는【파밀리아】라는 조직의 특성상 오늘의 벗이 내일의 적이 되는 일도 흔한 만큼, 약점을 노출하지 않기 위해서라도 정보보호는 당연한 의무였다.

"지금부터 볼 내용은 아무에게도 말하지 않겠다고 약속할게. 만약 벨의【스테이터스】가 드러나는 일이 있다면 나는 그에 합당한 책임을 지겠어. 네게 절대 복종하겠다고 맹세해."

"보, 복종이라뇨……. 그, 그 전에 에이나 누나는【히에로글리프】를 읽을 수 있어요?"

"응, 약간이지만.【스테이터스】의 어빌리티 정도는 볼 수 있을걸."

이래봬도 에이나는 학구(學區)를 다니며 종합신학을 전공한 수재였다.

간단한【히에로글리프】정도라면 읽고 쓸 수 있다.

"내 눈으로 확인하지 못하면, 난 언제까지고 벨에게 5계층보다 밑으로 내려가면 안 된다고 말할 거야."

"그, 그건, 역시 좀 안 되겠는데요……."

"마법이나 스킬 슬롯 쪽은 안 볼 테니까. 응? 부탁해!"

"딱히 전 스킬도 마법도 나타난 게 없으니 그건 괜찮지만요……. 알았어요."

두 손을 마주하며 고개를 숙이는 에이나에게 벨은 결국 꺾이고 말았다.

이제까지 줄곧 신세를 진 데다, 에이나는 헤스티아와 같을 정도로 단단히 믿는 사람이다. 벨은 그녀의 말을 의심할 생각조차 들지 않았다.

"어, 그럼…… 벗을……까요?"

"얼굴 붉힐 거면 일일이 확인 받지 마! 나도 창피해지잖니!"

피차 얼굴을 붉히며 자리에서 일어나, 공간이 넉넉한 실내 구석으로 이동했다. 벨은 멋쩍음을 삼키며 냉큼 웃옷을 벗었다.

등에 새겨진 검은색【스테이터스】보다도, 의외로 잘 발달한 상반신에 잠깐 넋을 놓았던 에이나는 흠칫 고개를 좌우로 흔들었다.

뾰족한 두 귀를 발갛게 물들이며 가만히【히에로글리프】해독에 들어갔다.

벨 크라넬

Lv. 1

힘: E403 내구: H199 기교: E412 민첩: D521 마력: I0

'세상에…….'

반쯤 가능성을 염두에 두고는 있었다지만, 막상 눈앞에 드러나고 보니 아연실색하고 말았다.

'마력'은 차치하고서라도, 7계층 수준의 몬스터라면 혼자 싸워도 충분히 밀리지 않을 만한 능력이었다. 방어를 중시하는 에이나는 '내구'가 낮은 점에 조금 잔소리를 하고 싶기는 했지만, 그래도 벨의 스타일은 어빌리티 경향으로 보더라도 교란과 회피에 주안점을 둔 히트 앤 어웨이. 허용 범위 내일 것이다.

게다가 '민첩'이 D에 들어선 데에는 컥 소리가 나올 정도였다.

'믿을 수가 없어…….'

에이나는 조용히 침을 삼켰다. 자신의 상식이 순식간에 박살나는 소리가 귓속에서 울려 퍼졌고, 잠시 후에는 싸늘한 한기가 등을 쓸어내렸다. 에이나는 직업이 직업인지라 던전에 내려가는 모험자의 수많은 정보에 정통한 만큼, 눈앞의 광경이 얼마나 상식에 어긋난 것인지를 잘 알 수 있었다.

벨의 '성장'은 완전히 도를 넘어섰다.

——스킬?

한순간 뇌리를 스친 것은 그 가능성이었다.

어떤 능력에 눈을 뜬 덕에, 이 파격적인 성장력이 나타난 것은 아닐까…… 에이나는 고민에 가까운 생각을 한동안 굴리다가, 결국 마가 끼고 말았다.

'……조금만.'

등 한복판 언저리로 이어지는【히에로글리프】에 눈길을 빼앗겼다.

그 너머에 있는 것은 '마법'과 '스킬'의 슬롯이었다.

여기까지 온 이상 저항하기 힘든 이 충동에 저항하기란 불가능에 가까웠다. 뚜껑을 활짝 열어놓은 보물상자가 있으면 자기도 모르게 안을 들여다보고 마는 것은 데미휴먼의 본성이 아닐까.

호기심이 근질거려 에이나는 흘끔 마법과 스킬 슬롯을 확인하고 말았다.

'……아, 이런.'

못 읽겠다.

고도한【히에로글리프】가 이어져, 에이나는 마법과 스킬 슬롯을 해독할 수 없었다.

——사실은 팔불출인 헤스티아가, 만에 하나의 경우를 대비해, 벨의 능력에 영향이 미치지 않는 범위 내에서【히에로글리프】를 가공해【스테이터스】에 **프로텍트**를 걸어놓았던 것이다.【히에로글리프】의 체계와 진수를 아직 다 파

악하지 못한 에이나에게는, 진저리가 날 정도로 복잡기괴한 각인의 구성이 헤스티아의 독자적인 필적, 다시 말해 그녀의 필기 **버릇**인 것처럼 비쳐 오해를 하고 말았다.

벨의 실체를 둘러싼 대결은, 이번에는 헤스티아의 승리로 돌아갔다.

"저기…… 에이나 누나? 아직 멀었어요?"

"아…… 이, 이젠 됐어!"

벨의 부끄러워하는 목소리에 에이나는 귀를 흠칫 움직이며 지금의 상황을 깨달았다. 멋쩍게 웃으며 【스테이터스】에서 눈을 돌리고, 서둘러 옷을 입는 벨에게 내심 미안하다고 속삭였다.

하지만 정말이었구나. 에이나는 새삼 감탄했다.

이 능력이라면 벨에게 7계층 진출을 허락하지 않을 수도 없다. 절대라고까진 할 수 없겠지만, 실수만 하지 않으면 솔로로도 통할 수준이었다.

——하지만 그렇게 되고 보니, 이제는 또 다른 걱정이 들었다.

"……."

"왜, 왜 그러세요?"

에이나는 옷을 다 입은 벨의 발끝에서 머리끝까지를 빠짐없이 바라보았다. 가차 없는 시선을 보내는 에이나의 눈에 벨의 목소리가 살짝 갈라졌다.

딱히 에이나는 벨의 온몸을 훑듯이 바라보았던 것은 아

니었다.

그녀가 보았던 것은 그가 걸친 장비…… 빈곤한, 방어구였다.

"벨."

"네, 네엣?"

"내일 한가해?"

"……네?!"

그로부터 하루가 지났다.

나는 오라리오 북부에서, 대로와 인접한 반원형 광장에 혼자 서 있었다.

에이나 누나와 만나기로 약속했기 때문이다.

그렇다. 만나기로…… 약속을.

'이, 이거 혹시…… 데이트?'

그럴 리가 없는데, 나도 모르게 생각이 들고 만다.

어제 에이나 누나가 꺼낸 이야기는 내 방어구를 사러 함께 가지 않겠느냐는 제안이었다.

내 던전 공략 상황과 현재의 장비를 비교해 보고, 지금의 방어구로는 못미덥다고 판단한 모양이다. 남을 챙겨주기 좋아하는 누나가 나를 위해 일부러 신경을 써 준 것이다.

그렇다. 그러니 다른 뜻은 없다. 친절한 누나의, 친절한 배려…….

'……겠지만, 제삼자가 본다면, 이건…….'

형식적으로는 성립이 되고 마는 것이 아닌가.

오전 열 시에 광장 동상 앞 집합이라니! 단둘이라니!

우와아—! 우와아—?!

"야호~ 벨~."

"!"

그리고 마침내 그 순간이 왔다.

귀를 간질이는 그 가련한 목소리의 소유자가, 시야 속에서, 종종걸음으로 서서히 커지고 있다.

"안녕. 일찍 나왔구나. 뭐야, 그렇게 새 방어구를 사는 게 기대됐어?"

"어, 아뇨, 전……!"

——에이나 누나랑 단둘이 가는 걸 괜히 의식하는 바람에.

라고 또박또박 말하지 못하는 나는 겁쟁이일까.

나는 갈피를 잡지 못하고 시선을 이리저리 돌렸다.

"뭐, 사실은 나도 기대했거든. 벨이랑 쇼핑이라니, 좀 두근거려서."

에이나 누나의 옷은 여느 때와 달랐다. 평소에는 빠릿빠릿하게 길드 제복을 입지만 오늘은 레이스를 댄 귀여운 흰색 블라우스에 짧은 스커트. 어딘가 패셔너블하고 시원한 인상. 매일 쓰던 안경은 벗었다.

길드 제복 차림에 익숙해졌던 탓인지 어른스럽던 느낌에서 분위기가 확 바뀐 에이나 누나는, 뭐랄까…… 정말 눈이 부셨다.

그랬다. 예뻤다.

에이나 누나의 주특기인 갭 매료술법에 나는 멋지게 걸려버리고 말았다.

"장비품처럼 싸움에 쓰는 걸 사러 가는데 두근거리다니, 내가 이상한 걸까나."

"그, 그렇지 않아요!"

내가 황급히 부정하자 에이나 누나는 쿡쿡 웃었다. 우와아, 우와아—…….

길드 직원 중 모험자들 사이에서 인기가 1, 2위를 다툰다는 것도 수긍이 갔다. 하프엘프는 다들 에이나 누나 같은 걸까…….

"어흠. 그래서, 벨?"

"왜, 왜요?"

"내 사복 차림을 보고 뭔가 할 말 없어?"

장난꾸러기 같은 눈을 살짝 치뜬다.

우와아, 우와아—…….

"……그, 그 뭐냐, 엄청…… 평소보다, 젊어 보이네요."

"얘! 난 이제 겨우 열아홉이라고오—!"

"아야야야야야야야야야야야야야야야야야야야?!"

에이나 누나의 가늘고 새하얀 팔이 내 목 언저리에 단단히 감기더니 그대로 옆구리에 끌어안고 조여대자…… 꾸우우웅, 내 뺨이 에이나 누나의 가슴에…….

"얼른 사과해!"

"그, 그마, 용서해주세요오오오오오오오오오오오오오?!"

에이나 누나의 유쾌한 웃음소리가 귀를 간질이는 가운데, 나는 힘껏 외쳤다.

"다른 사람하고 이렇게 쇼핑 나오는 건 정말 오랜만이네."

"그러, 세요? 에이나 누나라면 다들 내버려두지 않을 것 같은데. ……그러니까, 남자들이라면, 특히."

"후후. 아부가 능한걸, 벨. 하지만 진짜야. 길드에 들어온 후로는 계속 일에만 매달렸으니까."

하늘은 쾌청했다.

데이트하기 딱 좋은 날씨……라고 말할 생각은 없었지만, 하늘은 눈부실 정도로 맑았다. 에이나 누나에게 이끌려 북쪽 메인 스트리트를 따라 남쪽으로 내려가는 가운데, 기분 좋은 바람이 불고 있었다.

시간이 시간이라 대로는 북적거렸다. 변함없이 인파가 많다. 상점의 규모와는 상관없이 모든 가게의 점원들이 활기차게 호객행위를 한다. 뱃속까지 울리는 드워프의 나직한 목소리가 강렬했다.

때로는 에이나 누나에게도 말을 거는 사람이 있었지만(나는 하인이라고 오해를 샀지만), 누나는 애교 있게 손을 흔들며 지나쳤다. 말을 걸었던 수인 점원은 행복한 표정으로 헤실헤실 웃었다.

"저기, 오늘은 어디까지 가실 거예요? 이대로 가면 던전에 도착하겠어요."

"도착할 때까지 비밀, 이라고 하면 너무 짓궂으려나? 응, 그럼 가르쳐줄게."

오라리오에는 도시 중앙에서 뻗어나가는, 메인 스트리트라 불리는 대로가 방위에 맞춰 여덟 개 있다. 다시 말해 북, 북동, 동, 남동, 남, 남서, 서, 북서 방향이다. 하늘에서 내려다보면 굵은 네 개의 선이 도시 중앙을 가로지르는 것을 알 수 있다.

각 메인 스트리트가 교차하는 도시의 중심지, 그곳에 던전이 있다.

메인 스트리트가 집결한 중앙광장 '센트럴 파크'는 이미 지척이었다. 압도적인 존재감으로 밀려드는 마천루 시설을 시야 한복판에 담으며 나는 에이나 누나의 대답을 기다렸다.

"오늘 갈 곳은…… 던전이야."

"네에?!"

"정확하게는 던전 위에 있는 저 바벨이지만."

'바벨'은 던전의 뚜껑처럼 세워진 초고층 탑, 다시 말해

저 마천루 시설이다.

뚜껑이라 표현했듯, 바벨의 역할은 던전의 감시와 관리였다. 길드가 보유한 이 시설은 모험자들에게는 가장 친숙한 건물 중 하나였다.

"바벨이라면…… 모험자용 샤워실이나 공공시설밖에 없잖아요?"

"넌 정말 아무것도 모르는구나……. 하기야 아직 모험자가 되고 한 달도 지나지 않았으니 그것도 당연한가? 그럼 오늘은 도움이 되는 정보를 정리해줄게."

——던전의 지식을 철저하게 쑤셔넣던 당시의 기억이 떠오른 나는 솔직히 에이나 누나의 득의양양한 으음에 겁을 먹었다. 그때와 같은 일이 벌어지지 않기를 기도하며, 나는 귀를 기울었다.

"길드가 소유한 저 바벨은, 벨이 말했다시피 모험자를 위한 공공시설의 역할이 첫 번째야. 간이 식당이나 치료시설 외에 환전소도 있다는 건 알지?"

"네? 길드 본부나 지부에만 있는 게 아니었어요?"

"아니야. 바벨에도 시설이 있어. 다만 감정사가 적으니까 순서는 꽤 오래 기다려야 하겠지만……. 그럼 계속한다? 그리고 또 하나, 이게 오늘 목적지이기도 흔데, 바벨은 일부 빈 공간을 여러 상인들에게 임대해주고 있어."

드디어 조금 알 것 같았다. 다시 말해 우리가 바벨로 가는 이유는 그 안에 개점한 무구 계통 가게로 가기 위해서였다.

"던전 바로 위에 있는 만큼 가게는 전부 모험자를 위한 전문점뿐이야. 대부분 상업계 【파밀리아】지. 【헤파이스토스 파밀리아】는 바벨에 출점한 가게들 중에서도 대표 격이고. 이름 정도는 들어본 적 있지?"

"네, 네엣."

가슴이 철렁했다. 나도 모르게 지금도 허리에 찬 나이프를 확인하고 말았다.

"벨은 【헤파이스토스 파밀리아】에 대해 어느 정도 알아?"

"어, 무구를 다루는 인기 【파밀리아】이고, 가격이 엄청 비싸고, 모험자라면 누구나 탐낸다는 정도……."

"응, 틀리진 않았어. ……참고로 우리가 오늘 가려는 곳이 바로 【헤파이스토스 파밀리아】의 가게야."

"네, 네에에~~~~~~~~~?!"

오늘 하루를 통틀어 가장 놀라는 나를 보며 에이나 누나는 장난에 성공한 어린아이 같은 웃음을 지었다.

그게 무슨 소리냐며 당황해 다가서려 하자, 그녀는 변덕쟁이 요정처럼 나를 살짝 피하더니 시야가 탁 트이는 공간 속으로 발을 들였다.

"다, 다 왔네……."

센트럴 파크.

백색 거탑 바벨을 에워싼 거대 원형 구역. 곳곳에 녹음이며 분수가 마련되어 공원이라는 호칭도 그리 이상하지는 않다.

우리가 왔던 대로에는 수많은 시민들도 뒤섞여 있었지만, 이곳 센트럴 파크에서 보이는 것은 커다란 검기며 창, 다양한 무기를 찬 모험자들이 대부분이었다. 무서운 점은 이렇게 현기증이 날 만한 인파가 모였는데도 이 장소가 전혀 포화될 기미를 보이지 않는다는 점이리라.

"에이나 누나, 그게 무슨 소리예요?! 전【헤파이스토스 파밀리아】에서 쇼핑을 할 만한 거금은 없다구요!"

"자자, 그건 도착한 다음의 즐거움으로 남겨두고."

"전 계속 조마조마해야 하는데요?!"

나는 울부짖었지만 에이나 누나는 모른 척 걸음걸이를 조금도 늦추지 않았다.

반대로 점점 뒤처지는 내 손을 그 가녀린 손가락으로 꼭 쥔다.

"됐으니까 가자! 남자가 고시랑대지 말고!"

우선 머릿속이 새하얗게, 다음으론 얼굴이 새빨갛게 물든 나는 에이나 누나에게 계속 끌려갔다.

부드러운 손은 어렸을 때부터 밭일을 해 완전히 딱딱해진 내 손과는 대조적이라 부드럽고 간지러웠다. 머리가 어지러워 생각이 제대로 돌아가지 않았다.

하지만 인파를 누비는 동안, 이제부터 던전에 내려가려는 남자 모험자들에게서 '죽여버리겠어' 하는 시선이 일제히 날아들었다. 나는 안면이 창백해진 대신 냉정을 찾을 수 있었다.

"에, 에이나 누나, 소소, 손을 놓아주시면 안 될까요? 제 제제, 제발요……?!"

"오라리오에서도 일류 스미스의 【파밀리아】에 가는 거니까 스미스에 대해 좀 알아두도록 할까? 벨은 '발전 어빌리티'라는 거 알아?"

남자인데도 고시랑거리는 내 간청은 받아들일 마음이 없는 모양이었다. 목숨이 걸린 문제인데요.

나는 포기하고, 떨면서 필사적으로 몸을 움츠렸다.

"아뇨, 몰라요……."

"'발전 어빌리티'란 건 말이야, 【스테이터스】의 Lv.이 올라가면 임의로 발현할 수 있는 어빌리티를 말해. '기본 어빌리티'보다 더욱 전문적인 능력을 특화해주는 게 특징이려나."

Lv.의 상승…… 【랭크 업】 때의 특전 같은 거라고 에이나 누나가 요약해주었다.

"사람마다 【엑세리아】의 경향에 따라 나타나는 어빌리티는 정해져 있는데, 그중에 '단야(鍛冶)'라는 발전 어빌리티가 있어."

'발전 어빌리티'와 '단야'……. 전부 처음 듣는 말이었다.

에이나 누나의 말에 따르면 현대의 스미스에게는 '단야' 어빌리티가 필수라고 하며, 【헤파이스토스 파밀리아】의 스미스는 대부분 이를 습득했다고 한다.

다시 말해 단원 대부분이 Lv. 2 이상…… 아마 파벌 자체의 전투력도 상당히 높을 것 같다.

　"스미스라는 기술자들은 당연히 옛날부터 있었어. 고대의 작품은 골동품이 많긴 해도 지금까지 통하는 것도 존재해. 하지만 현대의…… '단야' 어빌리티를 가진 스미스들은 신에게 받은 '은혜'의 힘으로 속성을 부가할 수 있지."

　"속성……?"

　"다시 말해 특수한 능력이야. 【스테이터스】를 받은 모험자에게 발현되는 스킬이 무기에도 들어간다고 생각하면 돼. 절대 부러지지 않는 검이라든가, 날이 빠지지 않는 무기라든가. 평범하게 쇠를 치기만 해서는 그런 것은 만들 수 없을 거 아냐?"

　그건 그렇다고 나는 고개를 끄덕였다.

　"그중에는 마법과 같은 현상을 일으키는 무기도 있어. 휘두르면 불꽃을 토해낸다든가."

　"으헉?!"

　"이것도 꽤 상식인데……. 아무튼 그런 마법 같은 효과를 낳는 무기를 우리는 '마검'이라고 부르지. 이걸 만들 수 있는 건 정말 얼마 안 되는 스미스뿐이야."

　꼴깍 목을 울린다. 간단히 정리하고 말았지만 다시 말해 그 '마검'을 얻으면 즉석에서 마법을── 고수 검사를 물리칠 수도 있는 힘을 얻게 된다는 뜻이다.

　"다만 마검은 소모품이라, 한계를 넘어서면 부서지는 특징이 있지만. 영창도 없이 즉석에서 발동할 수 있는 만큼 효과는 진짜 마법보다 떨어지기도 하고."

엄청나게 비싼 소모성 무기라며 에이나 누나는 쓴웃음을 지었다.

그 표정에서 추측컨대 마검을 소지한 사람은 얼마 안 되는 모양이었다. 인기가 없는 것은 결코 아니겠지만 반드시 부서진다는 불이익은 무슨 일이 일어날지 알 수 없는 던전에서 안정된 효율을 추구하는 모험자라면 도입을 고려하기가 어려울지도 모른다.

무엇보다도, 까놓고 말해, 눈 튀어나오게 비쌀 테고.

"저기, 에이나 누나. 발전 어빌리티란 건 '단야' 외에도 또 뭐가 있나요?"

일개 모험자로서 궁금해진 것을 물어보았다. 나도 언젠가는 지날지 모르는 길이다. 아니, 반드시 지나고 말겠다.

"음~ 모험자에게 대표적인 발전 어빌리티라면 '내성'이나 '마도(魔導)'가 있으려나? 그 외에는 '신비' 같은 것도 있어."

"'신비'?"

"응. 이건 굳이 예를 들자면 신들의 주특기인 '기적'이란 걸 발동하는 거야. '신의 기술'이라고나 할까. 벨은 현자의 돌이라는 거 알아?"

당연히 NO. 나는 고개를 가로저었다.

"아~주 옛날옛적 이야기라는데, '신비' 어빌리티를 가진 어떤 사람…… 현자님이 '현자의 돌'이라는 아이템을 만드는 데 성공했다는 거야. 효과는 바로, 영원한 생명의 발현."

"……뭐랄까, 벌어진 입이 다물어지질 않네요."

"후후, 그치? 하지만 이 이야기는 아직 끝나지 않았어……. 그 현자님은 환희하며 자기의 주신에게 현자의 돌 정제를 보고하러 갔는데…… 그 돌을 손에 든 신은, 현자님의 눈앞에서 바닥에 내팽개쳐 박살냈다는 거야. ……영원한 생명을."

"……."

"넋이 나간 현자님을 손가락질하면서, 그 신은 태가 뒤틀릴 정도로 웃었다고 해."

내가 들은 것 중에서도 가장 끔찍한 신이 나오는 '신화'였다.

참고로 여기서 말하는 신화란 신들이 나와서 어처구니없는 결말을 내는 이야기들을 말한다.

난 처음 만난 신이 헤스티아 님이라 정말 다행이었구나…….

"현자의 돌은 우연의 산물이었는지, 두 번 다시 정제할 수 없었다고 해. 그 현자님보다도 '신비' 어빌리티를 깊이 마스터한 사람은 나오지 않았고, 문자 그대로 전설의 아이템이 된 거지."

"마스터해요……? 발전 어빌리티에도 기본 어빌리티 같은 숙련도가 있나요?"

"아니, 숙련도는 없어. 다만 기본 어빌리티와 마찬가지로 S에서 I까지 능력 차이가 있는데, 그걸 다음 단계로 올리는 게 엄청나게 어렵대. 기본 어빌리티와는 비교도 안 될 만큼."

정말 어마어마하게 어려운 모양이다……하고, 나는 말뿐인 감상을 품었다. 아직은 실감할 수 있는 곳까지 가지 못했으니 그렇게 느낄 수밖에 없다.

이야기하는 동안 바벨의 문 앞까지 도달했다. 문이라고 해도 수많은 형태의 구멍이 탑의 1층 부분에 빙그르르 뚫려 있는 모양새다. 모험자들이 몇 명이든, 어디서든 드나들 수 있도록 배려한 형태였다. 문을 지나자 하얀색과 옅은 푸른색을 기조로 한 넓은 홀이 나타났다.

던전 입구는 이곳 지하였다.

"여기서는요……?"

"위로 가야지. 바벨이 임대해주는 곳은 4층부터니까."

바벨의 1층은 소위 현관 같은 곳이라 주요 공공시설은 2층부터 있다. 3층까지 올라가니 조금 전에 들었던 환전소가 벽 한 모퉁이에 있었다. 하지만 계단은 이 플로어에서 끊어지고 말았다.

내가 다음 층으로 가는 길을 찾고 있으려니, 에이나 누나는 손을 잡은 채 나를 이끌어 홀 가운데로 향했다.

수없이 존재하는 원형 좌대 중 하나에 올라탄다. 유리하고는 느낌이 다른 투명한 벽이 붙어 있어 마치 물컵 같다고 겉모습 그대로 감상을 품었다.

이윽고 에이나 누나가 그곳에 붙어 있던 장치를 조작하는가 싶더니…… 좌대가 지면에서 떨어져 떠올랐다. 그대로 위로 위로 뜬다. 아니, 상승한다.

"?!"

"아하하, 나도 처음엔 그랬어."

보아하니 이 물컵 괴물은 플로어와 플로어 사이를 오가는 승강장치…… 마석제품의 일종인 모양이었다.

누나의 말로는 좌대 밑에 수많은 '마석'을 붙여놔, 돌에서 발생하는 마력을 부력으로 쓰는 거라고 한다. 그런 것도 되는가 싶어 내가 놀라자, 에이나 누나는 '일정한 주기로 마석을 교환해야만 한다'고 가르쳐 주었다. 만능은 아닌 모양이다.

그리고 곧 바벨 4층에 도착했다.

"우리가 가려는 가게는 더 위에 있지만, 기왕 온 거니까 여기저기 들러볼까? 벨도 구경하고 싶지?"

언뜻 보기만 해도 무기, 방어구 가게가 여기저기 있었다. 나는 조금 흥분해 에이나 누나의 말에 고개를 끄덕였다.

그런데 저 간판에 새겨진 【H ϕ α ι σ τ o s】라는 로고는…… 혹시 여기서부터 저기까지 있는 가게가 전부 【헤파이스토스 파밀리아】 거……?

"아, 여기 4층부터 8층까지는 전부 【헤파이스토스 파밀리아】 거야."

……플로어 전체였다. 얼마나 대단한 거야, 【헤파이스토

스 파밀리아)는.

　참고로 나와 주신님의 홈 부근 북서쪽 메인 스트리트에도 같은 파벌의 지점이 있다. 그곳에서 내가 언제나 진열창 창문을 통해 보던 단도의 가격은…… 800만 발리스. 그럭저럭 살만한 집을 몇 채나 구할 있는 가격이다.

　마침 바로 옆의 가게에 진열창이 있었다. 안쪽에 놓인 진홍색 검의 가격을 보니……

　'……3,000만 발리스?!'

　어질. 나는 손을 이마에 짚으며 휘청거렸다. 에이나 누나가 옆에서 쓴웃음을 짓는 것을 알 수 있었다.

　내가 지금 가진 이 헤파이스토스제 나이프는 세상에 하나뿐인 거라고 주신님이 그러셨는데…… 대체 얼마나 비싼 걸까?

　"어서 오세요~! 오늘은 무슨 일로 오셨나요, 손님?"

　침을 삼키며 진열창의 상품을 응시하고 있으려니 점원이 밝은 목소리로 말을 걸었다.

　키는 작지만 용모가 매우 수려했으며 잘 훈련된 점원 스마일을 짓고 있었다. 흑발 트윈테일이 찰랑찰랑 흔들리는 것이 귀엽다. 붉은색 에이프런 타입 제복 안에는 그 조그만 몸에 어울리지 않는 가슴이 불룩하게 솟아나와…….

　"……뭐 하시는 거예요, 주신님."

　"……."

　흠칫, 주신님의 점원 스마일이 뻣뻣하게 굳었다.

© Suzuhito Yasuda

그렇구나. 요즘 굉장히 바쁘다 싶었더니 이런 데서도 일을 하셨던 거였어……!

"여기서 뭐 하세요?! 알바 양다리?! 도달 계층이 깊어져서 돈에는 좀 여유가 생겼다고 제가 얼마 전에 그랬잖아요?!"

"잘 들어라, 벨. 지금 있었던 일은 전부 잊고, 눈과 귀를 막은 채 얌전히 돌아가는 거다……! 이곳은 네가 오기에는 아직 너무 일러!"

"주신님이야말로 너무 이르지요?! 이제까지 시급 30발리스였으면서!"

"감히 감자돌이를 무시하느냐!"

"됐으니까 얼른 돌아가요! 주신님은 주신님이니까 체면도 품평도 버리면 안 된다구요! 이 이상 웃음거리가 되면 어쩌려고 그래요?!"

"에잇, 이거 놓아라! 놓지 못하겠느냐, 벨! 신에게는 해야만 할 때가 있는 거다!"

"신이니까 해야만 할 때라는 게 어떤 때인데요?! 부탁이니 제 말 좀 들으세요!"

주신님은 나에게 팔을 붙잡힌 채 고개를 돌리고 필사적으로 도망치려 했다. 대체 무엇 때문에 그렇게 고집을 부리시는 거예요……!

에이나 누나가 눈을 동그랗게 뜨는 것이 시야 가장자리를 스쳤지만 그런 데 신경 쓸 때가 아니었다.

"얀마, 신입! 어디서 놀고 있어! 냉큼 다음 일 못해!!"

"네에~!!"

"앗?!"

쌔앵! 주신님은 내 구속을 뿌리치고는 달아났다.

찰랑찰랑 흔들리는 트윈테일과 함께 조그만 뒷모습이 가게 안으로 사라졌다.

"주신니임~……."

"……여, 여전히, 재미있는 주신님이구나~."

한심한 목소리를 내는 나에게, 에이나 누나가 뭐라 해야 좋을지 난처한 듯 웃음을 지었다.

나는 한동안 낙심했지만, 지금은 혼자가 아니라는 사실을 떠올리고 억지로 털어버렸다.

……주신님에 대해서는, 지금은 잊어버리자.

"꼴사나운 모습을 보여드려서 죄송합니다……."

"괜찮아. 그러면 위로 갈까?"

고개를 끄덕이는 나와 쓴웃음을 지은 에이나 누나는 목적지, 바벨 8층으로 이동하기 시작했다.

이번에도 마석 승강기를 타고, 시간을 들여 상층으로 올라갔다.

"자, 도착."

"도착했네요……."

정지한 승강기의 수동 문을 열자 조금 전 4층과 비슷한 광경이 우리를 맞아주었다.

검, 창, 도끼, 철퇴, 도, 활, 방패, 갑옷, 그 외 방어구……

수많은 종류의 무구 전문점이 넓은 플로어 곳곳에 있었다. 그리고 어쩐지 4층보다는 손님이…… 모험자의 수가 많다.

이 사람들이 모두 일류 모험자라고 생각하니, 슬슬 꽁무니를 빼고 싶어졌다.

"'【헤파이스토스 파밀리아】 같은 고급 브랜드는 나하고 인연이 없는데'…… 그렇게 생각하지, 벨?"

불안해하던 나는 뭘 새삼스레 묻느냐며 솔직하게 고개를 끄덕였다.

에이나 누나는 그 모습에, 때가 됐다는 양 고개를 척 들며 웃음을 지었다.

"사실은 그렇지도 않답니다. 뭐, 백문이 불여일견! 잠깐 따라와봐."

에이나 누나는 나를 데리고 가장 가까운 가게로 향했다. 이곳은 창을 파는 가게인가보다.

가게 안쪽으로 들어가더니 에이나 누나는 벽 쪽에 놓인 창 진열대 앞에서 발을 멈추었다. 훌륭한 배틀스피어가 날을 천장으로 향하고 즐비하게 늘어섰다.

'어차피 또……'라고 생각하며 가격을 보니…… 12,000 발리스.

"어라?"

이 정도면 손이 닿을지도……?

어안이 벙벙한 나에게 에이나 누나가 의기양양 물어보았다.

"후후, 놀랐어?"

"어, 네. 하지만 어떻게……?"

내 시선은 여전히 그 훌륭한 창에 못 박힌 채였지만.

"【헤파이스토스 파밀리아】가 다른 스미스 【파밀리아】와 다른 점은, 말단에 해당하는 기술자에게도 계속 작품을 만들게 해 그걸 가게에 내놓는다는 거야."

"엑…… 그래도 되나요? 그건 일류 분들에 비하면 전혀……."

"물론 숙련 스미스의 작품과는 판매되는 환경이 다르지. 하지만 이렇게 만들어진 무구에 가게 경영진이 엄격하게 가격을 매기고, 모험자가 직접 만져보고 구입한다는 그런 평가가, 미숙한 스미스들에게는 확실한 플러스가 되는 거야. 멋진 찬사도, 눈도 뜰 수 없을 만큼 가혹한 평가도 전부. 그들은 그걸 기폭제로 삼아 더 나은 작품을 만들자고 힘을 내는 거지."

놀라는 한편 그렇구나 싶기도 했다. 실습이나 수련만 허용되는 좁은 공방에 갇힌 것보다는, 넓은 세계에서 많은 목소리와 자극을 받는 편이 성장의 밑거름이 될 것이다.

"게다가 가게 측에서 봐도 괜찮은 이야기거든. 이런 자리를 마련해 하층 모험자 고객을 확보할 수 있으니까."

그중에는 제1급 모험자가 될 법한 인재도 있을 테니, 대성하면 일급품을 구입하는 우수고객이 될 것이다. 비유하자면 피라미드를 쌓는 것이나 같다고 에이나 누나가 말했다.

폭이 넓은 저변층에서 많은 손님을 얻고, 그중에서 단골을 몇 사람 확보해, 그들의 성장과 함께 상층에서도 수입을 내다본다.

미궁도시의 특성. 장기적으로 보면 모험자는 막대한 이익을 낳을 가능성이 있는 것이다.

"여기서 가장 중요한 게, 신출내기 모험자와 신출내기 스미스가 이 시점에서 연결고리를 가질 수 있다는 거야. 고리가 강하고 약하고는 상관없이."

그게 무슨 소리냐며 나는 눈빛으로 물었다.

"작품을 통해, 신참 모험자가 신참 스미스의 이름을 기억하는 거지. 마음에 들었다면 언젠가 만날 수 있을지도 모르고. 숨은 원석 같은 스미스가, 경영자들도 알아보지 못했던 재능을 혜안 있는 모험자 덕에 세상에 드러내는 거야. 초록동색까진 아니어도, 역시 실제로 써보고 직접 피부로 느끼는 모험자는 무구에 많은 생각을 품는다고 하니까."

……그 말을 듣고 보니 그런 것도 같다. 적어도 나는 길드 지급품 단도나 라이트아머에는 다소나마 생각하는 바가 있다.

"무엇보다 특정한 누군가를 위해 만드는 무구란 건 말이지, 깊은 마음이 깃든 만큼 더 특별한 위력을 발휘하는 법이거든. ……뭐, 이건 다른 사람이 했던 말을 써먹은 거지만."

날름하고 혀를 살짝 내미는 에이나 누나에게 가슴이 두근두근. 이 사람이 이렇게 어린아이 같은 몸짓을 하리라고는 꿈에도 생각하지 못했다.

"이야기가 길어졌지만, 아무튼 벨이 살 만한【헤파이스토스 파밀리아】상품도 있다는 거야. 돈은 얼마나 가져왔어?"

"어, 딱 1만 발리스예요."

"그럼 물건에 따라서는 방어구를 세트로 갖출 수 있으려나? 아까 원석 스미스의 작품이라고 말했듯이 숨은 보물이 있을지도 모르고. 자, 가자!"

나보다도 에이나 누나가 더 신이 났다. 조금 넝정해진 나는 쓴웃음을 지었다.

누나의 안내에 따라 갑옷과 방패 간판이 있는 가게 앞에 온 나는 둘이서 넓게 찾아보는 편이 좋은 걸 찾을 확률이 높겠다며 의욕을 보이는 에이나 누나의 말에 일단 헤어지기로 했다.

가게 안에 들어서니 이제까지 본 적도 없는 광경이 눈에 들어왔다.

'우와……. 말단 스미스가 만들었다고는 해도 대단한 건 대단하구나…….'

갑옷의 숲이라 해도 과언이 아닌 가게 내부는 그야말로 압권이었다.

순백색 토르소가 서로 다른 모양의 수많은 갑옷을 입고, 몸통 부분밖에 없는데도 위용을 과시했다. 개중에는 등신대 인형도 있어서, 장비한 자신의 모습이 선명하게 떠올랐다.

방패나 투구도 선반을 장식했다. 간소하고 단단해 보이

는 것, 호화찬란하게 장식을 가미한 것 등등 가지가지다.

　남성도 여성도 상관없이 자신에게 맞는 방어구를 고르고 있었다. 입어볼 수도 있는 모양이었다.

　'어떡하지, 굉장히 기대되는데…… 응?'

　주위의 공기에 영향을 받아 가벼워지는 걸음으로 걷고 있으려니, 문득 눈길이 끌렸다.

　가게 안에서도 눈에 뜨이지 않는 한구석. 그곳에 방어구를 각 파츠별로 쌓아놓은 박스가 있었던 것이다.

　저건 아머 계통인가?

　다른 방어구는 토르소로 전시되었는데, 이렇게 폐품처럼 쌓아놓으니 분위기가 참으로 기이했다. 그 곁에는 비슷한 박스가 여럿 놓여 있었다. 보아하니 【파밀리아】에서 가치가 낮다고 평가를 받은 물건인 것 같았다. 아니면 기능에는 지장이 없더라도 약간의 불미한 사항이 있었거나.

　"아, 역시 파는 물건이네."

　박스 밑에 가격표도 있었다. 5,700……, 6,400……, 3,900…… 각각 적힌 붉은 숫자는 천차만별이었지만, 전부 염가인 것만은 아닌 모양이다.

　아까 언뜻 본 갑주가 15,000발리스, 지금 내가 쓰는 길드 라이트아머가 5,000발리스였으니…… 음, 아마 내 생각이 맞을 것이다. 가격으로 따지면 적당하지 않을까?

　하지만 에이나 누나는 몸을 지키는 거니 돈을 아끼지 말라고 할 것 같은데.

"......?"

상자의 대열을 따라 걷고 있으려니 문득 발길을 붙드는 것이 있었다. 아래쪽에 있던 수많은 박스 중에서 어떤 방어구 무더기가 나타난 것이다.

강철색. 붉은 기운이나 암색을 띤 검은색이 아니라, 순수한 흰 금속광택. 채색이 전혀 가미되지 않은 소재 그대로의 모습이 내 심금을 울렸다.

몸을 숙여 자세히 보니 그것은 라이트아머였다.

무릎받이며 몸에 착 달라붙을 것 같은 조그만 브레스트플레이트, 팔꿈치, 하박, 허리부분까지 최소한도의 부위만을 보호하는 구조. 군데군데 부위가 빠져나간 아머라고도 할 수 있다.

플레이트를 들어보니, 가벼웠다. 길드 지급품보다도 훨씬. 두드려봐도 잘 알 수는 없지만, 그래도 방어력은 보장할 수 있을 것 같았다.

사이즈도 무섭도록 딱 맞는다.

"......"

굉장히. 끌렸다.

처음 손에 들고 보았기 때문일지도 모르지만.

정신이 들고 보니 나는 이 방어구에 끌리고 있었다.

내 손에 들린 브레스트플레이트를 가만히 바라본다. 휙 뒤집어보니── 있었다. 【벨프 크로조】라는 제작자의 사인이.

【Hφαιστοs】 브랜드명은 아직 허락받지 못한 모양이었다.

'벨프 크로조…….'

외웠다.

내 의식을 꽉 움켜쥐고 시선을 붙들어놓았던 스미스의 이름.

에이나 누나가 말했던 모험자와 스미스의 인연을, 나는 듣자마자 실제로 체험했다.

마음은 이미 이 라이트아머에 기울었다. 꼭 사고 싶었다.

박스에 기재된 가격에 눈을 떨구니…… 헉, 9,900발리스.

거의 소지금 전액…….

"얘~ 벨! 내가 좋은 걸 찾았어! 프로텍터랑 레더아머! 좀 비싸긴 하지만 둘 중에 하나쯤은 사두는 편이…… 어머, 벨도 뭔가 찾았니?"

돌아온 에이나 누나는 몸을 구부린 내 머리 위에서 그것을 들여다보더니…… 약간 고민스러운 표정을 지었다. 박스로 파는 것이기도 해서 안 좋은 심증을 품었는지도 모른다.

"……그걸로 결정했니?"

"네. 전 이걸로 할래요."

"하아…… 벨은 정말 경장을 좋아하는구나. 기껏 엄선해 왔더니…….."

"죄, 죄송합니다."

미안해서 어깨를 움츠리는 내게 에이나 누나는 쓴웃음을 지었다.

"괜찮아. 마음에 두지 마. 벨이 쓰는 거니까. 나야 몸을 든든히 지키는 것도 생각해주면 좋겠지만…… 네가 그걸로 결정했다면, 그게 좋겠지."

"……고맙습니다."

인사를 한 나는 박스를 들고 일어났다.

카운터로 가져가 지불을 마치고 나니, 남은 돈은 역시 100발리스. 비싼 쇼핑을 하고 말았구나.

"어……?"

에이나 누나가 없었다. 경장이 든 백팩을 짊어지며 주위를 둘러본다.

어디로 갔을까 싶어 고개를 돌려보니, 금방 나타났다. 생글생글 웃는 에이나 누나는 내 바로 뒤에 서 있었다. 가게에서 이제 막 나온 걸까.

"자, 이거."

"……네?"

그녀가 건네준 것은 가늘고 긴 프로텍터였다.

부속 건틀릿에 달아놓은 형태로, 손목에서 팔꿈치 정도 되는 길이였다. 방패와 같은 기능을 가졌다는 것이 잘 단련된 금속판을 통해 엿보였다. 에이나 누나의 눈동자와 같은 에메랄드색이다.

"이, 이건……."

"내 선물이야. 잘 써줘야 해."

"네에?! 괘, 괜찮아요, 됐어요! 도, 돌려드릴게요!"

"뭐야? 여자가 주는 선물을 못 받겠다고?"

"아, 아뇨! 하지만…… 왠지 못난 것 같아서."

당황한 나머지 솔직하게 본심을 말했다. 아무리 연상이라고는 해도 여성에게서 원조를 받다니…… 그것만으로도 어쩐지 나쁜 짓을 한 것 같다는 생각이 들었다.

내가 고개를 숙이고 있으려니 에이나 누나가 슬쩍 웃었다.

"나는 받아줬으면 좋겠는데. 나를 위해서가 아니라, 너 자신을 위해서."

"네……?"

"정말이지, 모험자는 언제 죽을지 몰라. 아무리 강하다고 생각했던 사람도, 신의 변덕처럼 쉽게 죽거든. 나는 돌아오지 못했던 모험자를 너무 많이 봤어."

"……."

"……꼭 돌아와줬으면 좋겠는걸, 벨은. 아하하, 이래선 역시 나를 위해서가 되려나?"

웃으며 너스레를 떠는 에이나 누나는 그러는 동안에도 나를 가만히 바라보고 있었다.

그 조용한 눈동자로.

"안 될까?"

나는 바닥을 보았다.

살짝 붉어진 눈을 앞머리로 가리며.

그렇게 말하면 반칙이라고 투덜거릴 마음도 들지 않았다.

"……게다가 말이야, 벨은, 나한테 좋아한다고 해줬잖아?"

"에악?!"

이번에야말로 나는 시뻘겋게 달아올랐다. 홱 고개를 들며 시선을 맞추었다. 에이나 누나의 뺨도 아주 살짝 발그레해졌다.

"그건, 그, 뭐랄까! 에이나 누나가 절 격려해준 게 기뻐서 그랬던 거고……!"

"나도 그랬어. 기뻤어. 벨이 좋아한다고 해줘서. 그런 의미가 아니라는 건 나도 알아."

양쪽 모두 얼굴을 붉힌 채.

"그래서는 아니지만, 약간이나마 힘이 되면 좋겠다고 생각했거든. 노력하는 네게 주고 싶어졌어. 응? 받아줄 거지?"

코를 톡 두드린다.

나는 손가락이 닿은 코를 어루만지며, 붉어진 얼굴로 고개를 끄덕였다.

"고맙, 습니다……."

"천만에."

품에 끌어안은 에메랄드색 방어구는 온기로 가득한 것 같았다.

"꽤 늦었구나⋯⋯."

하늘이 붉게 물들고 있었다. 이미 해가 질 무렵이었다.

쇼핑을 마친 나는 에이나 누나를 집까지 바래다준 다음 귀갓길에 올랐다.

뛰어서 서쪽 메인 스트리트를 벗어나 수많은 골목이 뒤얽힌 뒷골목으로 들어섰다.

'에이나 누나에게 그렇게 가슴이 두근거리다니⋯⋯ 이러면 안 되는데.'

머릿속의 발렌슈타인 씨가 나를 비난의 눈초리로 바라보았다. 물론 망상이지만.

자신에게 바람기가 있다고는 믿고 싶지 않았다⋯⋯ 근데 나 얼마 전까지는 하렘이 어쩌고 하지 않았던가? 아하하하. 좀 허탈하게 웃으며 나는 현실도피를 했다.

나는 발렌슈타인 씨 일편단심, 나는 발렌슈타인 씨 일편단심⋯⋯.

문득 걸음을 멈추었다.

"⋯⋯발소리?"

뒷골목 안쪽에서 나 말고 무언가가 탁탁탁 달려오는 소리가 들렸다. 한 사람⋯⋯ 아니, 둘이다. 작은 것과 큰 것. 발소리의 크기가 뚜렷하게 달랐기 때문에 구별할 수 있었다.

"어디서⋯⋯?"

메인 스트리트는 막 벗어난 참이었다. 왔던 길을 돌아보니 대로의 인파가 또렷이 보이는 위치였다. 그리고 발소리는 이쪽을 향해 점점 다가왔다.

아직 거리가 있다고는 하지만 우리 홈 부근에서 불상사가 일어나면 좀 성가실 텐데.

약간 불안을 느끼면서 나는 우선 평소 돌던 모퉁이를 들여다보기로 했다.

"아읔!"

"어?!"

그 순간 그림자 하나가 내 앞으로 튀어나오다가 요란하게 굴러갔다. 뛰어나오려다. 모퉁이에서 나간 내 다리에 걸려 넘어진 모양이었다.

가녀린 비명에 당황하며 다가가보니…….

'……호빗?'

우리 주신님보다도 더 작은 신장에, 건드리면 부러질 것처럼 가느다란 팔다리. 몸을 이루는 부위 하나하나가 매우 작은 그 특징적인 외견을 보며 나는 금방 어떤 종족의 이름을 떠올렸다. 먹고 춤추고 소란피우는 것을 좋아하는 그 데미휴먼 종족이다.

"죄송합니다. 괜찮으세요?!"

"으윽…….

꼼질꼼질 움직이던 조그만 몸이 일어났다.

여자아이였다. 잘 정리되지 않은 갈색 머리카락이 목덜미를 가린다.

앳된 용모였다. 얼굴에 담긴 모든 것이 조그마한데 눈만 커다랗고 동그래서 강한 인상을 주었다.

"잡았다, 이 망할 호빗 자식!!"

내가 손을 빌려주려던 그때, 길 안쪽에서 휴먼 하나가 나타났다. 넘쳐나는 노성에 호빗 소녀는 가엾을 정도로 겁을 먹었다.

눈을 번들번들 빛내는 그 사내는 아무래도 모험자인 것 같았다. 나이는 스물 정도? 비교적 커다란 검을 등에 짊어 졌으며 나보다도 훨씬 덩치가 좋다.

"이젠 절대 안 놓친다……!"

숨을 헐떡이는 청년은 악귀 같은 표정을 짓고 있었다. 내게 한 말이 아닌데도 무의식중에 몸을 젖힐 만큼 무서웠다.

──이 사람, 호빗 애한테 대체 뭘 하려는 거야?

그런 생각을 하고 나니 내 몸은 저절로 움직이고 있었다.

소녀의 몸을 감추듯, 청년의 진로를 가로막고 선다.

"……아앙? 애송이, 거치적거리니 거기서 비켜."

사내의 눈은 이제까지 소녀만 보고 있었는지, 그제야 내 모습을 발견한 것 같았다.

뺨이 실룩거린다. 몬스터는 얼마든지 쓰러뜨릴 수 있지만 이런 데에는 전혀 면역이 없었다. 나는 사내의 박력에 눌리면서도 필사적으로 다리에 힘을 주었다.

"저, 저기…… 이 아이에게, 뭘 하려는 건가요……?"

"시꺼 애송이!! 당장 꺼지지 않으면 뒤에 있는 그 자식하고 한꺼번에 베어버린다!"

──아, 이런. 비키면 안 되겠다.

나는 눈물을 머금으면서도 각오했다.

사정은 모르겠지만 이 사람은 틀림없이 뒤의 여자아이에게 나쁜 짓을 하려는 것이다.

등에 짊어진 백팩을 내려 골목 한구석에 기대놓는다. 내 행동에 모험자 사내는 물론, 비스듬히 뒤에 있던 호빗 소녀도 놀란 표정을 감추지 못했다.

눈을 크게 떴던 사내는 금세 시뻘겋게 달아올랐다.

"이 쬐끄만 게……! 진짜 죽고 싶냐……?!"

"그, 그러니까, 이, 일단 좀 진정을 하시는 게……?"

"닥쳐! 넌 대체 뭔데?! 그 땅꼬마랑 한 패라도 되냐?!"

"초, 초면인데요!"

"그럼 왜 그 자식을 감싸는데!"

"……여, 여자애니까?"

"뭐라고 하는 거야, 이게……!"

정말, 내가 뭐라고 하는 거람.

하지만 어쩔 수 없었다. 실제로도 이유가 그것뿐이었으니까.

남자라면, 보통 그렇지 않나? 여자애가 공격을 당하려고 하면, 보통 구해주는 거 아닌가? 이유를 찾는 게 이상하지 않나……?!

"됐어! 우선 너부터 죽여버리겠다……!"

남자가 손을 등으로 가져가 검을 뽑았다.

진짜 살기에 몸이 흔들려, 나도 반사적으로 《주신님 나이프》를 꺼내들었다

흠칫 숨을 삼키는 소리. 쳐다보니 호빗 소녀가 눈을 동그랗게 뜨고 나를 바라보았다. 아니, 그녀가 보는 건……《주신님 나이프》?

사내도 내 자세에 한번은 놀란 것 같았지만, 금세 두 눈에 힘을 주더니 노려보았다.

──위험해.

첫 대인전…… 다리가 떨렸다. 싸울 수 있을까, 이래가지고?

몸을 후려치는 타인의 살기가 나를 긴장케 했다. 땀이 솟아나고, 몇 번이나 침을 삼켰다. 꼴사나울 정도로 겁을 먹은 내 모습에 모험자는 사나운 웃음을 지었다. 눈앞의 상대가 별것 아님을 깨달은 것이리라.

그리고 당당하게 한 걸음 간격을 좁힌다. 나는 뒤로 물러나고픈 충동을 참으며 필사적으로 버텼다.

당하는 이미지밖에 떠오르질 않았다. 그래도 물러날 수 없다.

나는 온 힘을 쥐어짜내 눈을 치켜세웠다.

다음 순간, 사내가 단숨에 달려들었다.

"그만두십시오."

그러나 사내의 검이 내게 날아들지는 못했다.

심지가 굳고 날카로운 목소리가 그 자리에 끼어든 것이

었다.

흠칫 돌아본 우리의 눈에 비친 것은, 커다란 종이봉투를 한손에 든 엘프 소녀였다.

에이나 누나와 비슷한, 지나칠 정도로 단아한 이목구비. 하프엘프인 누나와 다른 점은 튀어나온 귀가 더 날카로운 선을 그린다는 점이었다.

하늘색을 띤 아몬드 모양 눈동자가 모험자 사내를 똑바로 꿰뚫고 있었다.

어, 분명…… '풍요의 여주인'의 점원인, 류 씨?

"아까부터 계속……! 이번엔 뭐야?!"

"당신이 위해를 가하려는 그 사람은…… 제 둘도 없는 동료의 반려가 될 분입니다. 손을 대도록 방관하진 않겠습니다."

저 사람이 뭐라는 거야.

"이놈이고 저놈이고 뚱딴지같은 소리만……! 죽고 싶으냐? 아앙?!"

"짖지 마."

──쩌억. 공기가 얼어붙었다.

고함을 질렀던 사내가 말을 삼켰다. 눈을 가늘기 뜬 류 씨는 어마어마한 위압감을 뿜어냈다. 모험자 사내는 눈에 띄게 낭패했다.

그러는 나도 마찬가지로 말을 잃었지만.

"……킥, ……?!"

"거친 짓을 하고 싶지는 않습니다. 저는 **언제나 도를 넘어서니까요.**"

메인 스트리트 방향에서 비쳐드는 저녁 햇살을 등지고 류 씨는 담담히 말했다.

아마, 분명, 사실.

그런 생각이 들 만한 실감이 그녀의 자태에서 오싹오싹 전해졌다.

모험자 사내가 입을 빼끔거리고 있으려니, 마치 최종통고라도 했다는 듯이 류 씨는 날카로운 소리를 울리며 빈 손에 소태도(小太刀)를 장비했다. 아, 안 보였어……!

"비, 빌어처먹을?!"

사내는 낯빛을 시퍼렇게 물들이며 도망쳤다.

"……."

"괜찮으십니까?"

싸우지도 않고 모험자를 쫓아내버린 눈앞의 여성에게 약간의 경외심을 품고 말았다.

턱 아래에 고인 땀을 닦아냈다. 조금 전 모험자와 노려보았던 탓인지, 아니면 그녀의 기에 쏘인 탓인지 판별이 가지 않았다.

류 씨, 혹시 모험자인가……?

"고, 고맙습니다, 덕분에 살았어요…….."

"아닙니다. 저야말로 주제넘은 짓을. 당신이라면 분명 어떻게든 처리했을 테지요."

"아뇨, 그럴 리가……."

엄청나게 쫄았다. 나쁜 상상밖에 떠오르지 않았다.

나는 뺨을 긁으며 시선을 옆으로 돌렸다.

"그, 그보다 류 씨는 웬일이세요?"

"저녁 영업 때문에 장을 보고 오던 길이었습니다. 낮과는 달리 저녁에는 가게에 모험자들이 밀려드니, 준비를 해두지 않으면 힘이 들지요. 그러다 도중에 당신을 발견하는 바람에 저도 모르게."

그렇구나. '풍요의 여주인'은 인기 있는 주점이니 어정쩡한 양으로는 식량도 술도 금방 바닥이 나고 말 것이다.

그건 그렇다 쳐도 '저도 모르게'라니. 나하고는 별로 면식도 없으면서……. 정의감이 강한 사람인가?

"벨 씨는 이곳에서 무엇을?"

"아, 맞아. 그 애는…… 어?"

주위를 둘러보았지만 조금 전까지 있었던 호빗 소녀는 홀연히 사라지고 없었다.

"누가 있었습니까?"

"어, 네. 그랬는데……."

무서워서 도망친 걸까?

어쩔 수 없다면 어쩔 수 없을지도 모른다. 나도 무서웠으니까.

조금 마음에 걸리긴 하지만…….

"그러면 저는 이만."

"아, 네. 정말 고마웠어요."

이윽고 나와 류 씨는 서로 인사를 나누고 그 자리에서
헤어졌다.

"됐다…….."

장비를 새로 맞춘 벨은 전신거울로 자신의 모습을 확인
했다.

어제 구입한 강철색 라이트아머는 안에 받쳐 입은 까만
색 이너웨어랑 바지와 맞물려 아주 폼이 났다. 갑옷 그 자
체의 무게는 거의 느껴지지 않아 움직임에는 전혀 지장이
없었다.

왼팔에는 에메랄드색으로 빛나는 프로텍터.

벨은 에이나에게 받은 그 에메랄드색을 가진 방어구의
표면을 미소와 함께 살짝 쓰다듬었다.

"주신님, 그러면 다녀올게요!"

"우웅~ 다녀와라아……."

피로 때문에 침대에 파묻힌 주신에게 쓴웃음을 지으며
벨은 출입구로 향했다. 이미 아르바이트에 대해서는 설득
을 포기한 후였다.

마지막으로 한 번 더 거울을 보았다. 길드 지급품에서 확 달라진 장비 상황. 이제야 겨우 **모험자다워진** 것 같아 벨은 조금 득의양양해졌다.

《단도》와 《헤스티아 나이프》를 허리에 차 완전장비. 교회의 비밀 지하실을 출발했다.

'날씨 좋다…….'

교회에서 나오자마자 펼쳐진 하늘은 아주 맑았다.

'오늘은 좋은 일이 있지 않을까.'

푸른 하늘을 보며 표정을 풀고, 벨은 그런 생각을 했다.

뒷골목을 거쳐 메인 스트리트로, 그리고 센트럴 파크로. 모험자들의 파도를 탄 벨은 바벨까지 당도했다.

'오늘도……'

열심히 하자고, 금발금안의 소녀를 가슴속에 떠올리며 중얼거리려던 벨은.

"모험자님, 모험자님. 거기 백발 모험자님."

자신을 부르는 것임직한 목소리에 행동을 중지했다.

"어?"

목소리가 들린 쪽을 돌아보았다. 그러나 근처까지 다가왔다가는 앞질러가는 모험자들이 있을 뿐, 목소리의 임자로 보이는 사람은 보이지 않았다.

"모험자님, 아래예요, 아래."

귓불을 간질이는 듯한 소녀의 목소리에 턱을 당겨보니.

신장은 겨우 100C(셀티) 정도. 품이 넉넉한 크림색 로브를 걸쳤으며, 깊이 뒤집어쓴 후드에서는 갈색 앞머리가 엿보였다. 등에는 그 조그만 몸보다 몇 배는 커다란, 저도 모르게 깜짝 놀랄 만한 백팩을 지고 있었다.

강한 기시감을 느낀 벨은 어제 뒷골목에서의 기억을 되새기며 크게 눈을 떴다.

"다, 당신은⋯⋯?!"

"**처음 뵙겠습니다**, 모험자님. 갑작스럽지만 서포터를 찾고 계시진 않나요?"

벨의 말을 가로막으며 소녀는 갓난아기 같은 검지를 벨의 등에 가리켰다.

그녀가 가리킨 것은 벨의 백팩.

솔로로 보이는 모험자가 백팩을 장비한 광경을 보면 누구나 심중을 헤아릴 수 있을 것이다.

'서포터가 있으면 좋겠는데'라고.

따라서 그녀는 반쯤 확신하고 벨에게 물은 것이었다. 서포터는 필요없느냐고.

"어⋯⋯ 네에?"

"혼란스러우신가요? 하지만 지금 상황은 간단하잖아요? 모험자님이 떨어뜨리는 떡고물을 얻어먹고 싶은 가난뱅이 서포터가 자신을 어필하러 온 거예요."

눈을 동그랗게 뜨는 벨과는 반대로 소녀는 해님처럼 방긋 웃었다.

"그, 그게 아니고⋯⋯ 당신은, 어제⋯⋯?"

"응……? 모험자님, 릴리랑 만나신 적이 있나요? 릴리는 기억이 없는데요."

고개를 귀엽게 갸웃하는 소녀를 따라 벨도 고개를 갸웃할 것 같았다.

주위를 오가던 모험자들이 길을 가로막고 뭘 하냐는 투로 귀찮은 듯 쳐다본다.

"어라아?"

"그래서 모험자님, 어떠세요? 서포터는 필요하지 않으세요?"

"어…… 가, 가능하다면, 필요하려나……?"

"정말요?! 그럼 릴리를 데려가 주지 않으시겠어요, 모험자님?!"

소녀는 천진난만하게 팔짝팔짝 뛰며 좋아했다. 후드와 앞머리 안쪽에 감추어진 동그란 눈동자가 드러났다.

커다란 눈은 벨의 허리에 걸린 나이프에 못박혀 있었다.

"아니, 그건 괜찮지만, 으음……?"

"아, 이름말인가요? 실례했어요. 릴리는 자기소개를 하지 않았지요."

소녀는 한 걸음 물러나더니 명랑한 웃음을 지었다.

"릴리의 이름은 릴리루카 아데예요. 모험자님의 이름은 뭔가요?"

벨을 올려다보는 소녀의 눈동자는 약간 요사스럽게 번뜩였다.

2장

서포터의 사정

"그러면 그쪽은 무소속 서포터가 아니라…….'

"그래요. 릴리는 어엿한【파밀리아】에 들어 있답니다."

바벨 2층, 간이식당. 대부분의 모험자들이 던전에 내려간 오전 시각, 사용자가 적은 이 넓디넓은 공간에서 나는 조그만 소녀와 테이블을 끼고 말을 나누고 있었다.

릴리루카 아데라 자신을 소개한 소녀가 꺼낸 이야기를 음미하기 위해서였다.

"【파밀리아】의 이름은 뭐예요?"

"【소마 파밀리아】예요, 모험자님. 제법 유명한 파벌인 걸로 알고 있어요."

서포터로서 미궁탐색에 동행하고 싶다고 교섭을 청한 그녀는 듣자하니, 이제까지 행동을 함께 했던 파티와 해약이 되고 말았다고 한다. 난감해져서 새로운 계약상대를 찾으려고 길드와 바벨을 왕복하는 하루하루를 보내다, 마침내 오늘 나를 발견했다는 것이다.

파티도 서포터도 없는, 그야말로 견본 같은 솔로 모험자.

이젠 이 사람밖에 없다고 지체 없이 달려들었다는 것이다.

분명 서포터가 있으면 좋겠다고 전부터 생각은 했지만…… 그 제안에 금방 고개를 끄덕일 만큼 나는 풍족하지 못했다.

흘끔 눈앞의 소녀를 관찰한다. 몸은 약간 마른 것 같았으며 눈가까지 깊이 눌러쓴 후드 아래에서는 얇은 입술이 언제나 방글방글 웃음을 머금고 있다. 귀엽고 조그만 얼굴

속에서 콧날은 예쁘고 오똑해. 외견과 맞물려 나도 모르게 '조숙하다'는 인상을 느끼고 말았다.

이렇게 천진난만한 아이를 의심하고 싶진 않지만, 만난 지 얼마 안 된 상대의 부탁을 냉큼 받아들이는 것도 잘못인 것 같았다. 상식적으로 생각해서.

마음에 걸리는 점도 있고 해서, 나는 우선 질문을 통해 그녀에 대해 알아보기로 했다.

"왜 같은 【파밀리아】도 아닌 제게 부탁하는 건가요? 서로 다른 【파밀리아】의 조직원끼리 관계를 가지는 건 별로 좋은 일이 아닌데…… 그쪽 【파밀리아】의 동료들하고는 파티를 안 짜나요?"

"에헤헤. 릴리는 이렇게 몸집도 작고, 힘도 별로 없어서요. 뭘 해도 둔한 릴리에게 【파밀리아】 사람들은 정이 떨어져 짐짝 취급을 해요. 부탁해도 끼워주질 않아요."

동료들에게 따돌림을 당한다고 별 대수롭지도 않다는 투로 말하니 나는 나도 모르게 당황하고 말았다.

"밥만 축내는 몸은 창피해서 말이죠. 【파밀리아】 홈에 있으면 가시방석이라, 지금도 싸구려 여인숙을 전전하며 숙박을 해결하고 있어요."

홈에서 잘 수가 없다는 게, 있을 수가 없다는 게…… 대체 무슨 소리지.

그녀의 발언은 내게는 너무 충격적이었다. 【파밀리아】에서 동료들에게 따돌림을 당하다니.

나에게 【파밀리아】는 가족이었다.

【헤스티아 파밀리아】는 아직 나와 주신님밖에 없지만, 그곳에는 어엿한 유대관계가 있다. 절대 허울만이 아닌, 가족이라고 할 수 있는 따뜻한 장소와 관계. 앞으로 들어올 사람이 늘어나더라도 그 점은 변함이 없을 것이다.

고락을 함께 하는 평생의 관계. 그게 【파밀리아】 아니었나?

그런데 이 아이네 【파밀리아】는…… 가족을 무시하다니.

가벼운 현기증. 쉽게 믿어서는 안 된다는 걸 알지만 내가 아는 세계가 송두리째 뒤집어진 것 같아 나는 조금 동요했다.

"숙소에 틀어박혀 있으려 해도 가진 돈이 다 떨어져서요. 그러니 부디부디부디! 릴리는 모험자님하고 던전에 내려가고 싶어요!"

"어, 그치만……."

"아, 【파밀리아】 때문에 그러신다면 분명 괜찮을 거예요. 릴리네 주신인 소마 님은 다른 신들에게 영원무궁 무관심해서, 적이 될지 어떨지 이전에 아예 접촉이 없거든요. 그쪽 주신님이 소마 님을 눈엣가시로 여기지 않는 이상 【파밀리아】 사이에 다툼이 발발할 일은 전혀 생기지 않을 거예요."

말을 흐리는 나를 보고 무언가 잘못 생각했는지 릴리루카는 즉시 보충설명을 덧붙였다.

……이것저것 생각할 건 있지만, 일단은 넘어가자.

약간 당황했던 나는 처음의 목적으로 의식을 되돌리려 했다.

"릴리루카의 사정은 알겠지만…… 마지막으로 한 가지만 확인해도 될까요?"

"네, 뭔데요?"

"우리, 정말 **초면이에요?**"

어제 골목에서 만났던 호빗 소녀는 릴리루카가 아니었나?

내가 마음에 걸렸던 점은 그것이었다. 얼굴이나 목소리를 제대로 확인했던 것은 아니지만, 그 소녀와 눈앞의 소녀는 언뜻 봤을 때 특징이 매우 비슷했다. 암만 그래도 어제오늘 사이 기억에 구멍이 났을 리도 없고.

"릴리는 모험자님하고 초면인데요…… 잘못 보신 건 아닌가요?"

"……혹시 괜찮다면 후드를 벗어줄 수 있을까요?"

눈가 깊이 눌러쓴 후드의 안쪽을 확인하면 판단이 간다. 내가 동일인물이라고 확신하지 못하는 것은 이 아이의 얼굴을 절반밖에 보지 않았기 때문이다.

내 요구에 눈에 뜨이게 동요했던 릴리루카는 불안한 듯 몸을 좌우로 까닥거리더니,

"알았어요……."

중얼거리곤 조그만 두 손으로 후드를 젖혔다.

"……어?"

"이, 이러면 됐나요?"

시야를 직격한 것은 머리 위에서 까닥까닥 움직이는, 귀여운 **짐승 귀**였다.

나는 입을 반쯤 벌린 채 그 자리에서 굳고 말았다.

"……수, **수인?**"

"네, 네에. 릴리는 시앙스로프(견인犬人)예요."

아연실색하기를 몇 초, 벌떡 일어나며 테이블 위로 몸을 내밀었다.

내 시선을 느꼈는지 의자에 앉은 릴리루카는 부끄러운 듯 움찔거려, 로브 아래에 감추었던 꼬리도 드러냈다. 갈색 꼬리가 살짝 좌우로 흔들린다.

호, 호빗이 아니라…… 수인 여자아이, 였어?

……그럴 수가.

여전히 정신을 차리지 못했던 나는 무의식중에 릴리루카의 두 귀로 손을 뻗고 있었다. 어깨를 흠칫하는 릴리루카는 의식 밖에 놓아둔 채 짐승 귀를 잡아본다.

"우웅……!"

손가락을 감싸는 감촉은 살짝 따뜻하면서도 부드러웠다. 탄력이 있다.

내가 손을 움직일 때마다 릴리루카는 **뺨**을 붉히며 움찔움찔 몸을 움직였다.

……진짜네.

폭신폭신한 털도 피부 아래의 질감도 핑크색이었으며, 약간 촉촉한 귀 안쪽까지도 가짜가 아니었다. 틀림없는 짐승 귀였다.

'그, 그 아이가 아니구나…….'

이젠 틀림이 없었다. 용모가 아무리 비슷하더라도 종족이 다르다는, 이 이상의 판단재료는 없었다.

소소한 공통점은 전부 날아가, 나는 의심을 버렸다.

"아우우…… 저기, 모험자니임……."

"헉——?! 미, 미안해요!"

꺼져 들어갈 듯한 목소리에 자신의 소행을 돌아본 나는 벌떡 그녀에게서 떨어졌다.

수인인 그녀는 내가 조물락거렸던 두 귀를 손으로 머리에 납작 누르더니, 뺨을 살짝 물들인 채 눈을 치뜨며 짓궂게 웃었다.

"남자분이 릴리의 소중한 몸을, 그렇게 마구 만지다니…… 이건 책임을 져주셔야겠는데요?"

……찍 소리도 못했다.

내 얼굴은 부끄러움에 금세 새빨갛게 물들었다. 나는 그저 사과만 계속했다.

"……하, 하지만 왜 그렇게, 종족을 감추고 다니는 거예요……?"

"릴리의 털은 너무 덥수룩하고 꼴 보기 싫어서, 별로 남들에게 보이고 싶지가 않아요……."

한바탕 사과가 끝난 후 조심스럽게 묻자 릴리루카는 부끄러워하며 후드를 다시 고쳐썼다. 폭신폭신해서 애교 있고 귀엽다고 생각했는데…… 그래도 뭐, 그야말로 남자인 나는 알 수 없는 것이 여자들에게는 있을지도.

그건 그렇다 쳐도 소인족이라 불리는 호빗이라면 모를까, 이렇게 조그만 수인 아이가 있다니…… 릴리루카는 어쩌면 이제 겨우 열 살 정도밖에 안 된 것은 아닐까.

"그럼 모험자님, 어떠세요? 릴리를 고용해 보시겠어요?"

"……알았어요. 그럼 일단, 오늘 하루만 서포터를 부탁해보죠."

"고맙습니다!"

귀를 유린하고 말았다는 죄책감 때문에 거절하는 것도 매우 켕겼다. 이대로 두면 조그만 여자아이에게 치근대고 도망치는 꼴이 된다.

……그렇다 해도, 솔직히 서포터는 내가 간절히 바라마지않던 존재였다. 한시라도 빨리 강해지기 위해 던전에서는 전투에만 집중하고 싶었다. 릴리루카의 제안은 나에게 딱 필요한 것이었다.

"어, 이럴 때는 계약금이나 그런 게 필요한가요?"

"그럴 때도 있지만, 오늘은 시험 삼아 해보는 거니 던전에서 얻은 수입을 나눠주시면 돼요. 릴리는 3할만 내려주시면 펄펄 뛸 정도로 기뻐요."

"네에? 겨우 그거? 괜찮아요, 좀 더 가져가세요."

그로부터 한동안, 천진난만하게 웃음을 짓는 릴리루카와 나는 얼굴을 맞대고 이야기를 나누었다.

던전은 정해진 계층을 경계로 지형도 성질도 바꾼다.

1~4계층은 엷은 청색 벽으로 이루어졌으며 나오는 것은 주로 고블린이나 코볼트 같은 저급 몬스터뿐. 종류도 많지 않다.

4계층에 다가감에 따라 미미한 개체 차이가 나타나기는 하지만 미궁 최상계층인 만큼 초심자 모험자들에게도 공략하기 쉬운 에이리어라 할 수 있다. 솔로로 내려갔을 때 여러 마리의 몬스터에게 포위되지만 않으면, 다시 말해 파티를 짜기만 하면 목숨을 잃을 일은 거의 없다.

그러나 5계층부터는 상황이 확 바뀐다.

외관이 엷은 녹색 벽면으로 바뀌는 것만이 아니라, 던전 자체의 구조도 복잡해지고, 7계층에서 처음으로 등장하는 '킬러 앤트'를 비롯해 **간악한** 몬스터들이 다수 출현하게 된다. 막다른 길에 들어간 순간 벽에서 튀어나온 많은 몬스터에게 포위당하는 것도 흔한 일이다.

상위 계층에서 긴장감이 엷어진 신출내기는 대부분 이곳에서 시체가 된다. 설령 방심하지 않았더라도 던전의 위협이 조금이나마 드러나기 시작하는 5~7계층은 모험자들의 첫 난관이라 할 수 있으리라.

부족함을 느꼈다고 해서 금방 하층으로 진출해서는 안 된다. 우선 4계층 이상에서 충분한 사전준비를 갖추어야 한다. 【스테이터스】에만 국한된 이야기가 아니라 경험, 무장, 임기응변, 모험자의 소양 등등 온갖 면에서 그렇다.

신출내기 모험자는 우선 꾸준히 힘을 쌓아나가야 한다.

하물며 솔로 모험자라면 더욱.

그러나.

"흡!"

『키샤아아악!!』

벨의 경우에는 조금 사정이 달랐다.

일반인 이상의 **성장속도**를 자랑하는 그는 일개 모험자의 범주에 들어가지 않았다.

수평베기 일격이 킬러 앤트의 가느다란 몸통을 포착해 둘로 쪼개버렸다.

현재 위치 7계층. 원래는 더욱 긴밀한 파티 플레이가 요구되는 이곳에서 벨은 끊임없이 밀려드는 몬스터의 무리에 혼자 맞서고 있었다.

『키기기기기기긱!』

"얍!"

『삐긱?!』

상공에서 날아든 '퍼플 모스'를 흘려보내고《헤스티아 나이프》로 날개를 자른다.

한쪽 날개를 잃은 거대 나방은 밸런스를 잃은 순간《단도》에 맞아 금세 숨이 끊어졌다.

"거기서 움직이지 말라고!"

벨이 쳐다본 곳에는 다시 킬러 앤트가 있었다. 그것도 두 마리.

특징 있는 턱을 커다랗게 벌리고 위협하는 곤충계 몬스터를 향해, 단숨에 가속.

두 마리를 동시에 상대하려는 척하다가 오른쪽 한 마리로 조준을 좁힌다.

갑작스런 진로변환에 몬스터들은 한순간 늦게 반응했다.

『──카악?!』

돌격의 기세를 실은 찌르기가 킬러 앤트의 몸통 한복판을 꿰뚫었다.

단단한 겉껍질을 부순 《헤스티아 나이프》의 위력에 몬스터는 단말마를 지를 틈조차 없었다. 두 눈에서 빛이 사라지고 킬러 앤트는 침묵했다.

벨은 즉시 나머지 몬스터에게 대처하려 했지만── 나이프가 빠지질 않았다.

"윽?!"

깨진 겉껍질이 나이프 자루에 꽉 걸렸던 것이다. 벨의 움직임이 멈추고 말았다.

그러는 사이에 동포를 잃어 분노한 몬스터가 획 돌아와 날카로운 발톱을 벨에게 내리치려 했다.

벨은 창졸간에 왼팔을 들었다.

『키익?!』

"흐읍…… 야아아아아아아!"

© Suzuhito Yasuda

까강! 발톱을 튕겨낸 것은 에메랄드색 프로텍터였다. 킬러 앤트의 공격력에도 상처 하나 입지 않고 요란하게 불꽃을 뿜었다.

벨은 반격했다. 저릿저릿한 왼팔을 무시하며 손 안에 든 《단도》를 패스했고, 《헤스티아 나이프》를 놓은 오른손이 이를 캐치했다.

벤다.

《단도》가 겉껍질 틈새를 따라 내달렸다. 보라색 피보라가 솟아났다.

그 위력은 수많은 무기 중에서도 밑바닥임에도, 칼날은 킬러 앤트에게 치명상을 주었다.

『──끼익.』

"다음!"

《헤스티아 나이프》를 회수해 킬러 앤트의 숨통을 끊은 벨은 남은 몬스터 떼에게 쉴 틈도 없이 달려갔다.

"벨 님 강하세요~!"

벨이 몬스터를 해치우는 광경을 옆에 두고 릴리는 그가 해치운 주검을 한 곳에 모으고 있었다.

익숙한 움직임이었다. 웃으면서도 주위에는 세심한 주의를 기울여, 절대 몬스터와 맞닥뜨리는 일은 일어나지 않았다. 갈색 특제 서포터 글러브가 몬스터의 다리를, 팔을 잡아서는 질질 끌고 간다.

"쉿!"

『키익?!』

릴리의 움직임 덕에 발에 걸리는 것도 없어진 벨은 '니들 래빗'을 《단도》의 먹이로 삼았다.

벨은 기본에 충실했다. 이미 킬러 앤트 정도의 몬스터를 압도할 실력을 가졌으면서도 오만해지지 않았다. 자신의 어드바이저인 에이나에게 배운 대로, 동료를 부르는 귀찮은 킬러 앤트를 제일 먼저 해치워 결코 1대 다수의 상황을 만들지 않으려 했다.

넓은 룸에서 벌어진 전투는 완전히 벨이 고삐를 쥐고 있었다.

『——크슈우……! 샤아아아아아아아아아아아악!!』

"으아아! 베, 벨 님~! 또 태어났어요—!"

던전 벽면을 찢고 킬러 앤트가 흉흉한 산성(産聲)을 터뜨렸다.

이미 이런 상황을 몇 번씩이나 경험했던 벨의 행동은 신속했다.

남은 몬스터를 해치우고, 벽에서 기어나오려던 킬러 앤트에게 질주한다.

약 10M(메들)의 도움닫기를 거쳐 왼발을 콱 내디뎠다.

"이얍!!"

『끄익?!』

날아차기가 작렬했다.

벽에서 묵직한 소리가 울려 퍼지더니, 목이 부러진 몬스터는 힘을 잃고 축 늘어졌다.

"아~아…… 이거 어떡하죠, 벨 님? 이 킬러 앤트, 벽에 묻혀 있는데요?"

"어, 어떡할까요?"

마치 구멍에 낀 것처럼 얼빠진 꼴로 벽에서 늘어진 킬러 앤트에게 벨은 식은땀을 흘렸다. 자신의 키보다 높은 위치에 있는 몬스터에게 폴짝폴짝 뛰어보던 릴리는 진심으로 난처해하는 벨의 옆얼굴을 보며 풉 웃음을 터뜨렸다.

"벨 님은 강한데 어째 별나네요. 아하하하하!"

"……웃지 말아요."

릴리의 웃음소리에 처량한 표정을 지은 벨은, 이윽고 천천히 쓴웃음을 지었다.

그 후, 겨우 룸에 정적이 찾아와 잠시 숨을 돌린 두 사람은 마석 회수 작업에 착수했다.

그렇다 해도 이제는 서포터가 본업인 릴리의 독무대라, 벨은 몬스터의 습격을 경계하는 것 외에는 할 일이 없었다.

"와~ 능숙하네요……."

"릴리는 이런 것밖에는 할 줄 아는 게 없거든요. 이 몬스터들을 쓰러뜨린 벨 님이 훨씬 대단하죠."

자기 나이프로 깔끔하게 마석만을 도려내는 릴리의 기술은 세련되었다.

그 조그만 몸이 움찔움찔 움직일 때마다 몬스터는 조그만 구멍이 뚫리고, 재로 돌아갔다.

벨은 자신의 조잡한 작업풍경과 릴리의 실력을 비교해 보며, 조금 전부터 생각하던 것을 입에 담았다.

"……근데, 그 벨 님이란 호칭은 역시 좀 관뒀으면 좋겠는데요……."

"죄송해요. 그럴 수도 없어요. 서포터는 항상 겸손해야 하거든요."

"아니, 그래도요, 릴리루카."

"벨 님, 릴리는 그냥 릴리라고 불러주세요. 다른 호칭도 괜찮지만 경칭을 붙이거나 말씀을 높이면 안 돼요."

"호, 호칭 정도 가지고 왜 그렇게까지……."

세 번째 킬러 앤트를 재로 만든 릴리는 고개를 들고 벨을 보았다. 눈가를 가린 후드 밑에서 입가가 웃음을 짓는다.

"잘 들으세요, 벨 님."

그렇게 운을 띄우더니 말을 시작했다.

"서포터라고 하면 듣기는 좋지만, 따지고보면 우린 결국 그냥 짐꾼이에요. 목숨을 걸고 직접 몬스터와 싸우는 모험자님들이 보기엔 우린 안전한 곳에 도망쳐서 방관만 하는 겁쟁이고, 아무것도 안 하는 주제에 단물만 빨아먹으려는 기생충이에요."

던전에 내려온 시점에서 서포터도 똑같이 위험을 무릅쓰는 것이므로 그렇게까지 단언할 수는 없을 텐데, 릴리는 정정할 생각도 없이 지론을 설파했다.

"우리가 모험자님과 동격으로 있으려는 것 자체가 거만

이에요. 모험자님들도 그냥 두지 않고요. 만약 그런 짓을 했다간 모험자님들은 화를 내면서 우리에게 몫을 내려주시지 않을 거예요."

"그럴 수가?!"

"벨 님이 착하신 건 이제 처음 만난 릴리도 잘 알아요. 하지만 구분할 건 구분해야 해요. 만약 릴리가 벨 님을 공경하지 않는 건방진 서포터라는 소문이라도 돌았다간 벨 님 말고 다른 모험자님과 던전에 내려가고 싶어도 아무도 릴리를 상대해주지 않을 거예요. 기껏해야 공짜일이나 하게 되겠지요."

"……."

자신 하나만이라면 부정할 수 있었다. 그러나 다른 모험자들 이야기가 나오면 벨은 끼어들 수가 없었다. 자신에게는 잘못된 것이라 해도 타인에게는 당연한 일이 있을지 모르기 때문이다.

"벨 님에게는 익숙하지 않은 일을 강요하게 되겠지만, 받아들여주실 수 없을까요? 부디 릴리를 도와주시는 셈 치고."

"……알았어, 릴리."

결국 벨은 꺾었다. 릴리를 위해서라고 하니 자신의 사소한 고집은 버릴 수밖에 없었다. 정중한 말투를 버리고, 동년배 친구를 대하듯 말하기로 했다.

"근데 벨 님, 이건 다른 이야기인데…… 벨 님은 정말 초보 모험자 맞나요? 이렇게 많은 몬스터를 혼자 쓰러뜨리다니…….”

릴리는 잠깐 쉬겠다면서 손을 멈추더니, 아직 남은 몬스터의 시체를 헤아리기 시작했다.

이미 재가 된 것까지 포함하면 킬러 앤트가 네 마리, 퍼플 모스 세 마리, 니들 래빗이 다섯 마리. 합계 열두 마리였다.

휴먼과 비슷한 체격을 자랑하는 킬러 앤트를 제외하면 퍼플 모스와 니들 래빗은 소형종 몬스터이므로, 마음만 먹으면 분명 그렇게까지 어려운 상대는 아니다. 그러나 역시 혼자서 이만한 숫자를 해치웠다는 것을 감안하면 결과는 크게 달라진다.

“쓰러뜨렸다고는 하지만, 위험한 상황도 꽤 있었는걸…….”

“벨 님은 혼자 싸우시니 당연하지요. 평범한 모험자님 같으면 3인 이상 파티를 짜서 던전에 내려가는걸요? 솔로란 건 보통 아무도 하려 들지 않아요.”

“그래도 그건 하고 싶지 않다는 것뿐이지, 못한다는 건 아니잖아? Lv.1이면서 나보다 강한 모험자도 얼마든지 있을 테고.”

“그건…… 그럴지도 모르지만요.”

“다양한 파티와 계약을 해봤으니까 릴리는 나보다 강한 모험자를 많이 봤을 거 아냐?”

“……네. 그야 릴리는 벨 님보다 강한 모험자님들을 많이 봤지요……."

"그럼 난 역시 아직 멀었네."

쓸쓸하게 웃는 벨에게 릴리는 난처한 표정으로 갈했다. 논점이 빗나갔기 때문이다.

솔로 플레이를 하는 모험자는 분명 있다. 그러나 릴리가 문제로 삼은 것은, 벨이 정말 모험자가 되고 한 달도 지나지 않았느냐는 점이었다.

상식으로 봤을 때 Lv.1 모험자가 공략 가능한 것은 1계층에서 12계층 사이까지라고 한다.

계층마다 기본 어빌리티 평가에 따른 도달 기준을 세운다면, 1∼4계층이 I에서 H, 5∼7계층이 G에서 F, 8∼10계층이 E에서 C, 11∼12계층이 B에서 S 정도라고 할 수 있다.

하지만 이것도 어디까지나 참고 정도일 뿐이다.

게다가 13계층 이후가 되면 Lv.2로 분류되는 돈스터가 출현하므로 Lv.1 모험자는 절대 공략할 수 없다고 한다.

오라리오의 모험자들을 놓고 '평균'이라 할 수 있는 Lv.을 잡아본다면 단연 Lv.1이 될 것이다. 모험자의 절반이 여기에 해당한다.

그리고 나머지 절반이 중견이라 불리는 Lv.2와, 그 이상의 Lv.을 가진 자들.

Lv.1과 Lv.2 사이에는 하급 모험자와 상급 모험자의 경계선, 다시 말해 커다란 선이 그어져 있다. '제3급 모험자'

라는 명확한 지위를 인정받는 것도 Lv.2부터다. Lv.1이 평균이므로 그 이상은 적잖은 재능과 소질이 요구되는 세계라는 뜻이다.

기본 어빌리티를 포함한 개인정보의 유출은 금지되어 있으므로 Lv.1의【스테이터스】중에서도 어디까지가 표준적인【스테이터스】인지는 규정하기 어렵지만,【랭크 업】을 하지 못한 모험자들은 비교적 7~10계층 사이에 머무는 자가 많다.

다시 말해 기본 어빌리티 평가 G~C. 이것이 비기너는 넘어섰지만 익스퍼트에는 이르지 못한 '평균' 모험자들의【스테이터스】라 할 수 있다.

모험자가 된 지 보름을 갓 넘어선 벨이, 일단 자기 몫을 할 수 있는 그들과 어깨를 견주고 있는 것이다. 릴리가 알 수 없다는 표정을 짓는 것도 무리는 아니었다.

"……뭐, 벨 님이 강하신 건【스테이터스】외에 무기 덕도 분명 있겠지만요."

술렁. 릴리의 목소리 톤이 조금 바뀌었다. 후드와 앞머리에 가려진 눈동자가 모종의 의도를 머금고 벨의 허리에 찬 한 자루의 나이프를 직시한다.

그런 분위기를 알아차리지 못한 벨은 멋쩍게 웃었다.

"역시 그렇겠지? 나도 이 나이프에 좀 많이 의존하는 것 같아. 이래서야 진짜로 강해질 수 있으려나."

"아니에요. 무기는 소유자가 의지해줘야지요. 중요한 건 무기의 힘에 농락당하지 않고 제어하는 거예요. 그럴 수 있으면 그건 벨 님의 어엿한 힘인 거예요."

"그런가……?"

벨은 주위를 경계하기 위해 릴리에게 등을 돌리고 있었다. 그 손이 뒤로 돌아가 가만히 나이프를 쓰다듬는다.

끝에서 끝까지 칠흑으로 물든 진귀한 단도.

손가락 틈으로 엿보이는 칼집에는 【H φ α ι σ τ o s】라는 각인.

릴리의 눈이 형형히 빛났다.

"무기를 잘 모르는 릴리도 벨 님의 그 나이프가 훌륭한 것인 줄은 알겠지만, 대체 어디서 입수하셨나요? 실례지만 초보자인 벨 님에게는 돈이 없을 텐데……."

"주신님에게…… 우리 【파밀리아】의 주신님에게 받았어. 친구 신께 억지로 부탁해서 얻었다던데, 참 막무가내지."

"……정말, 좋은 분이네요."

"응……. 내 소중한 분이야."

릴리의 목소리에 담긴 동요와 어렴풋한 질투가 벨에게는 들리지 않았다.

마지막으로 니들 래빗을 조금 난폭하게 처리한 릴리는 자리에서 일어나 벨의 뒤로 조용히 다가갔다.

"벨 님."

"아, 끝났어?"

자신을 돌아보는 벨에게 릴리가 생긋 웃었다.

"저 벽에 파묻힌 킬러 앤트의 마석도 가져가요. 기왕 잡았는데."

"응, 그러게. 하지만 어떻게?"

"저 가느다란 몸통을 자르면 될 거예요. 마석은 가슴 안에 있을 테니까요. 나머지는 릴리가 처리할게요."

"그렇구나. 그럼……"

"자요, 벨 님."

"어…… 으, 응."

슥 내민 릴리의 나이프를 벨은 자기도 모르게 받아들고 말았다. 《헤스티아 나이프》를 쓰려 했지만 뭐 어떻겠냐면서, 하반신이 파묻힌 킬러 앤트에게 다가갔다.

주검의 겉껍질을 붙잡으며 상반신과 하반신을 연결하는 몸통에 칼날을 가져갔다.

'으음, 좀 자르기 힘드네…….'

익숙하지 않은 나이프에 악전고투하며 벨은 발돋움을 했다.

의식은 시야에 집중되고, 등 뒤는 전혀 돌아보질 않았다.

두 팔을 들어 가릴 것이 사라진 허리는 무방비했다.

"어?"

신경을 과민하게 만드는 기척. 무언가가 머리의 감각에 걸렸다. 즉시 돌아보았다.

"다 끝나셨나요?"

시야 속에서 릴리가 벨의 곁에 서서는, 한참 발돋움을

해 몬스터를 올려다보고 있었다. 눈을 동그랗게 뜬 벨은 쓴웃음을 짓고는, 조금 기다리라면서 손을 움직였다.

금방 절단된 킬러 앤트의 마석은 릴리의 손에 눈 깜짝할 사이에 채취되었다.

"그럼 오늘은 이만하도록 해요, 벨 님."

"어, 벌써? 난 아직 여유 있는데."

"아뇨아뇨, 그게 바로 방심이죠. 벨 님이 오늘 잔뜩 쓰러 뜨린 퍼플 모스는 독가루를 뿌리는 몬스터예요. 즉효성은 없지만 몇 번씩 받으면 '독' 증상이 발생하거든요."

"저, 정말?!"

"정말요. 우둔하게도 릴리는 해독약을 다 썼으니…… 얼 른 바벨로 돌아가 치료를 받으실 것을 권해드려요."

생각해보니 에이나도 그 나방 몬스터와 교전할 때는 항 상 위치를 조심하라고 말했다.

아차~.

옆머리를 쥐어뜯으며 벨은 릴리의 의견에 찬성했다.

"'독'이라니 어떻게 되는 걸까……. 으아아, 증상이 나오 기 전까지 시간이 없으려나? 돌아가는 길에 만나는 몬스 터는 얼른얼른 해치워야겠다……."

"괜찮아요, 벨 님. 몬스터랑 싸우지 않고 재빨리 귀환할 방법을 릴리가 가르쳐드릴게요."

"그, 그런 게 있어?"

"네."

고개를 끄덕인 릴리는 룸 출입구에 손가락을 가리켰다. 통로 안쪽에는 몇 명의 모험자가 보였으며, 벨 일행에게 한번 눈길을 주더니 몬스터가 없다는 것을 깨닫고 발을 돌려 가버렸다.

　"다른 모험자님들이 지나간 길을 반대로 따라가면 몬스터는 없어요. 모험자님들은 몬스터…… 마석이나 드롭템을 찾아 던전에 내려오는 법이니까요."

　"아하, 그렇구나."

　"운 나쁘게 몬스터가 나온다 해도 다른 파티 뒤에 숨으면 알아서 해치워 주니까요. 말하자면 사람이 있는 곳만 골라서 가면 몬스터와 싸우는 일 없이 나갈 수 있어요."

　원래 다른 【파밀리아】의 조직원이 모여 있는 장소는 쓸데없는 다툼을 일으키지 않기 위해서라도 피해야 하지만, 상황에 따라서는 그렇지만도 않다.

　때로는 잘 이용해 궁지를 모면하는 것도 한 가지 방법이 된다.

　"이 시간대라면 모험자님들은 던전 안에 넘쳐날 정도로 많을 거예요. 릴리를 따라오세요. 벨 님에겐 무기 한 번 쓰지 않게 할 테니까요."

　웃는 얼굴로 올려다보는 릴리를 벨은 든든하다고 느꼈다.

　던전의 지식은 그녀가 경험이 풍부한 것 같으니 고분고분 고개를 끄덕이기로 했다.

　"릴리도 역시 대단해. 서포터는 별것 아니라는 것처럼

말했지만, 굉장히 든든한걸."

"벨 님도 경험을 쌓으면 이 정도는 금방이에요. 자, 얼른 가요!"

어딘가 채근하듯 릴리가 손을 잡아끄는 바람에 벨은 출발했다. 지면에 남은 발자국을 따라가고, 때로는 모험자들과 스쳐 지나가면서 몬스터를 그들에게 붙이기도 하는 릴리의 실력은 훌륭했다.

너무 익숙한 거 아닌가 싶을 정도로, 효율이 좋았다.

"벨 님, 벨 님. 오늘 보수 말인데요……."

"응. 이렇게 도와줬으니 반씩 나눠서……"

"회수한 마석이랑 드롭 아이템은 전부 벨 님께 드릴게요. 부디 넉넉하게 챙겨가세요."

"뭐어?! 그래선 릴리는 정말 거저 일한 건데?! 3할은 가져가겠다고 그러지 않았어?!"

"이렇게 해서 벨 님의 신용을 얻을 수 있으면 싼 거죠. 오늘은 말하자면 벨 님에게 릴리의 가치를 새겨두고, 신뢰하기에 충분한 상대인지 알아보게 하는 통과의례 같은 거거든요."

릴리를 시험했다는 것을 간파당해 벨은 민망해졌다.

"누, 눈치 챘어……?"

"다들 그러는걸요. 벨 님만이 아니라."

얼굴을 부끄러움으로 물들이며, 그녀에게 미안해졌다.

"……뭐, 나머지는 작별 선물인 셈 치고요."

살짝 중얼거린 말은 바람 속에 묻혀 사라졌다.

"……? 뭐라고 그랬어, 릴리?"

"아무것도 아니에요. 벨 님, 괜찮으면 앞으로도 릴리를 고용해주세요."

"응. 좋은 대답을 할 수 있도록 생각해볼게."

릴리는 뛰면서 벨을 돌아보았다.

"네. 릴리는 늘 바벨에 있으니까 언제든 만날 수 있어요. 릴리는 절대 도망가지 않으니 천천히 생각해 주세요!"

그리고 그녀는 만면에 미소를 지었다.

"으~음. 다른 【파밀리아】의 서포터라아……."

"역시 안 될까요?"

이제는 완전히 익숙해진 길드 본부의 면담용 부스에서 나는 에이나 누나에게 릴리에 대해 상담을 해 보았다. 바벨의 치료시설(참고로 유료)과 환전소에 들렀다가 곧장 이곳에 온 참이다.

한심한 이야기지만 나 혼자서는 판단하기가 영 어려웠다. 남에게 물어보는 것이 제일 낫겠다고 생각해, 여느 때처럼 에이나 누나의 의견을 듣고 있었다.

"【파밀리아】 사이의 문제라고 해도, 서로 이익을 존중하는 밝은 계약관계를 가진 사례도 있으니 말이지……. 벨이

보기에는 어땠니, 그 릴리루카라는 아이는?"

"네, 좋은 애였어요……. 서포터로서도 실력은 나쁘지 않은 것 같고."

일을 하는 모습도 포함해, 나는 릴리루카를 썩 괜찮게 평가했다.

아니, 연민 같은 것까지 있어서 어쩐지 그 아이를 그냥 내버려둘 수가 없었다.

그래서는 안 되겠지만…… 그래도.

【파밀리아】에서 따돌림을 당해 고립됐다는 릴리의 그 말은 거짓말이 아니었다고 생각한다. 아마도 있는 그대로 말했을 것이다.

"그 아이가 속한 【파밀리아】는 알아?"

"분명 【소마 파밀리아】라고 그랬어요."

"【소마 파밀리아】라……. 으음— 그거 참, 강하게 반대도 찬성도 할 수 없는 곳인걸."

"저기, 에이나 누나. 【소마 파밀리아】란 대체 어떤 곳이에요?"

내가 묻자 에이나 누나는 잠깐 기다리라면서, 지참했던 대형 파일을 펄럭펄럭 넘겼다. 주머니에서 꺼낸 안경을 척 쓴다. 자신의 지식만이 아니라 정확한 공식 정보까지도 자세히 가르쳐주려는 것이리라.

"【소마 파밀리아】는 전형적인 던전 탐색 【파밀리아】야. 다른 【파밀리아】와 조금 다른 점은, 약간이긴 하지만 상업

계통에도 발을 담그고 있다는 점일까?"

"상업요? 그럼 시장에 뭔가 상품을 내놓는 건가요?"

"응. 술을 판대."

"술……?"

"그래. 품종이나 시장에 돌리는 양 자체는 적지만, 맛은 아주 훌륭하다는걸. 오라리오에서도 수요가 상당히 높은 가봐. 그쪽 방면으로 활동을 전개해도 충분히 통할 만하다는 평가야."

모험자란 언제나 신변의 위협이라는 위험성이 따르기 때문에 【파밀리아】를 안전하게 발전시키고 싶다면 일반적인 직업에 종사하는 것이 제일 좋다. 상업을 시작하는 것도 어쩌면 도박일지 모르지만, 모험자는 언제 끊어질지 모르는 줄다리 위에서 생계를 꾸려나가는, 바꿔 말하면 항상 죽음과 인접한 직업이다.

그 대신 모험자는 **떼돈을 벌 수 있다**. 이 미궁도시에서, 하이 리스크 하이 리턴을 두려워하지만 않는다면 일확천금을 노릴 수 있는 것은 모험자뿐이다.

"【파밀리아】를 통틀어봤을 때 실력은 중견 중에서도 중견 정도. 뛰어난 실력자는 없지만 거기 모험자들은 다들 평균 이상의 능력이 있거든. 와…… 무엇보다도 구성원 수가 엄청난데. 이건 몰랐는걸."

"【파밀리아】의 단원 수가 많다는 건……."

"주신인 소마 신이 신앙을 받고 있긴 한 모양이야. 그분은 좋은 소문도 나쁜 소문도 정말 전혀 없지만……."

"으음…… 아까 릴리라는 애도 그랬는데, 소마 님은 다른 신들하고 전혀 관계를 갖지 않는대요."

"오히려 소마 신은 그 방면으로 유명해. 신에게 속세를 등졌다는 표현을 쓰는 것도 웃기지만, 그분은 정말 그렇거든. 신들이 주최하는 연회에는 이제까지 한 번도 나가지 않았다고 하고, 교류도 전혀 없어. 소마 신을 본 신이 있긴 있느냐는 이야기까지 나올 정도라는데."

그거 참…… 극단적이랄까 뭐랄까.

그러고 보니 릴리도 영원무궁 무관심이라고 그랬지.

에이나 누나가 반대도 찬성도 할 수 없다고 한 것도 무난하기 그지없는 【파밀리아】이기 때문일까? 기분 좋을 정도로 우호적인 【파밀리아】도 아니고, 절대 관여하지 말 것을 권하는 【파밀리아】도 아닌…… 그런 느낌?

"【파밀리아】 자체에는 별다른 점은 없어. ……다만."

"다만?"

에이나 누나는 말하기 어려운 듯 눈살을 찡그렸지만, 망설임을 끊듯 입을 열었다.

"어디까지나 내 주관이지만, 【소마 파밀리아】 모험자들은 다른 【파밀리아】 모험자하고는 분위기가 달라. 동료들 사이에서도 경쟁을 한달까, 필사적이랄까……."

"……."

"여유가 없다고 해야 하나, 뭐라고 해야 하나……. 아무튼 전심전력이야. 그【파밀리아】에 속한 사람들은, 전부."

말을 꺼낸 에이나 누나 자신도 난감한 표정을 짓고 있었다. 나도 당황할 수밖에 없었다.

어쩐지 조직의 배경을 알아낸 만큼 릴리의 사정이 더 복잡해진 것 같기도…….

"일단 나는 그 아가씨를 서포터로 고용하는 데 찬성해."

"네? 괜찮아요?"

"응.【소마 파밀리아】에 수상쩍은 면이 있는 것도 사실이지만, 벨이 걱정하는 파벌 사이의 다툼은 절대 일어나지 않을 거라고 생각하니까. 소마 님을 봐도 그렇고."

릴리와 같은 의견이란 소리구나.

"다른 조직원들을 자극하지 않도록 주의하면, 분명 괜찮을 거야. 게다가 난 솔로인 네게 얼른 서포터나 파티가 붙었으면 했으니까 오히려 권하고 싶은걸."

"누나……."

"나머지는 벨 마음먹기 따라서. 역시 마지막에는 네가 스스로 정하고 스스로 책임을 져야겠지."

……당연히 그렇겠지.

남이 낸 결론으로 릴리를 대하다니, 그녀에게도 실례가 될 것이다. 이제부터는 직접 생각해야 한다. 다시 한 번 머릿속을 정리하고 마지막으로 해답을 내야겠다.

"나도 무소속 서포터를 찾아보긴 했지만, 역시 없더라. 예전에 알아봤던 서포터들도 다들【파밀리아】에 가입했고.

미안해."

그러면서 에이나 누나는 쓸쓸하게 웃었다. 전에 한 번 서포터를 고용하네 마네 이야기를 나눈 적이 있었으니 계속 마음에 두었던 것일지도 모른다.

"무소속은 일부러 던전에 내려가려고 하지 않는 걸지도 몰라. 보수도 계약상대에 따라 천차만별이고, 그 외에도 좀 더 안전하면서 벌이가 좋은 일이 있을 수 있으니까."

무소속이란 어느 【파밀리아】에도 속하지 않았다는 뜻이니, 당연히 '팔나'…… 【스테이터스】도 받을 수 없다. 다시 말해 신체능력은 일반인과 다를 바 없다는 뜻이다.

하기야 순수하게 힘이 강한 드워프나 마법을 잘 다루는 엘프처럼 맨몸으로 몬스터하고 싸워도 꿀리지 않는 종족도 있으니, 하나같이 무력하다고는 할 수 없겠지만.

여기까지 생각했던 나는 문득 릴리의 이야기 속에서 마음에 걸렸던 말을 물어보기로 했다.

"에이나 누나, 서포터는 모험자들에게 천대를 받나요?"

"……그게 말이지. 전업 서포터는 신분이 낮을지도 몰라. 이유는 말 안 해도 잘 알 거라 생각하지만……."

단순한 짐꾼. 그렇게 이야기하던 릴리의 말이 떠올랐다.

정말로 그런가 싶어서, 전부터 동경했던 모험자상에 실망에 가까운 감정을 느끼고 말았다.

"보통 힘이 약한 사람들이 서포터가 되거든. 일류 【파밀리아】에선 설령 【랭크 업】을 했더라도 말단 모험자들에게 시키니까."

　다만 이 경우에는 선배들의 미궁 탐색을 직접 지켜보는, 공부의 일면도 있다고 한다. 짐꾼이라고는 해도 자신의 힘이 통하지 않는 계층까지 따라가 아직 보지 못한 영역을──강대한 몬스터의 힘을, 무엇보다도【파밀리아】내에서도 정예에 속하는 자들의 전술을──직접 피부로 느낄 수 있다.

　"'팔나'를 받는다고 누구나 무한대로 강해지는 건 아니잖니. 소질도 필요하고, 몬스터의 앞에서 위축되지 않는 정신적인 부분도 관계가 있고. 저급 몬스터는 쓰러뜨릴 수 있어도 그 후론 전혀 감당이 안 되는 경우도 얼마든지 있으니까."

　"……."

　"솔직히 말하자면, 그런 낙오 모험자들이 전업 서포터로 전직을 하니까…… 좀, 그렇지. 멸시의 대상이 되기가 쉬워."

　분위기가 조금 무거워졌다. 에이나 누나가 좋게 생각하지 않는 것은 표정을 봐도 일목요연했다. 이런 말을 꺼내게 만들었다는 것도 괴로웠다.

　하지만, 그렇구나. 릴리가 자신을 그런 식으로 비하하던 것도 주위에서 낙오자 딱지를 붙였기 때문일지도 모르겠다.【파밀리아】에서 고립된 것도 포함해서 전부.

　……답답하네.

뭐람 이게. 내 일도 아닌데 도저히 가만있을 수가 없었다.

머리를 있는 힘껏 쥐어뜯고 싶은 충동에 사로잡혔지만 나는 자제심을 발휘해 자리를 떴다. 가만히 있으면 더 빠져들 것 같았다.

"고맙습니다, 에이나 누나. 많이 참고가 됐어요."

"응. 나는 언제든 괜찮으니까, 이런 이야기는 꼭 상담하도록 해. 알았지?"

부드러운 미소를 짓는 에이나 누나에게, 나는 다시 한 번 인사를 했다.

가볍게 기지개를 켜며 방문으로 발을 돌렸다.

"어머…… 벨?"

"왜요?"

"나이프는 어디 갔니?"

"에?"

뜬금없는 물음에 얼빠진 대답을 하고 말았다. 막 일어나려던 에이나 누나가 의아한 표정으로 내 허리춤을 보고 있었다.

"나이프……?"

허리에 손을 대 본다.

《단도》, 있다.

마석을 넣어두는 허리자루, 있다.

《주신님 나이프》, 있다.

……단, 칼집만.

"…………."

칼자루가 있어야 할 그 위치에서는 휙휙 공기만 잡힐 뿐이었다.

싸아악, 무시무시한 속도로 얼굴에서 핏기가 빠져나갔다.

당황해 허리를 몇 번이나 뒤지는 나를 보며, 에이나 누나도 설마 하는 표정을 지었다.

──《주신님 나이프》가, 없다.

내 얼굴은 창백해졌다.

"이, 잃어버렸다아아아아아아아아아아아아아아아아아!!"

골목을 나아간다.

메인 스트리트를 따라 펼쳐진 번화한 상점가와는 분위기가 크게 다른 좁은 길.

위를 올려다보면 벽돌로 지은 민가에 가로막힌 하늘도 마찬가지로 가늘고 길다.

해가 지려는 시각. 바닥을 오렌지색으로 물들인 구름이 내려다보는 그 길은 어딘가 어스름했다. 조잡하게 마련된 쓰레기장에서는 까만 고양이가 물건을 뒤지다가 금색 눈동자를 이쪽으로 돌렸다. 야옹. 도망친다.

오종종, 조그만 발소리가 울려 퍼진다.

던전보다도 던전다운 복잡한 길을 익숙한 발걸음으로

나아가 수없이 모퉁이를 돌자, 이윽고 원하던 건물이 나타났다.

약간 트인 장소에 오도카니 세워진 연륜이 느껴지는 가게. 정말로 오래 됐는지 어떤지는 모르겠지만 그런 분위기.

목재만으로 이루어진 단독주택 위에서는 글자가 다 갈라져 보이지 않는 간판이 고개를 기울이고 있었다.

문을 열고 안으로 들어간다. 메마른 종소리가 울렸다.

"여어, 또 자네로군."

"부탁드려요."

하얀 수염을 기른 대머리 노움이 정보지에서 고개를 들었다. 빨갛게 물들인 모자를 쓰긴 했지만 잘 안다. 털이 없다는 것을. 다른 말은 하지 않고 칼집 없는 나이프를 카운터에 놓는다.

"흐음, 이거 또 별난 걸 가져왔구먼……."

안경 위치를 조정하며 나이프를 꼼꼼히 보더니, 노움 주인장은 조금 기다리라면서 자리를 떴다. 둥그스름한 뒷모습이 가게 안쪽으로 사라진 후, 헤아릴 수 없는 골동품으로 장식된 실내를 둘러본다. 유리 케이스 안에 놓인 형형색색의 보석들에는 감탄의 한숨이 새나왔다.

노움 주인장은 생각한 것보다 훨씬 일찍 돌아왔다.

웬일인지 얼굴을 한껏 찡그린다.

"뭔가, 이건? 요 앞 쓰레기장에서 주워온 겐가?"

"네……?"

"밀어도 당겨도 전혀 베이지 않고, 그렇다고 특수한 힘이 깃든 것도 아니고. 게다가 잘은 모르겠지만······ **죽었어**, 검신 그 자체가."

카운터 위에 놓아둔 까만 나이프를 내려다보며 대처하기 난감하다는 듯 수염을 매만지더니, 노움 주인장은 결론을 내렸다.

"뭐, 그냥 잡동사니지. 웬일인가? 자네가 이딴 걸 가져오다니."

"자, 잠깐만요! 그럴 리가······."

"아니 하지만, 아무리 그래도 이딴 물건을 단골분들에게 드릴 수는 없잖나······. 우리 가게에라도 장식해줄까? 30발리스면 어때?"

"윽······ 다시 올게요!"

"그래그래, 다음번엔 기대하겠어. ······하지만 그 지렁이 기어가는 것 같은 영문 모를 글자는 이 영감도 어디서 본 기억이 있는데······."

어깨를 씨근덕거리면서 문을 쾅 닫았다.

다시 골목으로 들어가, 저벅저벅, 왔을 때와는 달리 거친 발소리를 울렸다.

30발리스? 시장 노점에서 파는 감자돌이랑 같은 가격이라고?

멍청한 소리하지 마. 이건 괴물의 단단한 껍질을 버터처럼 잘라버렸던 명검이라고. 호화 저택을 세 채는 짓고도 거스름돈이 남을 만한 가치가 있는 일급 무기일 ㄱ야. 드디어 주인장이 망령이 난 모양이지.

하지만 얼마 전에 찾아왔을 때는 만족스러운 감정가를 제시해주었는데. 하루 만에 머리가 이상해지는 일도 있을까?

그의 감정 실력은 진짜다. 길드 직원 따위와는 비교도 되지 않는다. 이 도시에서 그보다 뛰어난 감정사는 자신이 아는 한 없었다.

'어째서……?'

손에 쥔 나이프를 보았다.

광택을 전혀 발하지 않는 검신. 칼배에는 치밀한 각인이 복잡하게 얽혔고, 칼끝부터 자루 끝까지 어스름한 골목의 그림자와 하나가 되어 있었다. 새까맣다.

이렇게나 썩은 것처럼 어두운 색이었던가 싶어 위화감이 느껴졌다.

그때는 날카로운 자청색 광택을 띠면서 허공에 빛의 궤적을 그렸는데.

'그래, 【H$\phi \alpha \iota \sigma \tau o$s】의 사인이 있다면……. 그렇다면 칼집이 필요해…….'

움직일 수 없는 증거를 들이대면, 설령 잡동사니라 해도 비싼 가격으로 사줄 것이다.

칼집이다. 칼집이 필요하다. 밋밋한 까만색 칼날을 내려다보며 생각을 정리했다.

예정을 변경해, 위험을 무릅쓰고서라도 다시 한 번 접촉

할 수밖에는…….

"죄송합니다, 시르. 짐을 들게 하다니."

"아니, 그건 괜찮은데…… 류는 언제나 이런 길로 다녀?"

"네. 길만 파악하면 이쪽이 훨씬 시간이 단축되니까요. 시르가 걱정하는 것만큼 불편하진 않습니다."

"내 말은 그게 아닌데……."

길에서 사람이 나타났다. 엘프와 휴먼. 둘 다 종이봉투를 들고 있었다. 사과를 비롯한 과일이며 야채가 봉투 입구에서 당장이라도 넘쳐날 것 같았다.

시선을 돌리며 나이프를 얼른 소매 속으로 감추었다.

이렇게까지 깊은 뒷골목을 지나는 사람이 있다는 데에 놀라며, 자연스레 그녀들의 옆을 스쳐 지나갔다.

"──거기 호빗. 잠깐 기다리십시오."

반박을 허락하지 않는 목소리가 등에 꽂혔다.

자신도 모르게 우뚝 발을 멈추고 말았다. 이어서 식은땀이 등줄기를 흠뻑 적셨다.

왜 불러 세운단 말인가. 설마. 믿을 수 없는 심정이 머릿속에서 깜빡였다.

"소매에 넣었던 나이프를 잠깐 보여주시지요."

"어…… 류?"

마음속으로 요란하게 혀를 찼다.

"……왜요?"

"지인의 소유물과 비슷해서 말입니다. 혹시 괜찮으시다

면 확인을 하고 싶습니다만."

무슨 시력이 그렇게 좋으냐고 투덜거리고 싶어졌다.

이 어둠 속에서, 똑같은 어둠색 칼날을. 눈이 좋은 호빗도 분간하기 힘들거늘.

"안됐지만 이건 제 건데요. 당신이 착각했겠지요."

반론할 틈을 주지 않고 움직였다. 요구를 거절하고 그 자리를 떠나려 했다.

"개소리."

공기가 쩍 얼어붙었다.

"……큭?!"

"【히에로글리프】가 새겨진 무기의 소유자는 한 사람밖에 떠오르질 않는군요."

얼음 칼날을 목덜미에 들이댄 것 같았다. 발목까지 얼어붙었다.

뒤돌아보지 않아도 휴먼 소녀가 깜짝 놀라는 것이 느껴졌다. 그만한 위압감이 있었다.

돌아볼 수 없었다. 돌아보고 싶지 않았다.

"움직이지 마십시오."

이를 악다물 수가 없었다. 호흡이 떨렸다. 심장이 갈비뼈를 뚫고 튀어나올 것 같았다.

발소리가 바로 뒤까지 다가왔다. 거리라고 부를 만한 간격은 애초에 존재하지 않았다.

이렇게 된 이상 이판사판이다. 되는 대로 움직여 도망칠 수밖에 없다.

꺾일 것 같은 무릎에 힘을 주고, 상대의 발이 허공에 뜬 한순간, 갈림길을 향해 땅을 박찼다.

"경고는 했습니다."

모퉁이로 돌아 들어가려던 순간, 어마어마한 충격이 손을 엄습했다.

"아윽!!"

사과였다.

사과가 폭발했다.

나이프를 쥐었던 왼손에 붉은 과일이 명중해 산산조각으로 터져나갔다. 충격은 강렬했다.

"배에 힘줘."

"──."

손에서 나이프를 떨어뜨리고, 그만 뒤를 돌아보고 말았다.

하늘색 눈동자에 냉랭한 빛을 담아, 다리를 뒤로 한껏 돌린 엘프가, 자신을 내려다보고 있었다.

그렇구나. 난 공이구나. 장난하나.

지체하지 않고 발이 날아들어, 예고대로 옆구리를 꿰뚫었다.

"끄아악!!"

"어, 뭐지?"

길드 본부가 있는 북서쪽 메인 스트리트를 질주하던 때였다.

뒷골목 방향에서 뭔가를 때리는 듯 요란한 소리가 울려 퍼진 것이다.

분실한 《헤스티아 나이프》가 길에 떨어져 있진 않을까 확인하기 위해 원래 왔던 길을 반대방향으로 뛰어가던 벨은, 절대 자연스레 일어난 것 같지 않은 소음에 발을 멈추고 말았다.

주위의 데미휴먼들도 벨과 같은 반응을 보이는 가운데── 다음 순간, 한 뒷골목에서 수많은 고양이들이 엄청난 기세로 뛰쳐나왔다. 벨은 루벨라이트색 눈동자를 크게 떴다.

야옹─ 야옹─! 비명을 지르며 무엇인가로부터 도망치는 고양이의 파도. 사람들의 다리 사이를 잇달아 누비며 대로를 대혼란에 빠뜨리는 그 광경에 땀을 흘리며 벨은 골목으로 혼자 다가갔다.

조심스레 길을 엿보려 했을 때, 갑자기 조그만 그림자가 요란한 소리를 내며 발밑에 굴러나왔다.

"리, 릴리?!"

"흐, 흐아……."

생각지도 못한 인물의 등장에 동요하면서 벨은 릴리의 곁에 무릎을 꿇었다.

"왜, 왜 그래?! 무슨 일 있어?!"

"그, 그 목소리는…… 벨 님?!"

조그만 몸을 가늘게 떨면서, 막 태어난 새끼사슴처럼 간신히 손을 짚고 몸을 일으킨 릴리는 한순간 당황한 표정을 지었지만, 금방 뻣뻣한 웃음을 꾸며냈다.

"사실은 흉포한 여자……가 아니라, 들개에게 쫓겨서요……."

"괘, 괜찮은 거야?!"

"그런 것 같아요……."

크림색 로브는 별로 지저분하지 않았지만 릴리는 큰 부상을 입은 것 같았다. 벨은 일단 그녀를 안아 일으켜 뒷골목 앞에서 옆으로 비켜났다.

포션이 있었던가 싶어 황급히 렉 홀스터에 손을 가져다 대려 했을 때.

"설마 놓칠 줄이야……."

척 발소리를 내며 엘프 류가 골목에서 모습을 나타냈다.

"이번엔 류 씨?! 무, 무슨 일이 있었던 거예요, 도대체?!"

"아, 마침 잘됐군요. 사실은 당신의……"

여기까지 말하려던 류는 바닥에 쭈그리고 있던 릴리를 보더니 스윽 눈을 가늘게 떴다.

새끼고양이처럼 떨던 릴리는 무언가를 중얼거리더니 깊이 눌러쓴 후드 위를 살짝 손으로 쓰다듬었다.

"크라넬 씨, 비키십시오."

"엑, 저, 저기요?!"

"흐아악!"

벨을 밀쳐내고 릴리의 로브에 손을 대려던 류는 가차 없이 후드를 벗겼다.

그리고 드러난 것은 커다란 눈동자, 부스스한 밤색 머리카락, 그리고 짐승 귀. 얼굴을 공포로 뻣뻣하게 경련하는 릴리를 가만히 바라보던 류는 후드를 금방 내려주었다.

"실례했습니다."

"뭐, 뭐 하는 거예요, 류 씨?! 괜찮아, 릴리?!"

"네, 네에……."

"실례했습니다. 사람을 잘못 보았군요. 잠깐 이성을 잃었던 것 같습니다."

대체 무슨 소린가 싶어서 벨은 어지럽게 돌아가는 이 상황에 혼란스러워했다. 비실비실 땅바닥에 쓰러지는 릴리를 받쳐주면서 얼굴을 골목길과 류 사이에서 연신 왕복시켰다.

곧 골목에서 탁탁 소리가 나더니 두 손으로 종이봉투를 안은 시르가 나타났다.

"류…… 류우! 먹을 걸 그렇게 다루면 못써! 어거니에게 혼난단 말이야!"

"그건, 안 됩니다……."

"저기요오, 슬슬 설명을 해주시면 고맙겠는데요……."

"아, 벨 씨. 안녕하세요."

예의 바르게 인사를 하는 시르에게 벨은 어정쩡하게 대답할 수밖에 없었다. 류는 두 사람의 대화를 잠시 지켜보았으나, 이윽고 고분고분 벨에게 물었다.

"크라넬 씨. 지금 혹시 그 까만 나이프를 가지고 계십니까?"

"아, 맞아! 그랬지?! 두 분 혹시 위에서 아래까지 새까만 나이프 못 보셨나요?!"

그제야 생각났다는 듯 당황하기 시작하는 벨에게 류와 시르는 시선을 마주했다.

류는 벨에게 눈을 돌리더니, 전혀 날이 들 것 같지 않은 나이프 한 자루를 품에서 꺼냈다.

"이것입니까?"

"──우와아아아아아아아아아아아아아아아아아아아아아아아아아아아아!!"

벨의 요란한 함성이 저녁놀로 물든 하늘을 꿰뚫었다.

요란한 음성에 종족이 전혀 다른 세 소녀는 모두 어깨를 흠칫 떨었다. 평소에는 냉정하고 침착한 류까지도 하늘색 눈을 크게 떴다.

"고맙습니다!! 정말정말, 고맙습니다!!"

벨은 반쯤 울먹이며 류의 매끄럽고 새하얀 손을 두 손으로 붙잡았다. 코앞까지 들이민 어린아이처럼 우는 얼굴에 그녀는 어울리지 않게 낭패하여 눈을 돌렸다.

"……크라넬 씨, 저기, 곤란합니다. 이런 행동은 제가 아니라 시르에게 해주셔야…….'"

"류는 무슨 소릴 하는 거야?!"

시르의 비명을 들으며 북북 얼굴을 닦은 벨은 칠흑의 나이프를 받아들었다.

"아아, 다행이다……. 주신님 죄송해요. 이제 두 번 다시 어디다 떨어뜨리고 다니지 않을게요……!"

"떨어뜨려요……?"

벨이 나이프를 얼굴까지 가져가 맹세의 말을 읊조리자, 그 잡동사니는 마치 기분이 좋아진 것처럼 자청색 빛을 띠기 시작했다. 단순한 쇳덩어리가 《헤스티아 나이프》로 돌아온 것이다.

릴리가 깜짝 놀라 커다란 눈을 더욱 크게 떴다.

"고맙습니다, 정말로. 이 나이프는 어디 있었나요?"

"있었다기보다는, 어떤 호빗이 가지고 있었습니다."

"호빗?"

류의 대답에 벨은 눈을 크게 떴다. 바로 뒤에서는 수인 소녀가 후드 안에서 긴장한 낯빛을 띠었다.

"그럼 혹시 아까는…….'"

"예. 조금 전까지 그 호빗을 추적하고 있었지만, 놓치는 바람에…… 이곳에 있던 저분을 의심하고 말았습니다. 죄송합니다. 저의 지레짐작이었습니다."

"지레짐작이라면……?"

"그녀는 시앙스로프인 것 같으니까요. 게다가 제가 추격했던 그 호빗은 **남성**이었습니다."

이야기를 다 들은 벨은 사태의 전말을 겨우 이해했으며, 한편 릴리는 힘을 쭉 빼며 남몰래 안도한 표정을 짓고 있었다.

"혹시 아는 호빗 남성이 있습니까? 무언가 기억나시는 것은?"

"아뇨, 전혀 없는데요……."

"그럼 역시 당신이 떨어뜨린 것을 그 호빗이 주웠나 보군요. 어제 뒷골목에서 크라넬 씨의 나이프를 본 것이 다행이었습니다. 신기한 나이프라 잠깐 보고도 감을 잡았지요."

"아아, 그렇게 된 거였구나."

벨과 류가 이야기를 나누는 동안 릴리는 내내 안절부절못하는 것 같았다.

시르는 그런 그녀를 두 손에 든 종이봉투 너머로 조용히 바라보았다.

이윽고 류와 시르는 장을 보는 도중이었으므로 그만 자리를 뜨기로 했다. 벨이 다시 한 번 두 사람에게 인사를 하자 류는 표정도 바꾸지 않고 고개를 까닥했으며, 시르는 자신은 아무것도 한 일이 없다며 쓴웃음을 지었다.

그리고 벨은 골목길로 돌아가려던 그녀들에게 길을 터

주었으나,

자리를 뜨면서 시르가 천천히 릴리의 귀에 입술을 가져
갔다.

"——너무 장난치면 못써."

"!!"

오싹. 릴리의 피부에 소름이 돋았다. 그 조그만 몸이 가
련할 정도로 휘청 흔들렸다.

시르는 아무 일도 없었다는 듯 일어나, 의아한 표정을
짓는 류와 함께 골목으로 돌아갔다.

"릴리, 지금 시르 씨가 뭐라고 그랬어?"

"아, 아무것도요……. 저, 저기, 벨 님?"

"왜?"

"그 사람들, 뭐 하는 사람들이에요?"

"주점 점원들이야. '풍요의 여주인'이라는 곳이지. 꽤 유
명한 것 같던데, 릴리는 몰라?"

"……벨 님."

"응?"

"절대로, 릴리를 거기 데려가지 말아주세요……."

"어? 으, 응……."

울먹이며 웃음을 짓는 릴리에게 벨은 어정쩡하게 대답
할 수밖에 없었다. 정신이 불안정한 것으로밖에 보이지 않
는 소녀의 모습에 조용히 식은땀을 흘렸다.

서쪽으로 해가 저물며, 겨우 혼란이 수습된 메인 스트

리트에서 벨과 릴리는 한동안 기묘한 공간을 공유하고 있었다.

다음 날.

나와 릴리는 아침 일찍 던전에 나갔다. 지상에서 흔히 볼 수 있는 마석등과 비슷한 인광을 띤 천장 밑에서 1계층의 단단한 지면을 둘이 함께 밟았다.

결국 나는 릴리를 서포터로 고용하기로 했다.

많은 유의점을 염두에 두고 생각한 후, 자신의 기분에 솔직해져 단숨에 결정을 내린 결과였다. 주신님께도 허락을 받으니, 이제는 망설임도 없었다.

나와 릴리는 딱히 기한을 두지 않고 파티 멤버로 계약을 나누었으며, 지금에 이르렀다.

"……벨 님?"

"응?"

"그 나이프는 어디 넣어두셨나요……?"

"응, 이번에는 떨어뜨리지 않게 프로텍터 안에 칼집이랑 함께 넣어뒀어. 공간이 딱 알맞게 있더라고."

"그, 그렇구나……."

어깨를 축 늘어뜨리는 릴리에게 나는 고개를 갸웃했다.

어째 아까부터 릴리가 기운이 없었다. 웃고는 있지만 억지로 힘을 쥐어짜내는 것 같았다. 무슨 일 있었나?

"……벨 님, 다시 한 번 릴리를 고용해 주셔서 고맙습니다. 벨 님에게 버림받지 않게 릴리도 열심히 할게요."

"버리다니, 그런 짓 안 해. 난 릴리 말고 다른 서포터는 알지도 못하는걸."

"그거 좋은 말을 들었네요……는 농담이고. 릴리도 벨 님이 그러시리라고는 생각하지 않아요. 벨 님은 놀랄 정도로 **착하시니까요.**"

역시 적응이 안 되는걸, 이 거리감은.

릴리도 친근한 태도를 보이고는 있지만 '착하시다'라는 말은 어쩐지 피부가 근질거리는 것 같아 참기 어려웠다.

"벨 님, 오늘 예정을 여쭤 봐도 될까요?"

"어, 오늘도 7계층에 가서 저녁까지 붙어 있어볼까 하는데, 릴리는 괜찮아?"

"벨 님이 정하셨으면 릴리는 따라야지요. 하지만 괜찮으시겠어요? 릴리는 보시다시피 서포터니까 전력에는 별로 도움이 안 될 거예요. 벨 님은 계속 혼자 싸우셔야만 하는데요?"

"그건 괜찮아. 혼자 싸우는 건 늘 있는 일이었고, 게다가 오늘은 그동안 쌓아두었던 【스테이터스】도 주신님께 갱신을 받았거든."

솔로로 던전 탐색을 하던 나날을 거저 보낸 것이 아니다.

혼자서 싸웠던 만큼 오랜 시간의 전투에는 익숙하다. 에이나 누나에게도 단단히 교육을 받았기 때문에, 페이스 분배 조정만은 내 얼마 안 되는 자랑거리 중 하나가 되었다.

무엇보다 어젯밤에 주신님께서 【스테이터스】를 갱신해주신 덕에 강해지기도 했으므로, 7계층 몬스터에게 밀리는 일은 없을 것이다. 솔직히 말하자면 지금 당장 힘을 시험해보고 싶어 몸이 근질거리기도 했다.

【스테이터스】의 성장속도는 예전과 다를 바가 없었다. 아마 지금 나는 최고의 컨디션일 것이다.

······다만 그렇게 훌륭한 【스테이터스】의 상승폭을 보고, 어째서인지 주신님은 갑자기 기분이 안 좋아지신 것 같았는데····· 무슨 일이 있었던 걸까, 대체.

"그보다 릴리에게 부담이 가게 될 것 같은데? 드롭 아이템이 계속 나오면 짐이 엄청 무거워지니까······."

곁에 있는 릴리를 보았다. 그 조그만 몸은 내 배 언저리까지밖에 오지 않는다. 던전을 내려갔다 올라오며 터벅터벅 큰 짐을 옮기기에는 무척 힘들 것 같았다.

"걱정하실 것 없어요, 벨 님. 릴리도 '팔나'를 입은 몸이니까요. 짐이 좀 커졌다고 쓰러지거나 하진 않아요."

분명 그렇기는 하겠지만······ 그래도 좀.

릴리의 백팩은 표준 사이즈보다 훨씬 컸으므로, 드롭 아이템을 회수하지 않은 지금 상태에서도 보고 있으면 눈을 둥그렇게 뜰 지경이었다.

"게다가 이래봬도 릴리에게는 스킬 보조가 있거든요. 만에 하나라도 운반 작업 때문에 방해를 받을 일은 없어요."

"뭐어?! 릴리는 스킬도 있어?!"

대단해! 부러워! 그런 감정을 감추지도 못한 채 나는 외쳤다.

그런 내 놀라움에 릴리는 쓴웃음을 지으며 고가를 가로저었다.

"없는 것보다는 나은 한심한 스킬이에요. 벨 님이 생각하시는 그런 '은혜'는 아닌걸요."

"그래도 좋겠다. 난 아직 스킬이 하나도 없는데……."

'스킬'은 '마법'과 달리 슬롯의 제한이 없으니 【언세리아】만 따라주면 얼마든지 나온다고 한다. 다섯 개(!) 이상의 스킬을 가진 모험자도 있다고 언뜻 들었고, 이를테면 릴리처럼 별로 도움이 안 되는 효과를 가진 스킬이라 해도 부정적인 영향을 미치는 것만 아니면 있어서 나쁠 것은 없다.

"역시 부럽다아. 스킬도 마법도 그리 쉽게 얻을 수 있는 건 아니잖아? 난 마법도 없고…… 아, 그러고 보니 릴리는 마법도 쓸 수 있어?"

"……유감이지만 릴리도 마법은 나타나지 않았어요. 평생 자신의 마법을 얻지 못하는 사람도 많다고 하니, 릴리도 아마 그렇겠지요."

그렇다. '팔나'가 아무리 누구든 마법을 쓸 수 있게 해준다고 해도, 그것은 어디까지나 **가능성**일 뿐이며, 가능성을 타고나지 못한 사람은 상당히 많다고 한다.

어렸을 때 영웅담을 구멍이 뚫리도록 읽고 또 읽어, 마법을 펑펑 써대는 자신의 모습을 망상했던 몸으로서는 그런 무서운 일은 없었으면 좋겠다······

불길한 상상에 혼자 부르르 어깨를 떨고 있으려니 릴리에게 주의를 받았다. 같은 【파밀리아】의 동료도 아닌 한 【스테이터스】의 내용을 자꾸만 파고드는 것은 매너 위반, 엄금이라고. 설령 계약을 맺은 상대라 해도 말이다.

가만히 생각해 보니 지당한 말이었다. 개인의 【스테이터스】 정보는 그 사람의 생명선이기도 하니까. 이야기를 들은 나는 경솔했던 자신의 발언을 맹렬히 반성했다.

"그런데 말야, 정말 계약금이나 선금은 없어도 돼?"

길에서 몬스터의 기척을 찾으며 나는 계약 내용에 대해 다시 릴리에게 물었다.

조금 전 바벨 안에서 계약의식 비슷한 것을 했을 때 릴리가 말한 것이다. 보수는 던전 탐색에서 얻은 수입을 나눠 받으면 된다고.

난 고용하는 입장인데도, 어째 면목이······.

"네, 괜찮아요. 벨 님은 다른 분과 파티를 짜지 않으셨으니 분배할 때 귀찮은 일도 없을 테고요. ······게다가."

"게다가?"

내가 앵무새처럼 되묻자, 릴리는 그때까지 보여주었던 명랑한 태도를 바꾸고······ 앞머리 안쪽에서 어두운 표정을 지었다.

"……게다가, 그 편이 벨 님에게도 더 좋지 않나요?"

"뭐?"

의미심장한 말과, 미미한 조소와 자조를 담은 시선.

릴리가 어째서 그런 눈을 하는지 이해하지 못해 나는 당황하고 말았다.

그리고 1초도 지나지 않는 사이에, 릴리는 아구 일도 없었다는 것처럼 활짝 웃더니 평소대로 밝은 분위기를 띠었다.

"자, 얼른 가요. 벨 님이 열심히 해서 릴리가 입에 풀칠을 하게 해주시면 아무 문제도 없는 거니까요!"

"으, 응……."

내게도 더 좋다고……?

그것은 다시 말해, 릴리에게 돈을 주지 않아도 되니까 그렇다는 건가?

아니면 다른 의미가 있을까?

알 수 없었다. 릴리가 무슨 말을 하려는 것인지.

그녀가 아닌 내게는, 릴리가 무슨 생각을 하고 무엇을 감추는지 전혀 알 수 없었다.

그저.

──너도 다른 모험자와 똑같아.

릴리의 그 눈동자가 내게 그런 말을 한 것 같다는 기분이 들었다.

"에이나, 에이나."

"응?"

길드 본부 창구에서 에이나가 일에 종사하고 있으려니, 같은 접수원 동료가 말을 걸었다.

왜 그러느냐고 눈으로 묻자 그녀는 어떤 방향을 가리켰다.

그 방향으로 시선을 돌리니…… 환전소 부스 앞에서 길드 직원과 한 모험자가 요란하게 말다툼을 벌이고 있었다.

"저것 봐, 또야. 또【소마 파밀리아】모험자가."

"……."

에이나는 조건반사처럼 눈살을 찡그리고 말았다.

귀를 기울이지 않아도 그쪽에서 난폭한 노성이 들려왔다.

"겨우 12,000발리스라고?! 웃기지 마! 눈알을 장식으로 달고 다녀?!"

"이 자식이, 내가 이 일을 몇 년이나 했는지 알기나 해! 내 눈이 잘못됐을 리가 있나!"

환전 내용을 놓고 다툼이 벌어졌다는 것은 명백했다.

딱히 그렇게까지 진귀한 광경은 아니다. 모험자도 목숨을 담보 삼아 매일 던전에 내려간다. 많든 적든 기대를 품고 환전소에 오게 마련이고, 예상했던 것보다 적은 액수가 돌아오면 목소리를 높이며 대들고 싶어지는 법이다. 수지가 맞지 않는다고.

길드도 그런 대응에는 익숙했으므로 환전소에 듬직하게 앉아 있는 감정직원은 뱃심이 두둑하다. 지금도 상대 모험자에게 뒤지지 않을 정도로 목소리를 높이고 있었다.

그렇다. 이 광경 자체는 흔해빠진 것이었다.

"드롭 아이템까지 제대로 감정한 거 맞아?! 이봐, 다시 한 번 확인해 보라고! 겨우 이것밖에, 이것밖에 안 될 리가……!"

그러나 또 【소마 파밀리아】가 문제를 일으켰다면, 그 흔해빠진 광경은 도가 지나친 이상한 광경이 되고 만다.

일일이 헤아리기가 귀찮을 정도로, 【소마 파밀리아】의 조직원들은 환전소의 판단에 트집을 잡는다. 그야말로 매일같이. 언제나 되풀이되는 패턴에 감정원들은 이기 진저리를 치고 있었다.

그들이 입을 모아 하는 말은 '돈 더 내놔' 하나뿐이었다.

도저히 이해할 수 없는, 돈에 대한 집착.

보다 보면 소름이 끼칠 정도로 그들은 거금을 요구했다.

"으으, 저렇게 찢어질 정도로 눈을 부릅뜨고…… 진짜 기분 나빠! 난 【소마 파밀리아】 담당이 아니라 정말 다행이야!"

"……."

곁에서 멋대로 떠들어대는 휴먼 친구에게 에이나는 씁쓸한 표정을 지었다.

에이나 자신도 아직 【소마 파밀리아】 모험자의 담당 어드바이저가 된 적은 없지만, 그래도 지금은 남의 일 같지 않았다.

"빌어먹을, 이래선…… 이래선 도저히……!!"

머리를 두 손으로 싸쥐는 그 모험자를 멀리서 바라보며,

에이나 자신도 두통을 억누르듯 이마에 손을 가져갔다.

'내가 너무 성급했나……?'

✦

릴리라는 서포터의 존재는 극적인 변화를 가져왔다.

우선 그녀가 백팩을 들어준 덕에 나는 전리품을 일일이

지상으로 환전하러 갈 필요가 없어, 평소보다 오랜 시간

던전에 머물 수 있었다.

이제까지는 탐색 계층이 깊어질 때마다 환전소에서 던

전까지 왕복하는 거리도 길어졌으므로(다시 말해 던전에 머물

수 있는 시간도 짧아졌으므로) 도달 계층이 늘어나도 벌이는 그

렇게까지 늘어나지 않았던 것이다. 말하자면 시간을 낭비

했다.

그것이 오늘 깔끔하게 사라졌다.

나는 릴리 덕에 무거운 짐이었던 백팩을 장비할 필요가

사라져, 홀가분하게 7계층에서 설치고 또 설쳤다. 사냥한

몬스터의 수는 이미 나 자신도 계산할 수 없었다.

적이 눈앞에 나올 때마다 나는 나이프를 휘둘렀으며, 릴

리가 재빨리 마석과 함께 이따금 나타나는 드롭 아이템을

회수해주었다.

그 결과.

길드 환전소에서 받아든 금액은──.

""…….""

입을 벌린 아마색 자루의 내용물을, 나와 릴리는, 이마를 맞대고 함께 들여다보았다.

헤아릴 수 없는 크고 작은 금화가 좁다랗게 쟈루 안을 채우고 있었다.

엄청나게 눈부시다.

""26,000발리스…….""

둘이 함께 자루에서 고개를 들고, 코앞에서 마주보았다.

다음 순간.

""만세에─────────────!!""

우리는 환희하며 뛰어올랐다!

"굉장해요, 굉장해요! 드롭 아이템은 손으로 꼽을 정도밖에 안 나왔는데, 벨 님 혼자 25,000발리스도 넘게 번 거예요!!"

"와, 와 와! 꿈 아니지 이거?! 현실이지?! 하루 간에 이런 돈을 얻다니…… 이것도 다 릴리 덕이야!"

서포터 만세!

"멍청한 소리 하면 안 돼요, 벨 님! 몬스터의 종류나 드롭 아이템에 따라서도 달라지지만 Lv.1 5인조 파티가 하루 종일 벌어야 25,000발리스 정도라구요. 다시 말해 벨 님 혼자 그 사람들을 훨씬 능가하는 활약을 보였던 거예요!"

"아니 그래도, 토끼도 칭찬해주면 나무에 올라간다고 그러잖아?! 그거야 그거!"

"벨 님이 무슨 말을 하는지 릴리는 전혀 모르겠지만 아무튼 편승할게요! 벨 님 대단해요! 더 팍팍 내려가도 되겠어요!!"

"그만 칭찬해 릴리!"

들뜬 나머지 흥분의 정도가 심해졌지만, 멈출 수가 없었다.

주점도 아닌데 둘이서 꺅꺅 신나게 떠들어댄다.

이미 땅거미가 질 시간이었으므로 이곳 바벨 간이식당에 모험자라곤 우리 정도밖에 없었다. 다른 사람들은 주점으로 향했을 것이다.

의자 위로 올라온 릴리와 하이파이트를 나누며, 우리의 고양감은 멈출 줄을 몰랐다.

"······그러면 벨 님, 이제 제 몫을 받을 수 있을까요?"

"응, 여기!"

쿵. 13,000발리스를 릴리에게 건넸다.

"··········에?"

"아아, 이 정도면 주신님에게 맛있는 것을 사드릴 수 있겠다······!"

주먹을 부르쥐고 그때의 광경을 상상해보았다. 드디어 주신님에게 은혜를 갚을 수 있어! 곁에서 릴리가 어안이 벙벙한 표정을 짓고 있는 것 같았지만 나는 아랑곳 않고 자신의 상상에 빠져들었다.

"베, 벨 님, 이, 이건……?"

"네 몫이지 뭐긴 뭐야! 아, 맞아! 릴리, 괜찮으면 같이 주점에 가지 않을래? 나 맛있는 가게를 아는데!"

내가 기분 좋게 제안하자 릴리는 눈을 크게 뜨며 숨을 멈추었다. 아, '풍요의 여주인'은 가고 싶지 않다고 그랬던가? 그래도 뭐, 괜찮겠지! 오늘 정도는!

"그럼 가자, 릴리!"

"베, 벨 님!"

쇠뿔도 단김에 빼랬다고 서둘러서 짐을 챙기던 내게 릴리가 외쳤다.

"응?"

무슨 일인가 싶어 쳐다보는 내 눈앞에서, 그녀가 조그만 입술을 우물거렸다.

"……도, 독차지한다든가…… 벨 님은, 그런 생각 안 하세요?"

"어? 왜?"

이상한 말도 다 있다 싶어 나는 되물었다.

릴리는 질문을 질문으로 대답하는 내 반응에 오히려 말문이 막힌 것 같았다.

"나 혼자선 이렇게 못 버는걸? 릴리가 있어준 덕이잖아?"

그러니 고맙다고, 나는 기분 좋게 말했다.

앞으로도 잘 부탁한다고 덧붙였다.

릴리와 만나 정말 다행이라고, 웃기도 했다.

"……."

"릴리, 얼른 가자."

멍하니 나를 올려다보던 릴리에게 손을 뻗었다.

내가 내민 손을 그녀는 가만히 바라보더니, 조심스레 자신의 것과 겹쳤다.

"……이상해."

그 조그만 중얼거림을 나는 멋들어지게 놓쳐버리고 말았다.

【벨 크라넬】

소속: 【헤스티아 파밀리아】

종족: 휴먼

직업(잡): 모험자

도달 계층: 제7계층

무기: 《헤스티아 나이프》

　　　《단도》

소지금: 18,900발리스

【스테이터스】

Lv.1

힘: D501 내구: G233 기교: C607 민첩: B702 가력: I0

《마법》

【】

《스킬》

【리아리스 프레제】

　ㅇ조숙한다.

　ㅇ마음이 이어지는 한 효과 지속.

　ㅇ마음의 강도에 따라 효과 상승.

【장비】

《깡총이 Mk.II》

　ㅇ【헤파이스토스 파밀리아】소속 벨프 크로조가 만든 방어구 시리즈 제1탄.

　ㅇ작품명이 거시기해 묻혀버릴 뻔했던 경위가 있다. 박스로 가게 된 것도 거의 그 때문. 벨의 마음에 묘한 상처를 남겨주었다.

　ㅇ재료에 드롭 아이템 '메탈 래빗의 모피'를 사용했다. 벨은 이를 '엄청나게 가볍다'고 평가했다.

　ㅇ오히려 방어력이 높다는 점이 【헤파이스토스 파밀리아】경영진에게 평가받는다.

《그린 서포터》

　ㅇ가격 7,700발리스.

ㅇ에이나가 준 선물. 그녀의 눈동자 색과 같은 에메랄드 색이다.

ㅇ방패와 용도가 같은 프로텍터. 순수한 방패보다는 내구력이 낮지만 가볍다.

ㅇ폭의 면적이 좁은 대신 가늘고 길다. 단도나 단검 정도는 수납이 가능하다.

막간 아아, 여신님

하늘을 덮은 빛이 선명한 꼭두서니색에서 한밤의 푸른 어둠으로 바뀌려 했다.

오라리오 서부. 일을 마치고 돌아온 기술자들이나 미궁 탐색을 마친 모험자의 집단으로 붐비는 서쪽 메인 스트리트는 오늘도 크게 붐볐다.

"오, 오늘도 넘겼다……."

인파에 뒤섞여 헤스티아는 비틀비틀 대로를 나아가고 있었다. 자신의 등 뒤, 도시 중앙에 우뚝 솟은 바벨의 마천루로부터 도망치기라도 하듯, 불안한 걸음으로 홈을 향한다.

【헤파이스토스 파밀리아】 바벨 지점에서 일을 마치고 귀가하는 중이었다.

"헤파이스토스 녀석, 조금 더 신경을 써줘도 될 거 아냐……."

어디까지나 대출금을 갚기 위해서라고는 하나, 처음 경험하는 온갖 격무는 이제까지 나태한 생활을 보냈던 헤스티아에게 가혹하다는 한 마디로밖에는 표현할 수 없었다.

헤파이스토스가 못을 박아놓았는지, 같은 직장에서 일하는 '자식'들은 여신인 헤스티아를 조금도 공경하지 않고 오히려 가차 없이 턱짓으로 부렸다. 솔선해 떠넘기는 온갖 일거리에 비명을 지른 적도 있었다.

이제까지 어떻게든 남의 힘만 빌려 살아왔던 헤스티아의 성격을 뜯어고치겠다는 헤파이스토스의 진심이 엿보였다.

"아아, 벨 보고 싶어……!"

연일 이어지는 중노동에 심신이 완전히 마모된 헤스티아는 자신의 자식을 생각했다.

바로 며칠 전까지만 해도 던전에서 돌아오는 소년을 다정하게 맞아주는 것이 일과이자 낙이었거늘 —— 그러기 위해 이제까지는 알바도 항상 조퇴했거늘 —— 이제는 완전히 입장이 뒤바뀌고 말았다.

얼른 그 품에 뛰어들어 어리광을 부리고 싶다고, 그런 이룰 수도 없는 생각을 하면서 헤스티아는 무거운 몸을 질질 끌며 귀갓길을 서둘렀다.

"——음?!"

인파로 붐비는 메인 스트리트 한복판에서 시야 한구석을 스친 토끼 같은 하얀색 덩어리에 헤스티아는 거의 조건반사처럼 돌아보았다.

온갖 종족으로 혼잡한 인파 너머에서 언뜻언뜻, 눈에 익은 뒷모습이 보였다가는 사라졌다.

——벨이다!

한순간에 정체를 간파한 헤스티아는 자신의 동그란 두 눈을 빛냈다.

아마 미궁탐색을 마치고 돌아가는 길이리라. 새로 맞춘 방어구를 걸치고 이쪽에 등을 돌린 채 홈 방향으로 가고 있다.

헤스티아는 물을 만난 고기처럼 기운을 되찾고 벨에게 달려가려 한 걸음을 내디뎠다—— 그러나 그 다음 순간.

"?!"

인파에 가려 보이지 않았던, 벨의 바로 곁에 있는 인물의 모습이 드러났다.

몸은 헤스티아보다도 작으며, 펑퍼짐한 로브에 커다란 백팩을 짊어졌다. 뒤에서는 성별도 무엇도 자세한 내용은 판별하기 어려웠지만, 저건 여자다. 헤스티아는 알 수 있었다.

남자라면 지켜주고 싶다는 욕구가 끓어오를 것 같은 수수께끼의 소녀는 옆에서 내민 손을 단단히 붙잡고 있었다.

그리고 그렇게 올려다보는 소녀에게 향한 벨의 옆얼굴은 해맑게 웃고 있었다.

——쿠——웅!

묵직한 충격이 헤스티아의 정수리에 떨어졌다.

몸도 마음도 지칠 대로 지친 헤스티아에게 그 추가타는 결정타나 마찬가지였다. 마지막 오아시스였던 소년이, 자신이 아닌 여자에게 저렇게 해맑은 웃음을 짓고 있다니, 하늘에서 땅으로 곤두박질치는 듯한 타이밍까지 맞물려 헤스티아가 입은 상처의 깊이는 헤아릴 수 없었다.

소녀가 벨에게서 상담을 받은 적 있는 서포터임을 깨달을 기회를 끝까지 놓친 채, 헤스티아는 엄청난 상심을 끌어안고 휘청휘청 비틀거리다가, 마침내 그들에게서 등을 돌리고 뛰어갔다.

"——내 말 좀 들어봐, 미아흐! 벨이, 벨이 바람을 피워!"

쾅! 다 마신 술잔을 테이블에 내려치며 헤스티아는 꺼이 꺼이 울부짖었다.

대로에서 조금 떨어진 골목에 세워진 한적한 술집. 낡은 목조에 좁은 가게 내부는 거친 차림의 모험자들이 대부분을 차지했으며 난폭한 웃음소리와 결코 기품 있다고는 할 수 없는 말이 요란하게 날아다녔다.

싸구려 술을 마시는 모험자들에 섞여 헤스티아는 조금 전 자신이 본 내용을 테이블 맞은편에 앉은 인물, 아니, 신물에게 여봐란 듯이 토해내고 있었다.

"바람이라니, 그건 좀 이상한걸. 벨이 그런 짓을 하는 광경을 도저히 상상할 수 없는데."

매우 정중한 어조를 약간 나직한 음성으로 장식한 미남 미아흐는 헤스티아의 이야기를 진지하게 듣다가 이따금 자신의 의견도 제기했다. 그가 입은 다 해진 회색 로브가 낡은 인테리어의 술집에 위화감 없이 녹아들었다.

헤스티아와 미아흐는 하급 중의 하급—— 바닥 중의 바닥에 속하는 【파밀리아】의 주신이라, 같은 신분끼리 친교가 깊었다. 【헤스티아 파밀리아】는 포션을 제조해 판매하는 【미아흐 파밀리아】의 단골이었으며, 양 파벌의 단원들도 허울 없이 지냈다.

대로에서 우연히 만난 헤스티아에게 억지로 끌려 이렇게 홧술을 상대해주면서도, 미아흐는 싫은 내색 하나 없이 그녀의 말에 귀를 기울였다.

"난 내 눈으로 봤단 말야! 벨이 여자애랑 사이좋게 손을 잡고 있는 걸! 이건 의혹이고 자시고를 떠나 현장범이잖아!!"

"벨에게는 벨의 사정이 있고, 나름 교우관계도 있겠지. 범인이라고 단정 짓기에는 너무 이르다고 생각하는데…… 애초에 부부도 애인도 아닌 사람이 바람을 운운하는 것도 이상하지 않아?"

뒷말은 때를 맞춰 다음 술잔을 힘차게 들이컨 헤스티아의 귀에는 들리지 않았다.

오늘은 다른 때보다 더 거칠다고, 미아흐는 군청색 머리카락을 찰랑거리며 탄식했다.

"젠장! 대체 그 계집애는 뭐야?! 벨은 내 거란 말이야아아!"

"어허어허. 그 발언은 아무리 주신이라고 해도 횡포인걸. 벨은 누구의 것도 아니라고."

"나도 알아, 그 정도는! 그냥 말해본 거야! 그냥 말해보고 싶었어!!"

"벌써 취했어?"

"당근이쥐!"

취하지 않고는 못 해먹겠다면서 헤스티아는 퍼붓듯 술을 마셨다. 정신이 들고 보니 좁은 테이블 위에는 빈 잔이며 피처가 가득했으며, 강한 술냄새가 피어났다.

얼굴을 시뻘겋게 물들인 헤스티아는 다시 한 번 술을 들이켜고 멍하니 어딘가 먼 곳을 바라본다 싶더니…… 다음에는 두 눈을 글썽글썽 적시며 외쳤다.

"우와아아아아아아아아아앙!! 벨벨벨베에엘! 부탁이니 내 앞에서 사라지지 말아줘어——!!"

"어, 어허?! 목소리가 너무 커, 헤스티아!"

주위의 소란을 밀어낼 만한 특대 오열에 이번만큼은 미아흐도 당황했다. 다른 손님들의 시선이란 시선이 모조리 헤스티아 일행에게 모여들었다.

"네가 웃어주면 나는 하수도에 살아도 돼! 그만큼 널 좋아한단 말이야! 까놓고말해같은침대에서자고싶고꼭꼭끌어안고싶어네가슴에부비부비얼굴을문대고싶어—! 네가 웃기만 해도 나는 반찬 없이 빵 세 개는 먹을 수 있어!"

암만 미아흐라 해도 얼굴을 찡그렸다.

"사랑해베에에엘!! ……에헤헤, 한 번이라도 좋으니까 벨에 대한 마음을 터놓고 싶었어~. 으흐응. 시원하당~."

"당사자가 없어 다행이구나. 주인장, 계산 좀."

덕분에 환멸을 사지 않았다고 미아흐는 계산을 하며 말했다. 헤실헤실 풀어진 얼굴을 테이블 위에 이리저리 굴리는 헤스티아는 뭐가 그리 좋은지 흥냐흥냐 웃고만 있었다.

그 모습에 못 말리겠다고 탄식하면서도, 미아흐는 빠릿빠릿하게 주정뱅이 여신을 데리고 귀갓길에 올랐다.

"미아흐~. 계산은 어떠케 해써~?"

"내가 다 냈어."

"어허라 서운하게엥~. 이럴 때는 반씩 내자고~."

"응, 넌 20발리스밖에 없더라고."

늘어질 대로 늘어진 헤스티아의 목소리에 미아흐는 담담하게 대답했다. 상품을 쌓아둔 4륜 손수레에 그녀를 밀어넣고, 마치 유모차라도 되는 양 옮기기 시작했다.

마석등 불빛이 반짝이는 한밤의 대로로 두 신은 메마른 바퀴 소리와 함께 사라져갔다.

"미아흐~. 반하는 약 만드러주라아~. 그걸로 벨을 쏭가게 만들꼬야~."

"응. 못 들은 걸로 할게."

"끄아아아아아……?!"

눈을 뜬 직후에 찾아온 것은 어마어마한 두통이었다.

침대 위에 드러누웠던 헤스티아는 밀려드는 고통에 신음을 터뜨리며 괴로워했다. 시야에 비친 천장은 눈에 익은 홈의 천장이었다. 벽에 걸린 시계가 가리키는 시각은 아침.

미아흐와 술을 마시고 하룻밤이 지나, 헤스티아는 완벽한 숙취에 시달리고 있었다.

"괘, 괜찮으세요, 주신님?"

침대 바로 옆에는 벨이 있었다.

물이 든 잔을 손에 들고 걱정스레 헤스티아를 바라본다.

"미, 미안하다, 벨. 이렇게 꼴사나운 모습을……."

"아뇨, 무슨 말씀을. ……저기, 어제 미아흐 님께도 들었지만, 역시?"

"……그래. 아무래도 과음한 모양이야."

헤스티아는 누운 자세로 벨에게 물을 받아먹고, 얼굴을 한껏 찡그렸다.

어젯밤에 자신을 바래다주었다는 미아흐는,

"조금 지친 모양이야. 조금이라도 좋으니 같이 좀 놀아주렴."

그런 의미심장한 말을 벨에게 남기고 떠났다고 한다.

'아무것도 기억이 안 나…….'

어제의 기억이 깔끔쌈빡하게 날아가고 없었다. 자신은 대체 무슨 짓을 저질렀고 무슨 소리를 입에 담았는지, 친구신이 남긴 말에 헤스티아는 강렬한 불안감을 느꼈다.

훗날 미아흐는 헤스티아에게 자애 넘치는 웃음과 침묵으로 대답을 대신했다.

"……벨, 던전에는 안 가도 되겠느냐?"

"이런 주신님을 어떻게 내버려둬요. 오늘은 쉬기로 했어요."

그가 고용한 서포터에게도 이미 연락을 했다고 벨은 눈썹을 늘어뜨리며 웃었다.

벨의 마음씀씀이에 고마워하면서도, 헤스티아는 내심 기뻐했다. 오늘 하루는 그와 함께 지낼 수 있다고. 그리고 그때 이미 그녀는 속으로 오늘 아르바이트를 빼먹고자 결심했다.

스미스 신의 격노는 나중 일. 나중 일은 나중에 생각하자.

"주신님, 이거 드실 수 있겠어요?"

"……조, 좀 힘든걸. 벨, 먹여줄 수 있겠느냐."

"아, 네. 알았어요."

사과 간 것을 벨이 수저로 떠서 입가에 가져다주었다. 침대에서 몸을 일으킨 헤스티아는 이를 보고 환희하며 매우 행복한 표정으로 먹었다.

간호라는 전제가 있기 때문인지, 평소라면 부끄러워서 도저히 행동으로 옮기지 않을 것 같은 일도 벨은 흔쾌히 받아주었다. 필사적으로 멋쩍음을 감추면서 그래도 헌신해주는 소년의 모습에 헤스티아는 더할 나위 없이 기뻤다.

"아~ 머리가~."

"주, 주신님?"

지독히도 서툰 연기와 함께 헤스티아는 휘청 몸을 기울여 벨의 가슴에 포옥 머리를 불시착시켰다. 딱 벨에게 안기는 꼴이었다.

난처해하는 벨의 심경을 알면서도 헤스티아는 뺨을 물들인 채 더욱 얼굴을 묻었다. 그의 가슴에서는 부드러운 숲의 내음이 났다. 신이 나서 더욱 꽉 매달렸다.

이제는 완전히 당황한 벨과의 놓아라 싫다 공방전은 그 후 한동안 계속되었다.

"흐음…… 그럼 어제는 그 서포터와 함께 밥을 먹으러 갔던 것이냐?"

"네. 어제는 좀 좋은 일이 있어서……."

시간은 금세 흘러 오후. 침대에 누운 채 헤스티아는 벨과 한창 대화를 나누는 중이었다. 이쯤 되니 숙취의 증상은 거의 누그러졌다.

어젯밤의 진상을 듣고 일단은 안도했으나, 둘이 사이좋게 손을 잡고 있던 광경을 떠올리니 다시 속내를 캐고 싶어졌다. ……무엇보다, **확실하게 성장했던** 지난번의 【스테이터스】 갱신을 떠올리니 속이 부글거렸다. 소년의 마음은 아직도 가증스러운 금발금안 소녀를 향하고 있다. 자신과의 맞사랑 따위는 착각일 뿐이었다.

일단 【검희】는 내버려두고, 서포터 소녀에 대해 이것저것 캐물어보고 싶다는 충동에 사로잡혔다. 무엇을 어떻게 생각하는지도.

아직 면식도 없는 소녀에게 헤스티아는 질투를 불태우기 시작했다.

"좋겠구나, 너는. 어제는 그 서포터와 맛있는 것을 먹고 즐겁게 보냈겠지? 아아~ 나도 갔으면 좋았을 것을."

그리고 결국 말에 가시를 담아 휙 고개를 돌리고 말았

다. 때문에 그런 헤스티아의 모습에 한순간 어깨를 떨며
꼴깍 목을 울리고 마는 벨의 반응을 목격할 수는 없었다.

벨은 한동안 안절부절못하며 몸을 흔들다가, 이윽고 결
심한 듯 입을 열었다.

"그, 그럼, 갈래요? 둘이서, 그, 좀 거하게 먹으러……"

"……뭐?"

"호, 호화로운 저녁식사는…… 어, 어떠세요?"

뺨을 물들인 채 무언가 웃음을 필사적으로 참으려는 벨
을 보며 헤스티아는 뻣뻣하게 굳었다.

지금 자신의 귀에 들린 말을 믿을 수가 없었다.

"사, 사실은요, 어제 탐색에서 돈이 좀 많이 들어와서……!
저기, 주신님께 은혜를 갚았으면 좋겠다고 생각해서……!"

뒷말은 전혀 들리지 않았다.

벨의 **제안**만이 헤스티아의 머릿속에서 몇 번이나 재생
되고 있었다.

'이건 설마, 데데데데데데데이트 제안?!'

설마 벨이 직접?! 그것도 디너?! 헤스티아는 경악했다.

그리고 금방 황홀경에 빠졌다.

"일단 주신님이 좀 기운을 차리셔야 하니 다음번에……"

"오늘 가자!!"

"에."

"오늘 가는 거다!"

벌떡 이불을 걷어차며 침대에서 일어나는 헤스티아.

벨은 눈을 동그랗게 떴다.

"주, 주신님? 몸은……"

"나았다!"

그 말에 거짓은 없었다. 한순간 몸속에서 드높아진 흥분이 헤스티아의 몸에 힘을 불어넣어주었다.

아연실색한 벨을 내버려둔 채 헤스티아는 재빨리 데이트 준비에 착수하기 시작했다.

'──아니, 잠깐.'

우뚝 움직임을 멈춘 헤스티아는 가슴께의 옷깃을 입가까지 끌어당겨선 코를 킁킁거려보았다.

냄새. 술냄새. 여신에게는 바람직하지 못한 술 냄새가 몸에서 떠돌았다.

헤스티아는 눈을 부릅떴다.

"벨, 6시다!"

"네, 네에?"

"6시에 남서쪽 메인 스트리트 아모르 광장에서 집합하는 거다!"

땀을 삐질삐질 흘리는 벨이 지켜보는 가운데, 헤스티아는 얼마 안 되는 짐을 들고 홈을 뛰어나갔다.

한 마디로 표현하자면, 낙원이었다.

"그대는 아무리 봐도 커진 것 같으이."

"우리는 신인데 성장할 리가 없잖…… 어허, 주무르지 마!"

하계 사람—— 아이들이 이 자리에 있었다면 코에서 피를 뿜으며 혼절했으리라.

엷게 피어나는 김 속에 눈부신 실루엣을, 풍만한 살집을, 아무것도 걸치지 않은 태어났을 때 그대로의 나신을, 미모를 과시하는 여신들이 아낌없이 드러내고 있었다.

그곳은 분명 남자라면 누구나 한 번은 꿈꾸는 하늘의 낙원이 분명했다.

"후아~…… 기분 좋다~."

파도를 일으키며 어깨까지 뜨거운 물에 담근 헤스티아는 한껏 풀어진 표정으로 그렇게 중얼거렸다.

신성욕탕(神聖浴湯). 이름 그대로 신만이 입욕할 수 있는 청정한 욕탕이다.

광대한 욕실에는 크고 작은 다양한 욕조 외에 거대한 수목이며 천연 암석이 놓여 대자연을 연출하는 데 한몫했다. 석재를 깎아 만든 벽이며 기둥의 인테리어도 치밀하면서 장엄해 호화의 극치를 달렸다.

이 신 전용 대욕탕은 길드가 도시에 사는 신들을 위해 만들어 관리한다. 각 【파밀리아】에서 징수한 세금의 일부를 —— 신에 대한 숭배와 공경의 의미도 담아 —— 그들의 오락시설로 환원한 것이다.

남신탕과 여신탕은 물론 따로 있지만 남신들은 이용률이 저조해, 신성욕탕이라고 하면 우선 이쪽 여신들의 것을 꼽는다. 한번은 어떤 위대한 신(이라 쓰고 영감이라 읽는)의 침입(이라 쓰고 엿보기라 읽는)을 허용하는 바람에, 이후 길드의 경비는 쥐새끼 한 마리 빠져나갈 수 없을 정도로 엄중해졌다. 참고로 이 소동은 그 후 전설이 되었다.

　실 한오라기 걸치지 않은 무방비한 모습으로 긴장을 푸는 여신들과 마찬가지로, 탕에 몸을 담근 헤스티아 또한 매끄러운 자신의 피부를 핑크색으로 물들이고 열기가 깃든 한숨을 후우 내쉬었다.

　"어머, 헤스티아? 웬일이야, 네가 여기 오다니?"

　"아―…… 여어, 데메테르. 오랜만인걸."

　헤스티아는 풀어진 표정을 다잡지 않은 채, 다가온 낯익은 여신에게 건성으로 대답했다.

　데메테르라 불린 여신은 두툼한 천 한 장으로 감춘 육감적인 몸을 그녀의 곁에 앉혔다.

　"으음…… 언제 봐도 큰걸. 가슴."

　"너에게도 훌륭한 것이 달려 있지 않나."

　자신의 가슴께에 다가오려는 손을 헤스티아는 찰싹 치웠다. 그 반동에 데메테르의 두 언덕이 출렁거리며 수면에 큰 파문을 일으켰다.

　"그런데 무슨 일로? 네가 여길 찾아오는 건 오늘이 처음 아니야?"

"으음——……."

폭신폭신한 벌꿀색 머리카락을 가다듬으며 묻는 데메테르에게 헤스티아도 풀어진 표정을 원래대로 돌렸다.

이 신성욕탕은 유료다 보니 이용할 생각이 별로 들지 않았지만, 벨과의 밀회가 예정된 지금 헤스티아는 얼마 안 되는 쌈짓돈을 쥐어짜내 처음으로 입욕을 결단했던 것이다.

술 냄새를 비롯해 몸도 마음도 깨끗하게 하고자.

모든 것은 벨과의 데이트를 위해.

"조금 이따 저녁을 먹으러 갈 약속이 있거든. 조금 기합을 넣어 몸단장을 할까 해서."

"……혹시, 상대가, 남자야?"

대답을 듣기도 전부터 놀라는 친구 여신에게 헤스티아는 의아한 표정을 지었다.

"그렇다면 어떻다는 거지?"

욕탕 안에서 가느다란 폭포가 물거품 소리를 내는 가운데, 데메테르는 그 성숙한 얼굴을 어린아이처럼 빛냈다.

"엄머엄머 세상에 세상에! 무려 헤스티아가, 남자랑!! 꺄—악! 얘들아, 다들 좀 들어봐!"

"이, 이봐이봐?!"

갑자기 흥분하는 데메테르에게 헤스티아는 간담이 철렁했다.

크게 울려 퍼진 목소리에 주위의 여신들은 일제히 고개를 들고는 무슨 일이냐고 다가와…… 데메테르가 사정을 설명하자, 그 순간 일제히 활기를 띠기 시작했다.

"헤스티아에게 남자가?!"

"무슨 일 있었어?!"

"천계에선 요마아아아안큼도 남자 얘기가 없었던 헤스티아가!"

"1년 내내 방구석에만 틀어박혀 있던 헤스티아가!"

"하드로리 헤스티아가!!"

"어, 어떻게 된 거야……?"

"얼른 불어!"

눈 깜짝할 사이에 헤스티아를 중심으로 인파, 아니, 신파가 생겨났다. 버릇없이 탕으로 뛰어드는 여신까지 있었다. 서로 핑크색 피부를 꾹꾹 밀어붙이며 헤스티아에게 밀려들었다.

"뭐, 뭔데. 나한테 그런 이야기가 생긴 게 그렇게 이상해?"

"그게 아니야, 헤스티아. 넌 이제까지 남자들이 구애하면 전부 다 거절했잖아?"

"아테나와 아르테미스에 맞먹는 천계의 쓰리톱, 3대 처녀신 중 하나."

"까놓고 말해 우린 난공불락의 성새를 함락시킨 게 누군지 정체를 알고 싶은 거지."

데메테르에 이어 말을 쏟아내는 여신들에게 헤스티아는 애매한 표정을 지었다.

자신에게 구애한 신들 중에는 제대로 된 놈이 하나도 없었다고 말할 뻔했지만, 눈을 형형히 빛내는 여신들에게는 무슨 말을 해도 소용없다는 것을 깨달았다.

이런 면에서도 오락을 추구하는 신들의 속성이 유감없이 발휘되고 있었다.

"……상대는 내【파밀리아】의 자식이다. 휴먼이야."

오오~

여신들 사이에서 감탄사가 터졌다. "역시!"라느니, "보호본능을 자극받은 거야?"라느니. 잇달아 제멋대로 억측과 질문을 쏟아낸다.

"혹시 속은 거 아니야? 설마 이상한 남자에게 낚인 건 아니겠지~?"

"멍청한 소리 하지 마라. 난 신이야. 사람 보는 눈이 있다고."

"하기야 아이들이 뭔가 숨기면 우린 다 아는 법이지. 신이니까."

"그럼 그 아이의 어떤 점에 반했는데?"

"……인간 됨됨이랄까."

확실한 계기가 있었던 것은 아니라고 중얼거리며 헤스티아 자신도 생각해보았다. 굳이 말하자면 그 새하얀 솔직함이랄까.

그리고도 한동안 공세가 이어졌다. 도저히 그칠 줄 모르는 여신들의 추궁에 질린 헤스티아는 욕탕을 나가기로 했다. 준비까지 생각하면 이제 그만 자리를 떠야 할 시간이었다.

여신들의 제지를 뿌리치고 탕에서 일어났다. 조그맣고 가녀린 몸에 물방울이 흘러내려 천장에서 스며든 햇빛을 반사해 반짝반짝 빛났다. 묶어놓지 않았던 칠흑의 머리카락은 습기를 머금어 요염하게 젖었다.

헤스티아는 잠깐 눈을 감고 그 자리에 서 있었다.

마치 한 장의 그림 같은, 조용히 햇빛을 받는 어린 여신의 모습에 다른 자들은 좋은 걸 봤다는 양 눈을 가늘게 떴다.

"저기, 헤스티아. 헤스티아는 그 아이 어디가 좋아?"

마지막으로 한 여신이 손을 들었다.

고개만 돌려 뒤를 돌아본 헤스티아는 가볍게 웃음을 지었다.

"전부 다."

아모르 광장은 남서쪽 메인 스트리트 대로에서 골목 하나를 지나면 나온다.

형형색색의 바닥돌로 포장된 광장은 생울타리를 이루는 꽃들도 있어 화사한 분위기를 연출했다. 해가 서쪽으로 모습을 감추고 하늘이 어스름해지면 머리 위 높은 곳에 달린 마석등에 불이 들어와 광장 전체가 어렴풋이 빛을 발한다.

시각은 6시 전. 다정하게 어깨를 맞댄 남녀 2인조가 눈에 뜨이는 가운데 벨은 어떤 여신의 동상 앞에서 멋쩍게 서 있었다.

"벨!"

"아……!"

벨을 발견한 헤스티아가 달려왔다.

자신을 부르는 목소리에 안도한 표정을 지었던 벨은, 다음 순간 당황한 듯 눈만 껌뻑거렸다.

헤스티아가 헤어스타일을 바꾼 것이다. 언제나 트윈테일로 했던 머리를 풀고 등으로 늘어뜨렸다. 앳된 용모가 한층 어른스러운 인상을 띠며 벨의 눈길을 빼앗았다. 머리를 묶었던 방울 달린 머리장식은 손목에 감아 팔찌처럼 해놓았다. 옷도 현재 가진 의류 중에서 가장 좋은 것이었다. 온 힘을 다해 멋을 부리고 온 듯했다.

숨을 헐떡이는 헤스티아는 벨 앞에 멈춰선 후 뺨을 살짝 물들이며 긴장된 어조로 물었다.

"어, 어때, 어울리느냐? 조금 차림을 바꿔보았다만……."

"……어, 네, 잘 어울려요, 아주 잘 어울려요! 어, 뭐랄까, 평소 주신님보다 당차달까…… 그러니까, 예, 예뻐요!"

뺨을 붉힌 벨은 자신의 얼마 안 되는 어휘를 열심히 구사해 헤스티아를 칭찬했다.

그 칭송에는 주신에 대한 경의의 일면도 포함되어 있겠지만, 말 구석구석에서 부끄러움이 묻어났다. 벨은 분명 이때 헤스티아에게 눈길을 빼앗겼던 것이다.

아싸아!

헤스티아는 마음속으로 쾌재를 불렀다.

"좀 더 일찍 올 생각이었다만, 미안하구나. 오래 기다렸느냐?"

"아, 아뇨, 저도 지금 막 왔거든요!"

어떡해. 자꾸 웃음이 나와.

그야말로 진짜 데이트 같은 대화에 헤스티아는 뺨에서 자꾸만 힘이 빠져나갈 것 같았다.

앞으로의 전개에 자꾸만 가슴이 두근거리는 그녀의 기분은 상승일변도였다.

"그러면 벨? 오늘밤은 확실하게 에스코트를 해주겠지?"

"네, 넷."

그리고 미소를 지으며 손을 내밀어 벨의 리드에 몸을 맡기려던―― 그 순간.

아모르 광장 한쪽이 갑자기 소란스러워졌다.

"아, 찾았다――!"

"헤스티아가 있어!"

여신들이었다. 예외 없이 미목수려한 미녀 미소녀의 집단이, 대거, 밀려들었다.

아연실색해 뻣뻣이 선 벨의 곁에서 헤스티아는 두 눈을 한껏 부릅떴다.

"확보――!!"

"아앙~ 꽤 귀엽잖아?!"

"헤스티아는 이런 애가 취향이구나~."

"우, 우무뷹?!"

여신의 파도는 한순간에 헤스티아를 밀어내고 벨을 감쌌다.

수많은 팔이 벨의 몸을 이리저리 끌어당겼으며, 번갈아 자신의 가슴에 끌어안는다.

숨도 쉴 수 없는 여신장벽 지옥, 아니, 천국에 벨의 얼굴은 눈 깜짝할 사이에 시뻘겋게 타올랐다.

"엑, 엑, 에엑······?!"

"미안해, 헤스티아. 우린 네 아이가 너무 궁금해서, 이렇게 뒤를 따라와본 거였어. ······엄머 어떡해, 진짜 토끼 같아."

"읍──! 읍읍────?!"

"베, 베엘─────?!"

헤스티아의 비명이 터졌다.

다른 여신의 추종을 불허하는 압도적인 용량을 자랑하는 데메테르의 가슴골에 파묻혀 벨의 목숨은 풍전등화였다. 데메테르의 손이 사랑스럽다는 듯 벨의 백발을 쓰다듬을 때마다 헤스티아의 가슴은 천 갈래 만 갈래로 찢어졌으며 눈에선 피눈물이 날 것 같았다.

신의 호기심에 희생되어, 자신의 권속이 무자비할 정도로 유린당한다.

그리고 마침내 헤스티아의 정신이 붕괴되려던 그 순간.

아직 여신들에게 반쯤 에워싸인 꼴로, 너덜너덜해진 벨

이 틈새에서 모습을 드러냈다.

"주신, 님……."

"무, 무사하냐, 벨?!"

"……전, 이제, 죽어도 여한이 없을 것 같아요……!"

뼈억. 벨의 정강이에 헤스티아의 발이 꽂혔다.

"잘못했어요!"

"좋아, 도망치자!"

한쪽 다리를 절뚝거리는 벨을 억지로 잡아끌며 헤스티아는 도망치기 시작했다.

사냥감이 사라졌다는 것을 깨달은 여신들이 놀란 틈에 아모르 광장을 탈출했다.

집요한 신의 추적을 뿌리치기 위해 헤스티아와 벨은 도시 안을 쏜살같이 달렸다.

"아아~! 이러니까 신이란 것들은 진짜?! 욕망에 너무 충실한 거 아니냐고, 나 원!"

"하, 하하……."

고함을 질러대는 헤스티아의 곁에서 벨이 쓴웃음을 지었다.

거듭되는 추적을 뿌리친 헤스티아와 벨이 있는 곳은 서쪽 메인 스트리트 변두리에 있는 낡은 종루였다. 외따로 세워진 벽돌 종탑은 기능을 잃어버려, 이젠 울리지도 않는 종이 머리 위에 매달려 있다.

이 종루에 숨어 여신들의 추적을 피한 지 한참이 지나, 헤스티아와 벨은 겨우 한숨을 돌릴 수 있었다.

"완전히 밤도 깊어졌으니……. 하아. 기껏 벨하고 데이트를 할 수 있었건만."

"데, 데이트?"

이제 곧 날짜가 바뀌는 시각이었다. 뛰어다니느라 마구 흐트러진 머리를 두 손으로 마구 헤집으며 헤스티아는 긴 한숨을 내쉬었다.

오늘 하루의 끔찍한 마무리에 자꾸만 탄식이 나왔다.

"아…… 주, 주신님, 저것 좀 보세요!"

"……?"

벨이 밝은 목소리를 내며 어떤 방향을 가리켰다.

헤스티아가 돌아보니, 그곳에 펼쳐진 것은 천공의 은하처럼 빛나는 미궁도시의 야경이었다.

헤아릴 수도 없는 마석등이 수많은 색의 인광을 맺고 도시 전체를 비추었다.

경관 멀리, 어둠 속에서도 선명히 드러나는 백색 거탑이 한없이 하늘로 뻗어 올라간다.

종루에서 내다보이는 아름다운 도시의 모습에 헤스티아는 한동안 눈길을 빼앗겼다. 말도 잊은 채 문득 옆을 보니, 벨도 살짝 눈을 빛내며 그 광경을 뚫어지게 보고 있었다.

이윽고 헤스티아의 시선을 느낀 벨은 뺨을 따뜻한 흥분으로 적시며 가슴에서 배어나온 마음을 그대로 싣듯, 입술을 통해 말로 자아냈다.

"저기, 주신님……. 언젠가, 또 오도록 해요. 다음에는 꼭."

"벨……."

"그때까지, 저, 지금보다 더 열심히 돈 모을 수 있도록 노력할게요. 그래서 맛있는 것 먹고, 맛있는 것 마시고…… 그리고, 또 여기에 오는 거예요."

"……."

"오늘 발견한 이 아름다운 경치를…… 그 뭐냐, 들이서, 다시 보러 와요."

그렇기에 오늘 하루는 헛된 것이 아니었다고.

주신님과 함께 올 수 있어서 기뻤다고.

벨은 격려하듯 헤스티아에게 말했다. 어설픈 위로가 아니라, 진심에서 우러난 마음으로.

뺨을 발갛게 물들이며 해맑게 웃는 소년의 모습에 헤스티아는 자신의 가슴속이 흔들리는 것을 느끼고, 조용히 눈을 가늘게 떴다.

그 어떤 속내도 품지 않은, 새하얀, 솔직하기 짝이 없는 이 미소에 자신은 분명 끌렸던 것이리라.

오늘의 추억을 내일의 약속으로 바꿔준 벨에게…… 자신은 사랑스러움을 느끼는 것이다.

"……기대하고 있겠다, 벨."

"네!"

그제야 표정을 풀고, 헤스티아는 벨과 웃음을 나누었다.

이윽고 누가 먼저랄 것도 없이, 다시 한 번 종루 밖에 펼쳐진 광경을 바라보며 조용히 두 사람만의 시간에 몸을 맡겼다.

살짝 움직여 벨과의 거리를 좁히는 데 성공한 헤스티아는, 뺨을 물들이며 눈꼬리를 누그러뜨렸다.

'서포터에 대해 물어볼까 했는데…… 오늘은, 이제 됐어.'

그런 야박한 짓을 할 마음도 들지 않는다고, 눈앞의 야경을 바라보며 헤스티아는 생각했다.

바로 곁에 있는 소년의 온기를 느끼며 웃음과 함께 눈을 감았다.

손목에 감아두었던 머리장식이 시원한 밤바람에 조그만 방울 소리를 울렸다.

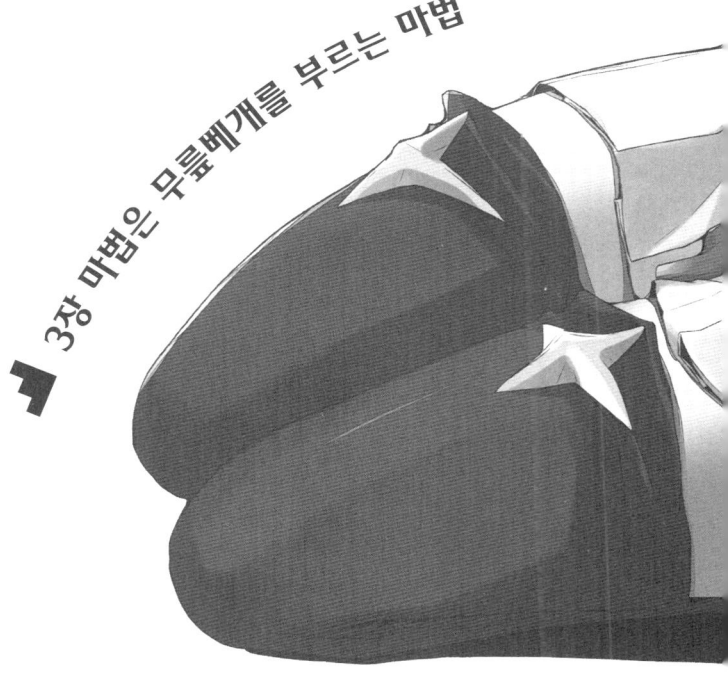

3장 마법은 무릎베개를 부르는 마법

은빛이 내달렸다.

『크워어어어어어어어어어어어어어어어어?!』

머리 꼭대기에서 가랑이까지 일직선으로 내리그은 은색 궤적에 해골 몬스터 '스파르토이'는 절규를 내질렀다.

휴먼을 베이스로 삼은 골격이 군데군데 갑옷처럼 융기된 듯 끔찍한 모습. 날카로운 형태를 자랑하며 온갖 백골 무기를 든 그 모습은 그야말로 해골 광전사라 부르기에 손색이 없었다.

'심층(深層)'을 영역으로 삼는, Lv.4에 해당하는 강력한 몬스터는 겨우 일격에 쓰러지고 말았다.

"……."

한기마저 느껴지는 예리한 일격을 뿜어냈던 검사는 세이버를 날카롭게 울리며 칼끝을 지면으로 향했다.

뼈, 뼈, 뼈, 뼈.

눈이 닿는 주위에는 헤아릴 수 없는 뼈의 파편이 흩어져 있었다. 원형을 알아볼 수도 없는 새하얀 잔해는 열 마리도 넘었던 스파르토이 떼의 말로였다.

금발금안.

신과 비교해도 꿀리지 않는 미모를 가진 한 소녀가 몬스터의 묘지 한복판에 조용히 서 있었다.

"결국 혼자 다 해치우고 말야……."

"조금쯤 고전해주면 더 귀여운 맛이 날 텐데……."

동료들이 투덜거리는 목소리를 듣는 건지 마는 건지, 긴 금발의 소녀—— 아이즈 발렌슈타인은 말없이 서 검을 칼집에 담고는 그들을 돌아보았다.

"자자, 수고했어 아이즈~! 포션 필요해? 엘릭서는? 아이즈가 좋아하는 단팥크림맛 감자돌이는 어때?"

"괜찮아, 티오나. 고마워. ……마지막 건 먹고 싶어."

"애초에 상처 하나 입지 않았으니, 포션도 뭣도 필요 없겠지."

"아무튼 몬스터는 대충 정리됐구만……. 이제는 어떻게 할까, 핀?"

"음—— 슬슬 돌아갈까? 이번에는 놀러온 거나 마찬가지니, 괜히 오래 머물다가 돌아갈 때 고생하는 것도 싫고. 리베리아, 네 의견은 어때?"

현재 위치 37계층. 심층영역으로 분류된 던전 깊은 곳에서 【로키 파밀리아】 멤버들은 미궁탐색에 여념이 없었다. 인원은 적어서, 파티는 서포터까지 포함해 합계 일곱. 아이즈 발렌슈타인을 필두로 한 제1급 모험자의 수는 다섯뿐이었다.

'놀러왔다'고 말했듯, 【로키 파밀리아】의 조직원들을 동원해 이루어졌던 예전의 '원정'과는 달리, 이번에는 마음이 맞는 소수의 동료끼리 시도했던 약간 사적인 던전 탐색이었다.

사실, 시간 때우기이기도 했다.

수많은 모험자들은 발도 들여보지 못한 심층에도 놀러

왔다고 호언장담할 수 있을 만큼, 그들의 실력은 차원이 다른 것이다.

"단장님의 지시라면 따르도록 하지. ……다들 철수하자!"

초연한 풍모를 띤 여자 엘프 리베리아가 목소리를 높였다.

밀짚색 피부를 가진 아마조네스 자매가 알았다는 뜻을 보였다. 아이즈는 썩어가는 감자돌이를 두 손으로 든 채 풀이 죽은 모습이었다. 미궁 깊은 곳에 갈 때는 식량보존 상태가 좋지 못하면 이런 폐해가 곧잘 생긴다.

"그건 그렇다 쳐도, 만약 베이트가 함께 있었다면 지금쯤 분명 귀찮은 일이 일어났겠지~. 그 허세덩어리는 아이즈 앞에선 금방 무모한 짓을 하니까!"

"저번 회식 끝나고, 술 깬 다음에 은근슬쩍 아이즈에게 거절당했다는 얘기를 해주니까 엄청나게 좌절하던걸."

"우와~?! 나도 봤으면 좋았을걸! 왜 안 가르쳐준 거야, 티오네~!"

철수 준비라 해도 할 일은 별로 없었다. 마석 회수는 서포터가 할 일이고, 전투는 조금 전부터 아이즈의 독무대였으니까. 이제 막 Lv.3이 된 두 명의 서포터가 스파르토이의 마석을 모으는 가운데, 소란을 떠는 쌍둥이 자매를 중심으로 해이해진 공기가 흘러나왔다.

그런 가운데, 감자돌이에서 고개를 든 아이즈가 파문을 던졌다.

"……핀, 리베리아. 나는 혼자 좀 더 남아 있고 싶어."

이름을 불린 두 사람은 서로 다른 반응을 보였다. 핀은 슬쩍 눈을 크게 떴고, 리베리아는 낯빛 하나 바꾸지 않은 채 한쪽 눈만을 감았다.

깜짝 놀라 움직임을 멈춘 티오나와 티오네에게는 아랑곳하지 않고 아이즈는 담담히 주장을 계속했다.

"식량도 나눠줄 필요 없어. 여러분에게는 폐를 끼치지 않을 테니까. 부탁이야."

"자, 잠깐만~! 아이즈, 그런 소릴 꺼낸 시점에서 우리한테 폐를 끼치는 거라구! 이런 데 아이즈를 남겨놓고 가면 우린 걱정된단 말야!"

"나도 티오나에게 동감. 아무리 몬스터의 Lv.이 낮다 해도 심층에 동료를 혼자 내팽개쳐두는 짓은 할 수 없어. 위험해."

허리에 손을 척 가져가며 얼굴을 코앞까지 들이대고 퍼부어대는 티오나에게 아이즈는 살짝 눈썹을 늘어뜨리며 난처한 표정을 지었다. 티오네의 지원공격에도 응전할 수 없었다. 두 사람이 하는 말이 반론의 여지가 없을 정도로 옳았기 때문이다.

"왜 그렇게 싸우고 싶어해? 아이즈는 엄청 미인인데, 아깝잖아~. 조금만 더 여자답게 놀자아~. 아마조네스인 내가 더 패셔너블하면 어쩌자는 거야!"

"난…… 그런 건, 됐어."

"왜에? 강한 수컷…… 마음에 드는 남자도 찾지 않을 거야? 아이즈의 그 예쁜 얼굴은 장식이야?"

"너는 자기도 하지 않는 짓을 남에게 떠넘기지 마라."

입을 다문 채 슬쩍 고개를 숙인 아이즈에게, 한 발짝 떨어져 지켜보던 리베리아가 한숨을 쉬었다. 그리고 핀을 향해 입을 연다.

"핀. 나도 부탁하지. 아이즈의 의견을 존중해줘."

""리베리아?!""

"음──?"

이곳에서 가장 키가 작은 호빗은 진의를 판별하려는 듯 리베리아를 올려다보았다.

"이 아이가 어지간해선 떼를 쓰지 않는다는 것 잘 알잖아. 한번 들어주도록 해."

"무슨 자식 지켜보는 엄마처럼 마음을 쓰는 거야, 리베리아? 티오나랑 티오네 말이 맞아. 파티의 리더를 맡은 몸으로서는 허락할 수 없어."

"어리광을 받아준다는 자각은 있다만…… 그러면."

두 번째 한숨을 내쉰 리베리아는 아이즈에게 시선을 보냈다.

감정 기복이 적은 소녀가 미안하다는 눈빛을 띠는 것을 보며, 이번에는 자조했다.

그리고 다시 핀과 눈을 마주했다.

"나도 남지."

아이즈의 서포트를 맡겠다는 의도를 전달하는 리베리아. 그녀의 눈동자를 들여다본 핀은 턱에 손을 댄 후, 천천히, 뜸을 들이듯 고개를 끄덕였다.

"알았어. 허가하지."

"뭐어~? 핀~ 설득 좀 해~."

"리베리아가 남는다면 만에 하나라도 잘못될 일은 없을 테니까. 반대로 우리가 돌아가는 길에 위험한 꼴을 당할지는 모르지만."

"아~ 네, 네. 난 공격과 회복을 재주 좋게 구사하진 못하니까요, 단장님."

리더가 결정을 내린 후로는 이야기가 착착 진행되었다.

서포터를 포함한 핀 일행과 잔류하는 아이즈 일행이 그 자리에서 헤어졌다.

하나밖에 없는 룸의 출입구를 나가면서도 티오나는 연신 손을 붕붕 흔들어댔다.

"고마워, 리베리아."

"이번이 마지막이었으면 좋겠다만, 새삼스런 말이겠지. 너무 고생 시키지 말라는 정도로 내 잔소리는 접어두겠어."

"……미안해."

얼굴도 보지 않고 나누는 그녀들의 대화 밑바닥에서는 신뢰라는 감정이 언뜻 내비쳤다.

37계층은 아득한 상층과는 달리 어스름했다. 머리 위의 공간이 한없이 멀어서 육안으로는 천장을 확인할 수 없다.

암담한 어둠에 뒤덮인 것이다.

희뿌연 벽면에 같은 간격으로 빛나는 촛불 같은 인광만이 시야를 밝힐 뿐이었다.

한동안 그 자리에서 움직이지 않고 헛되이 시간을 보내, 리베리아가 얼굴에 의아한 빛을 띠기 시작했을 무렵.

무언가를 감지한 듯 아이즈가 검을 뽑았다.

"왔다."

"뭐?"

아름다운 두 눈을 살짝 날카롭게 뜨는 아이즈에게 리베리아가 무슨 말인지 물으려 했지만—— 그녀도 금세 깨달았다.

자신들이 선 던전의 지면이 흔들리고 있었다.

"설마……."

그 중얼거림에 동조하듯 아이즈의 시선 너머 광대한 룸의 중심점이 솟아올랐다.

다음 순간, 대지가 갈라졌다.

수많은 흙덩어리를 밀어내며 어마어마하게 거대한 **몸집**이 지면에서 얼굴을 드러냈다.

쩌적쩌적 지면에 균열이 일어나는 불길한 소리. 피어나는 흙먼지는 **그것**의 몸에 밀려올라가 굉음을 내며 마치 폭포처럼 바닥을 두들겨댔다.

머리뼈가, 쇄골이, 늑골이, 골반이, 살점이 덮이지 않은 검은색 골격이 지면에서 솟아난 전모를 드러내고 있었다.

진동은 최고조. 37계층 전체가 떨리고 있었다.

마치 자신의 자식을 낳은 대가를 치르기라도 하듯, 던전이 신음했다.

『── 우우!!』

더할 나위 없을 만큼 흉포한 산성이 머리 위에서 쏟아졌다.

하늘을 향해 울부짖은 그 몬스터는 너무나도 거대했다. 10M도 넘지 않을까.

온몸을 칠흑으로 물들인 골격의 거신. 하반신을 지면에 파묻은, 스파르토이를 그대로 크게 늘려놓은 듯 거대한 그 몬스터는 머리에 두 개의 돌기를 달고 있었다.

새까만 눈구멍 안쪽에서는 불똥 같은 조그만 붉은색 빛이 흔들렸다.

그리고 가슴 안쪽. 늑골과 흉골에 보호를 받듯, 어마어마한 마석이 허공에 떠 있었다.

"그렇구나. 벌써 석 달이 지났어⋯⋯."

보통 계층별 몬스터의 출현 수는 종류별로 정해져 있다.

일정 숫자 이상으로 늘어나는 일도 없으며, 감소되면 던전의 벽을 뚫고 새로운 몬스터가 태어난다. 다음 몬스터가 태어날 때까지의 간격은 계층별로 다 다르지만, 길어도 약 하루 정도이다.

그런 가운데, 숨이 끊어져도 곧바로 출현하지 않고, 일정 주기의 간격이 필요한 몬스터들이 존재한다.

덧붙여 말하자면 그 특별한 몬스터들은 정해진 계층마다 반드시 한 마리밖에 나타나지 않는다.

너무나도 강하기 때문인지, 혹은 거대하기 때문인지. 이유는 어쨌든 그들은 한 계층에서 반드시 한 마리만이 나타나고 배회했다.

고대로부터 존속했던 길드는 예로부터 이 특별한 몬스터를 이렇게 불렀다.

미궁의 왕, '몬스터렉스'라고.

"리베리아, 손대지 말아줘."

특별한 간격을 두고 태어나며, 형태는 각자 다른 '몬스터렉스'에게 공통된 점은, 어마무지 강하다는 것.

계층별로 정해진 Lv.의 플러스 2 이상이라고 한다.

제3급 이상의 모험자들이 '계층 터주'라 부르며 두려워하듯, 원래는 많은 모험자들이 무리를 지어 연계 플레이로 공략해야 하는 존재였다.

"아이즈, 정말 혼자서 해치우려고?"

험악한 눈초리로 리베리아가 물었다.

아이즈는 은색 검 한 자루를 들고, 어마어마한 포효로 위협하는 몬스터 '우다이오스'에게 조용히 다가갔다.

"괜찮아."

신들이 '보스캐 짱'이라고 입을 모아 찬가를 바치는 강대한 적에게, 소녀는 혼자 대치했다.

"금방 끝낼게."

일주일 후, Lv.6에 도달했다는 【검희】의 소문은 오라리오를 휩쓴다.

🔥

"······?"

벨은 발을 멈추었다.

2계층과 1계층을 연결하는 계단을 오르다 말고, 고개를 갸웃하며 아래쪽을 본다.

"왜 그러세요, 벨 님?"

"······지금, 던전이 흔들리지 않았어?"

바로 뒤에 서 있던 릴리가 올려다보는 가운데, 가만히 2계층의 지형, 아니, 그 너머에 펼쳐져 있을 하층으로 시선을 보낸다.

"흔들렸다고요? 릴리는 아무것도 못 느꼈는데요?'

"······기분 탓인가?"

벨은 한층 의식을 집중하며 기다려봤지만 변화는 전혀 없었다. 고개를 갸웃하고 이상하게 생각하면서도 자신의 착각일 거라 수긍하기로 했다.

"오늘은 조금 오래 끌었는걸."

"네. 조금이 아니고 상당히, 지만요. 이제 곧 밤 열두 시가 넘을 거예요."

"엑, 정말?!"

"네."

릴리는 금색 회중시계를 손에 들며 대답했다. 짧은 바늘과 긴 바늘이 멋지게 숫자 12에 겹쳐지려 했다.

"우와, 전혀 몰랐네……."

"마지막엔 몬스터가 떼로 몰려왔으니까요. 시간을 확인할 여유도 없었겠지요."

릴리는 가득 찬 등짐을 흔들며 말했다. 많은 드롭 아이템을 수납한 대형 백팩은 금방이라도 터질 것 같았다.

두 사람이 계약을 맺은 지 며칠이 지났다.

벨은 릴리의 도움을 받아가며 순조롭게 하루하루를 보냈다. 모험자로서 궤도에 올라 안정되었다고 말할 수 있을지도 모른다. 몬스터를 사냥하는 효율은 확 올라가, 하루하루의 수입은 솔로 시절과는 비교도 되지 않았으며, 자신의 목표로 나아가기 위한 전력질주 태세가 정비되어갔다.

서포터 한 사람만 더해져도 이렇게까지 달라지나 싶어 연신 놀랄 뿐이었다.

한편으로는 릴리도, 신출내기 모험자로서는 있을 수 없는 속도로 몬스터 격파 스코어를 매일 갱신해나가는 벨에게 혀를 내둘렀지만.

"그러면 릴리, 오늘 번 것도 반씩 나누면 되겠지?"

"……벨 님은 좀 더 상식과 물욕을 챙기시는 게 좋을 것 같아요. 고맙게 받는 릴리가 할 말은 아니지만…… 사람이 너무 좋으세요."

"하지만 릴리도 지금은 돈이 필요하잖아?"

"그야 그렇지만요……. 그래도 릴리는 벨 님이 의태위태해서 볼 수가 없달까, 친구가 맡겨놓은 새끼토끼를 안절부절 키우는 심정이랄까……. 우우~ 어쩐지 저까지 피곤해지는 것 같아요~."

벨은 요즘 잔소리를 듣는 빈도가 늘어난 것 같다고 생각했다.

얼마 전까지는 주인과 종자처럼 일방적으로 선을 그어놓았지만, 지금은 그런 서먹서먹함이 엷어지고 있었다. 조금씩 친해진달까, 릴리와의 사이에 있었던 고랑이 서서히 메워지는 것 같았다.

달려드는 고블린을 물리치며 벨과 릴리는 1계층을 나아가 던전을 빠져나왔다. 샤워로 몸을 씻고 바벨의 환전소에 들른 후 문을 통해 밖으로 나왔다.

"우와, 정말이네. 완전히 깜깜해졌어……."

바벨을 에워싼 센트럴 파크에는 어둠의 장막이 드리워졌다.

마석을 박아놓은 세련된 가로등이 환하게 인광을 발하는 가운데, 낮에는 없었던 밤의 정적이 주위를 가득 메웠다.

반대로 이런 시간대에도 멀리 있는 주점은 오히려 이제부터 본무대라는 듯 밝게 흥청거렸다.

"……역시 크구나."

센트럴 파크를 둘러보던 벨의 시점은 한 바퀴를 돌아 마지막으로 자신의 등 뒤에 도착했다.

어둠을 꿰뚫는 거탑. 유유히 우뚝 솟은 백색 마천루가 벨 일행을 내려다보고 있었다.

어둠이 깊어진 지금은 구석구석까지 볼 수 없지만, 이 거대한 탑은 세부까지 치밀한 디자인이 가미되었다는 것을 벨도 잘 안다.

기능적인 내부에서는 도저히 상상할 수 없는, 예술작품과도 같은 외견. 그야말로 신이 호사의 극치를 다한 것 같은 바벨의 위용에, 벨은 시선을 정상 부근에 고정시킨 채 휴우 숨을 내쉬었다.

"바벨은 왜 이리 높은 걸까? 상점을 임대해주기 위해서라고 해도, 50층까지 올라가는 건 굉장히 힘들 것 같은데⋯⋯."

"벨 님, 길드가 상점을 임대해주는 건 20층까지인걸요?"

"어⋯⋯ 그, 그래?"

눈을 동그랗게 뜨는 벨을 보며 릴리는 조그만 입술에 쓴 웃음을 지었다.

조금 멋쩍음을 느끼며 벨은 솔직히 물어보았다.

"가게가 없으면, 20층부터는 뭐가 있어?"

"신들이 사는 곳이에요."

"⋯⋯신들이?"

"네. 오라리오에서도 손꼽히는【파밀리아】의 주신님들뿐

이지만, 바벨의 최상층까지는 그 분들이 거주하고 계세요."

미궁도시의 상징이라고도 할 수 있는 거탑 바벨에, 위계가 높고 사치를 좋아하기도 하는 일부 신들이 산다는 것은 어떤 의미에서는 자연스러운 일이었다.

각 주거마다 갖춰진 설비는 호화현란의 극을 달리며, 가장 큰 장점이기도 한 조망은 다른 주거의 추종을 불허하는 위치에서 광대한 도시를 내려다보는 만큼 절경이라고 한다.

길드가 관리하고 임대해주는 만큼 어마어마한 비용을 내야 하지만, 돈을 생각하지 않으면 오라리오에서도 최고급 주거공간을 얻을 수 있다.

다시 말해 고귀한 신에게만 허용된 고급 부동산인 것이다.

"헤에……. 홈에 살지 않고 일부러 다른 곳에서 사는 신들도 있구나."

"신들의 개인 영역이라고 생각하면 되지 않을까요? 우리하고 교류하는 걸 좋아하는 신들도 있지만, 옛날부터 내려온 이미지대로 역시 고고한 게 좋다는 신들도 있을 테니까요."

그런가보다 싶어 벨은 고개를 끄덕였다.

"원래 바벨은 이렇게까지 거대한 탑은 아니었대요. 미궁에서 넘쳐나는 몬스터들을 붙드는 '뚜껑' 기능만 있을 때는 주위 건물이랑 별로 다를 바가 없다고 들었어요."

"그럼 왜 지금처럼 커진 거야?"

"이 땅에 최초의 신들이 내려오셨을 때, 탑이 무너지고 말았대요. ……이렇～게, 유성처럼 날아온 신들이 탑 꼭대기에 부딪치는 바람에."

"……."

일부러 부순 거다, 분명.

기껏 완성된 탑을 도시 사람들이 감격의 눈물과 함께 바라보고 있을 때, 신들이 철저하게 격·파·분·쇄……. 입을 딱 벌린 채 굳어버린 옛 오라리오 시민들에게, 깔깔 웃으며 사과하는 신들의 모습이 눈에 선해 벨은 헛웃음만 냈다.

"그래서 이 탑은 【붕괴의 탑】…… 【바벨】이라 불리게 되었어요. 신들이 이 탑에 사는 이유에는 그런 배경도 있는 거예요."

탑을 파괴한 신들은 사과의 의미도 담아 탑의 재건에…… 아니, 그보다는 던전의 억지에 크게 공헌한 것이라고 릴리는 말했다. 바로 신의 은혜, '팔나'를 내려줌으로서.

당시 오라리오 주민들은 힘을 내려주는 그들을 공경하며 이 탑을 그들의 주거지로 헌상했다고 한다.

하계 곳곳에 현현한 신들이 만든 【파밀리아】라는 체계가 전 세계에 파급될 때까지 숭배하고 숭배 받는 관계가 이어져, 바벨은 신의 위광을 드러내듯 높이 치솟게 되었다는 것이다.

그 결과 바벨은 현재의 높이에 이르렀으며, 지금도 신들의 전당 역할을 맡고 있다고 한다.

"이제야 알겠네…… 으음, 그런데 그런 신들의 이야기를 들을 때마다 생각하는 거지만, '천계'란 그렇게 심심한 곳이었을까? 신들이 이 하계에 내려오고 싶다는 생각을 할 정도로?"

"일이 싫어져서 도망쳤을지도 모르죠?"

바벨을 올려다보던 벨은 처음 듣는 말에 릴리를 돌아보았다.

"천계에서는 신들이 해야만 하는 몇 가지 의무가 있대요. 그중 가장 대표적인 예가, 하계에서 잠든 우리, 그러니까 아이들을 처리하는 거래요."

"그건…… ."

"네. 죽은 사람들의 사후 진로죠."

내용이 내용인 만큼 벨은 자신의 고동 간격이 좁아진 것을 느꼈다.

실감이 따르지 않는 이야기인데도 피할 수 없는 파멸의 운명인 탓에 귀를 기울이고 말았다.

릴리의 이야기를 요약하자면, 신들은 하계 사람의 사후를 맡은 몸이라고 한다.

굳이 말로 표현한다면, '영혼'의 정산이라고나 할까.

각 신들마다 사후의 처리방법은 천차만별이라, 천계에서의 생활을 허락하거나, 상상을 초월하는 고통스러운 책무를 맡기거나, 끝나지 않는 무의미한 중노동을 부과하거나…… 열거하자면 한이 없다.

하계의 섭리에서 해방된 자식들은 신들의 재량에 따라 관리를 받는다. 그곳에서는 생전의 행동이나 선악 같은 개념은 관여하지 않는다.

신의 마음에 들거나, 들지 않거나. 그때 신의 기분에 따라 길흉이 정해지는 것이다.

너무 대충대충이고 규칙성도 없이, 독단과 편견에 따라 이루어지는 '신의 심판'이다.

"뭐, 마지막에는 대부분의 사람이 환생을 한다지만요……. 아무튼 그런 일도 있고 해서 천계에선 격감한 신들의 구멍을 메우기 위해 남은 신들이 지금도 자지도 쉬지도 않고 일을 하신대요. 상당히 살기등등하다던데요? 다음번 하계행도 피비린내 나는 엄중한 '대화' 끝에 순서를 결정한다나 뭐라나."

그런 데는 가고 싶지 않다, 아니, 죽고 싶지 않다……고, 벨은 조금 진심으로 생각하고 말았다. 지금 천계의 신들 앞에 나갔다간, 흔히 말하는 지옥으로 가차 없는 환영을 받을 것만 같았던 것이다. 분풀이 삼아.

그런 생각을 내다봤는지 릴리는 벨의 얼굴을 보고 킥킥 웃었다.

벨도 약간 처량한 표정으로 웃었다.

어쩐지 우스웠다.

"……하지만 릴리는 죽음을 동경한 적이 있었어요."

그래서일까.

그 말은 벨에게는 기습과도 같았다.

"……뭐."

"한번 신들의 곁에 돌아가면…… 다음번에 태어날 릴리는, 지금 릴리보다 조금 나아지지 않을까 해서…… ."

바벨을. 아니, 그보다도 더 위에 펼쳐진 밤하늘을 올려다보며 릴리는 그렇게 중얼거렸다.

후드가 기울어지고 밤색 앞머리가 흘러내리면서 드러난 커다란 눈동자는 먼 곳을 보는 것 같았다.

마치 까맣게 물든 저 천상을 그리워하듯.

"리……릴리!"

정신을 차리고 보니 벨은 소리를 지르고 있었다.

그러지 않으면 릴리가 어디론가 가버릴 것만 같아서.

릴리는 천천히 눈을 감고, 하늘에서 시선을 떼더니, 앞머리로 눈을 가린 얼굴을 벨에게 돌렸다.

"……미안해요. 이상한 소리를 해서."

"……."

"옛날 일이에요. 진지하게 생각하지 마세요. 릴리는 이래 봬도 꿋꿋해졌으니까, 이제는 그런 생각 조금도 안 해요."

벨은 아무 말도 할 수 없었다.

분명 그것은 사실이리라. 에헴 가슴을 펴는 소녀의 몸짓에선 슬픔이라고는 조금도 찾아볼 수 없었다. 그녀는 분명 다시 일어났을 것이다.

하지만 그렇기에 벨은 지금 자신이 주체하지 못하고 있는 감정을 모양으로 바꿀 수 없어, 말로 릴리에게 전하지 못했다.

"자, 벨 님. 많이 늦었으니까 얼른 돌아가도록 해요. 릴리도 오늘은【파밀리아】홈에 한번 돌아가야만 하니까요."

밝게 살짝 웃으며 릴리는 바벨에 등을 돌렸다. 조그만 보폭으로 천천히 앞으로 나아간다.

그녀의 어깨를 보았다. 무거운 짐을 짊어지기에는 너무나도 작은 어깨였다.

어울리지도 않게 커다란 백팩을 짊어진 릴리의 뒷모습을, 벨은 답답한 심정을 끌며 필사적으로 따라갔다.

"그래. 또 강해졌구나."

그렇게 중얼거렸다.

아득히 아래쪽에 보이는 조그맣고 하얀 그림자. 앞서가는 또 다른 그림자를 따라 멀어져간다.

그녀는 흥분이 식지 않는 듯 떠나가는 그 그림자에 뜨거운 시선을 보내고 있었다.

구름이 움직여 밤하늘에 뜬 달이 어둠에 에워싸인 실내를 비추었다.

벽을 온통 차지한 직사각형의 유리창. 그 창가에 선 인물의 모습을 스포트라이트처럼 뚜렷하게 보여준다.

검은색의 얇은 나이트드레스를 입은, 늘씬하면서도 풍만한 육체.

싸늘한 달빛을 받아 한층 신비스러움을 띤 부드러운 백옥 같은 피부.

허리까지 닿을 것처럼 긴 은발은 얼음 결정을 뿌려놓은 것처럼 반짝였다.

"그렇게만 하렴. 너는 더 빛날 수 있어……."

그 지나친 미모가 비친 유리창을 그녀—— 프레이야는 손을 짚어 삐걱 울렸다.

거탑 바벨의 최상층.

탑 안에서도 최고급 시설에 해당하는 한곳에서, 이곳의 주인인 그녀는 벨을 내려다보고 있었다.

"좀 더, 좀 더 빛나주렴. 너에게는, 내 눈에 뜨인 이상 그럴 의무가 있으니까……."

그 눈동자에는 깊은 애정과 함께, 자신보다도 열등한 존재와의 사이에 성립된 절대우위가 있었다.

프레이야는 집착했다. 벨에게.

소소한 사정은 내팽개치고, 아예 불이 붙은 이 치정을 해방시키고 싶을 정도로, 미의 여신은 한 소년에게 열중했다.

프레이야에게는 '통찰력'이라고 할 만한, 하계의 주민—— '영혼'——의 본질을 간파하는 눈이 있었다.

그것은 신들이 사용을 금하기로 결정한 절대무비의 '아르카넘' 그 자체가 아니라 어디까지나 성질, 타고난 능력이므로 터부에는 걸리지 않는다. 그녀는 전부터 이 눈을 이용해 천계에 세워놓은 자신의 저택에, 하계의 죽은 이들…… 특히 영웅이라 칭송을 받을 만한 전사자를 모아놓고 있었다.

컬렉션이라 해도 무방하다.

그 눈으로 어느 신보다도 먼저 죽은 영혼의 색을 파악해, 마음에 든 자를 자신의 품으로 감쌌던 것이다.

죽은 후 그녀의 손에 '신의 심판'을 받는 자는 행운이다.

죽음을 맞이한 후 그녀의 눈에 든 자들은 행복의 절정을 맛본다.

'미의 신'이라 불리는 그녀에게 영원토록 귀여움을 받을 테니까.

그것이 자유를 허락하지 않는, 무한한 속박이라 해도.

미와 사랑을 관장하는 신 프레이야.

플러스와 마이너스의 양면성을 겸한, 분방하고 잔혹한 미의 여신이다.

"더욱 강하게, 더욱 어울리게…… 그것이 너의 의무."

다른 신들이 그러하듯, 자신의 저택을 포함한 하늘의 영지를 내팽개치고 내키는 대로 하계에 내려온 후에도 프레이야의 **취미**는 변하지 않았다. 그 눈으로 아이들의 본질을, 재능을, 광채를 간파하고, 보다 뛰어난 '영혼'의 소유자를 자신의【파밀리아】로 끌어들인다.

거부하는 자는 아무도 없었다. 거부할 수 있는 자는 그 누구도 없었다.

프레이야의 마성과도 같은 미에 거역할 수 있는 자는 존재하지 않았다.

따라서 그녀의【파밀리아】조직원은 주위와 동떨어진 실력을 지녔다.【프레이야 파밀리아】는 이 미궁도시에서도 최강의【파밀리아】중 하나였다.

그녀의 눈에 깃든 힘을 아는 로키는 '썩어빠진 치트 능력'이라고까지 말했다.

"나도 강한 남자가 좋은걸?"

벨을 발견한 것은 우연이었다.

어느 이른 아침. 메인 스트리트를 걸어가는 그의 **모습을**, 은색 눈동자가 포착했던 것이다.

──탐난다.

처음 본 순간 그렇게 생각했다.

오랫동안 느끼지 못했던 그 감각. 온몸이 짜릿짜릿 떨리고, 아랫배가 근질거리고, 황홀한 한숨이 목 안에서 흘러나왔다. 이제까지 그러했듯 저것을 손에 넣고 싶다는, 추하면서도 어린아이처럼 순수한 갈망이 고개를 들었다.

벨은 프레이야의 눈이 이제까지 본 적이 없었던 색을 띠고 있었다. 투명한 색이었다.

앞으로 어떤 색으로 바뀔지. 아니면 투명한 색 그대로

있을지, '미지'를 앞에 둔 신의 흥미는 끊일 줄을 몰랐다.

그래서만은 아니지만.

한동안 지켜보고 싶어졌다. 자신의 색으로 물들여주는 것도 나름대로 재미있겠지만, 경과를 본 후에도 늦지 않을 것 같았다.

"기대되는걸. 네가 얼마나 더 강해질지, 얼마나 빛날지…… 어떤 색으로 바뀔지."

벨의 등을 지켜보는 눈동자에는 분명한 자애가 담겨 있었다. 다만, 도착증과도 같은 자애였다.

프레이야는 그 고혹적인 입술로 살짝 구부린 검지를 가져가, 살짝 깨물었다.

선정적인 향이 순식간에 일대를 가득 메웠다.

"어머? ……후후, 또 눈치챘구나?"

시선 너머, 상당히 조그마해진 벨이 갑자기 멈추더니 연신 고개를 주위로 돌려댄다.

불안에 사로잡혀 무언가를 찾는 듯한 몸짓이었다. 프레이야는 눈을 가늘게 뜨고 한층 짙은 웃음을 띠었다.

그날 서쪽 메인 스트리트에서 처음 발견했을 때도 그랬다. 뜨겁게 달아오른 몸이 채근하는 대로 시선을 쏟아붓고 있었더니, 들켰던 것이다. 그의 감각은 생각보다도 예민한 모양이었다.

혹은 소년을 바라보는 자신의 '눈'이 너무 사양할 줄을 모르거나.

'이제까지 다른 아이들에 비하면 재능은 떨어질 거라고 생각했는데…… 제법 괜찮은걸. 아니면, 그것도 전부 포함해서 '성장'하고 있는 걸까? 후후, 정말 재미있어…….'

솔직히 말하자면 처음 보았던 그때 거두어들었어도 상관은 없었다.

소녀와 친근하게 대화를 나누는 그 모습을 고려해도 농락은 쉬울 것 같았으며, 다른 신의 '팔나'를 입었든 아니든 강제로 유혹할 수 있다는 자신감도 존재했다.

그러지 않았던 것은 소년의 뒤에 있는 신의 존재를 확인하지 않았던 —— 암만 그래도 【로키 파밀리아】 같은 동격의 상대와 다투고 싶지는 않았다 —— 것과.

저 천진난만한 미소를 보고 독기가 빠지고 말았기에, 기분이 동하지 않았기에 그랬던 것일까.

'헤스티아에게는 미안하지만…… 저 아이는, 내가 가지겠어.'

어찌됐든 이번에는 취향을 바꿔 뒤에서 지켜보는 것도 나쁘지 않다. 프레이야는 그렇게 생각했다.

고양이를 귀여워하듯 자신의 무릎 위에 놓고 지켜보는 것도 신선함이 부족했다. 때로는 정원에 풀어놓고 한껏 놀게 해주는 것도 좋으리라.

어차피 이곳은 자신의 상자정원이니까.

언제든 손을 댈 수 있으니까.

"너를 내 것으로 삼을 날이 몹시 기다려진다만…… 복잡하구나. 그날이 오지 않기를 바라는 마음도 있으니. 지금 이 시간이야말로 제일 가슴이 뛰는 시간일지도 모르지."

이제까지 그러했듯, 손에 넣은 후에는 언젠가 관심이 희박해져 벨에게도 싫증을 낼 것이다. 마음에 들었던 장난감은 선반을 장식하는 인형 중 하나로 전락한다. 생각났을 때 한 번씩 꺼내 마음껏 가지고 놀며 귀여워해주고, 다시 돌려놓는다.

처음 느꼈던 기대와 기쁨은 빛이 바래는 법이다. 감정은 마모된다.

사랑과 마찬가지. 절정을 맞은 후에는 천천히 꺼져갈 뿐. 완전하게 종결된 사랑은 동경의 대상이 될 수 없다.

그것이 허무하다고는 생각하지 않았다.

사랑이란 그런 것이며, 또한 그녀는 사랑의 여신이니까.

따라서 선반을 장식하는 컬렉션은 많으면 많을수록 좋다고, 프레이야는 생각했다.

뺨에 닿은 머리카락 한 가닥을 들어 귀 뒤로 걸었다.

드러낸 어깨는 달빛에 덧없이 젖어들었다.

때로는 사랑하는 소녀 같은 눈빛을 띠며, 프레이야는 사랑스럽게 벨을 바라보고 또 바라보았다.

"……하지만, 그래. '마법'은 슬슬 익혀도 괜찮을 것 같아."

토옥. 검지를 가녀린 턱에 가져다대고 생각에 잠긴다.

고개를 살짝 옆으로 갸웃해 묵고한 후, 아쉬운 듯 눈 아래의 벨에게서 시선을 떼고 걸어갔다.

프레이야의 '눈'은 다른 신들이 새긴【스테이터스】의 정체까지 간파하진 못하지만, 색과 광채의 정도를 보고 어렴풋하나마 가늠할 수는 있다.

보기에도 벨의 '마력'은 아직 성장하지 않은 것 같았다. 프레이야에게는 그것이 조금 못미더웠다.

당장 **손을 대기로** 할까.

"이게 좋을까?"

방 한구석에는 책장이 놓여 있었다. 넓고 높다. 그녀의 몸을 쉽게 뒤덮을 만큼.

가녀린 손가락이 책장 중단으로 뻗어, 어떤 두꺼운 책을 끌어당긴다. 툭 소리와 함께 쓰러져 그녀의 손 안으로 들어온다.

페이지를 넘겨 내용을 확인하고, 프레이야는 만족스럽게 고개를 끄덕였다.

"오탈."

"예."

그녀가 어떤 이름을 부르자 무거운 목소리가 대답했다.

처음부터 방 안에 존재했던 것처럼 입구 옆에 선 인물이 있었다.

녹슨 쇠붙이 같은 색깔의 짧은 머리카락 틈으로 멧돼지의 귀가 돋아난 수인. 바위 같은 몸을 가진, 2M도 넘는 거한이었다.

조각상처럼 우뚝 선 그는 주인인 프레이야의 다음 말을

파수견처럼 기다렸다.

"이 책을……"

책을 내밀려던 프레이야는, 입에 담았던 말을 중간에 끊었다.

입술을 다물고 팔을 되돌려 책을 다시 가만히 바라본다.

"왜 그러십니까?"

"……후후. 아니. 아무것도 아니야. 지금 이건 잊어줘."

"예."

짧게 대답한 오탈에게서는 이미 의식을 거두고 프레이야는 손 안의 책에 미소를 지었다.

그렇다. 아껴둔 부하에게 굳이 책을 전달하게 할 필요는 없다.

만약 이 거한이 눈앞에 나타나 다짜고짜 책을 내민다면, 그 소년은 겁을 먹을 것이다. 그래선 안 되지. 웃음이 나왔다.

직접 건네줄 필요는 없다. 그가 손에 넣기만 하면 그만이다.

그곳에 놓아두기로 하자.

그를 처음 발견했으며, 일방적인 만남을 이루었던 그대로.

그곳의 바로 옆에 세워진 **그 가게**에.

그곳에 방치해두면, 그 후에는 어떻게든 그에게 넘어갈 것이다.

© Suzuhito Yasuda

어스름한 방 안에서 프레이야는 종자가 지켜보는 가운데 쿡쿡 웃음을 흘렸다.

☙

"헤치!"

시르는 귀엽게 재채기를 했다.

입가에 손을 댄 자세로 한동안 그러고 있다가, 이내 얼굴을 빨갛게 물들였다. 두리번두리번 주위를 보니 가게 스태프들의 주목을 모으고 있었다. 그녀는 뺨을 한층 붉게 물들이며 고개를 숙이고 말았다.

"시르, 감기입니까?"

"아, 아니야, 괜찮아. 괜찮아."

엘프 류의 질문을 받은 시르는 뺨을 붉힌 채 쓴웃음을 지었다.

파닥파닥 흔드는 두 손에 맞춰 경단에서 흘러내린 꼬랑지 같은 회색 머리카락이 찰랑찰랑 흔들렸다.

"누가 시르 이야기하는 거 아니냥?"

"그럼 답은 하나뿐이다옹…… 뉴후후, 그 모험자 소년이다옹."

씨익 웃음을 짓는 수인 캣 피플에게 시르는 살짝 눈썹을 치켜세웠다.

"……화낼 거야, 클로에."

그런 그녀에게, 클로에라 불린 소녀는 웃음을 지우지 않고 곁눈질을 했다. 여기에 가게 테이블을 옮기면서 스커트에서 뻗어나온 꼬리를 재미나다는 양 흔들어보이기까지 했다.

시르는 한숨을 쉬었다.

"하지만 그 모험자, 결국 어제는 안 왔지~."

"평소 같으면 다 먹은 시르의 애정듬뿍 도시락통을 가지고 오는데 말이지냥."

"기껏 시르가 가게도 일찍 마치고 소년을 찾으러 나갔는데 말이지웅."

"찾으러 갔던 거 아니야!"

가게 준비를 위해 끌어안은 테이블과 함께 이동하는 동료들에게서 사방팔방 날아드는 난사. 시르는 가게의 중심에서 부정을 외쳤지만 바퀴벌레처럼 이리저리 돌아다니는 그녀들은 싱글싱글 웃으며 싫증내는 기색도 보이지 않았다.

"시르, 괜찮습니다. 크라넬 씨는 시르의 마음을 등한시할 사람이 아니에요. 분명 어제는 우연히 던전에서 늦게 돌아왔을 뿐일 테지요."

"류까지⋯⋯. 그거하곤 다르다고⋯⋯ 아니, 됐어."

체념한 듯 고개를 숙이는 시르를 류는 이상하다는 듯 바라보았다. 착각이라고 주장하는 시르의 속내를, 매사에 진지한 그녀는 결국 헤아리지 못했다.

전에 벨에게 도시락을 싸준 후로, 수제 도시락을 그에게 전하는 것이 시르의 일과가 되었다. 이유는 잘 모르겠지만 주위에서 유도해 어쩌다 보니 그렇게 되고 말았던 것이다.

평소 같으면 던전에서 다 먹은 빈 도시락통을 벨이 그날 밤에 돌려주러 오곤 했는데 어제는 그러지 않았으며, 다음 날 아침을 맞은 지금은 점원들에게 놀림을 당하는 꼴이 되었다.

"던전에서 죽어버린 건 아니겠지냥?"

"아냐~ 그런 말하면 못써! 그 모험자 소년이 시르를 내버려두고 갈 리가 없잖아!"

"……아아, 이젠 지쳤다…….."

"시르, 마음을 굳게 먹어야 해요. 크라넬 씨는 분명 무사할 테니."

"아니, 류, 그게 아니고…….."

"류 말이 맞다옹. 그 소년이 죽을 리 없다옹. 아니, 죽지 않았으면 좋겠다옹. 만약 죽어버리면 난 가슴이 찢어질지도 모른다옹……."

술렁. 소란이 퍼져나갔다.

"설마…….."

"클로에까지…….."

그런 속삭임이 가게 안 여기저기서 생겨났다. 시르는 혼란을 느낀 듯 눈을 동그랗게 뜨고 고개를 이리저리 돌렸다.

"소년은 무엇과도 바꿀 수 없는 존재다옹……. 무엇과도 바꿀 수 없고, 어디를 찾아봐도 없다옹……."

"크. 클로에? 뭐라고, 하는 거야……?"

남의 말은 건성으로 들으면서 말을 자아내는 수인 소녀에게 시르가 다그쳤다.

클로에는 허공에 향했던 눈을 시르에게 돌리더니, 그녀를 똑바로 바라보았다.

"시르. 나 커밍아웃하겠다옹……."

"뭐, 뭘?"

"나는…… 소년의 그 탱글탱글하고 모양 좋고 성숙하지 않은 엉덩이에, 흥분을 감출 수가 없다옹……!"

"……."

"그 얇은 바지 안에 파릇파릇한 과실이 담겨 있다고 망상할 때마다 추잡한 욕정이 나를 태워서……! 나는, 나는…… 후욱── 후욱──!"

"……."

"아, 저기, 잠깐…… 아프다옹, 미안, 요, 용서…… 아악!"

말려, 말려! 하며 와글와글 한곳으로 몰려드는 점원 일동.

주점 '풍요의 여주인'은 아침부터 여느 때보다 더욱 소란스러워졌다.

"이 바보 딸내미들이! 놀지 말고 냉큼 일하지 못해!"

전혀 진척이 없는 가게 준비 상황을 보다 못한 점장 미아가 문 안쪽에서 소리를 질렀다.

일제히 몸을 흠칫 떤 바보 딸내미들은 재빨리 움직여 일을 재개했다.

"나 원."

문 안쪽에서 얼굴을 내민 드워프 여성은 어깨를 으쓱했다.

"······응? 시르. 그게 뭐야?"

"네?"

휴먼 점원이 가리킨 방향을, 근처에 있던 시르가 돌아보았다.

그곳은 카운터였다. 얼마 전 처음으로 방문했던 벨을 위해 시르가 마련했던, 가게 구석 특등석이었다.

그가 앉았던 바로 그 자리 위에 책 한 권이 있었다.

"이건······?"

"누가 놓고 간 거야?"

"뭐냥 뭐냥?"

"무슨 일이다옹?"

책을 두 손으로 든 시르의 뒤에서 엿보려고 점원들이 폴짝폴짝 고개를 내밀었다.

"난 책 읽을 만큼 인텔리가 아니냥." "동감이다옹."

"응, 아니까 잠자코 있어도 돼."

"죽여버리고 싶으냥." "다옹."

"시르, 왜 그러십니까?"

"책이 한 권 있는데······ 누구 것도 아닌 모양이고, 손님이 놓고 간 걸까?"

"으응? 어제 그런 게 있었나……?"

"그건 르느와의 착각이냥. 손님이 놓고 간 게 아니면 누가 숨어들어 놓고 가기라도 한 거냥? 삐삑— 너무 구멍투성이 추리라 헛구역질이 나냥."

"이러니까 가방끈 짧은 바보는 못 말린다옹……."

"와~ 죽여버리고 싶다."

시끄러운 외야는 내버려둔 채 시르와 류는 그 책을 관찰했다.

두꺼운 책이었다. 새하얀 색이었으며 어딘가 낡은 종이 냄새가 났다.

표지에는 엉터리로 기하학적인 모양이 새겨졌을 뿐 제목 같은 것은 없었다.

"……잠시만요. 이건, 설마……"

류는 무언가를 알아차린 듯했지만, 그 직후 미아의 노성이 울려 퍼졌다.

"똑같은 소리를 몇 번 해야 알아먹냥! 아니면 말만 해서는 못 알아먹겠다는 거야?! 좋아, 내가 직접 너희 몸에 가르쳐주지!"

다들 겁먹었다.

"기, 가다리냥. 엄마. 우린 수상쩍은 물건을 발견한 거냥!"

"이거요, 이거!"

"시르, 얼른 그거 보여줘라옹!"

"으응? 수상쩍은 물거언?"

"아, 네."

주위의 재촉에 시르는 몇 걸음 나와 류나 다른 점원들에게 등을 보였다. 엷은 회색 머리카락을 그녀들의 눈앞에서 찰랑거리며, 의아해하는 표정을 짓는 미아에게 손에 든 책을 보여주었다.

"미아 어머니, 이 책, 아무래도 손님이 놓고 가신 것 같아요. 어떻게 할까요?"

"……아앙?"

마른 침을 삼키는 스태프 일동이 주목하는 가운데, 미아는 시르와 책을 번갈아 보는가 싶더니, 얼굴을 한껏 찡그렸다.

'……?'

류는 그런 미아의 표정에 의문을 품었다. 일류 모험자였으며 지금도 그 실력을 고스란히 가진 그녀가, 저렇게 떨떠름한 표정을 짓는 모습은 이제까지 본 적이 없었기 때문이다.

엘프 소녀가 의아해하고 있으려니 미아는 가증스럽다는 듯 책을 쳐다본 후, 기분 탓인지 평소보다도 꽉 억누른 목소리로 시르에게 지시를 내렸다.

"……가게 안에서 눈에 뜨이기 쉬운 곳에 놔둬. 바보가 아니면 잊어버린 줄 알고 찾으러 오겠지."

"네, 알았어요."

시르가 꾸벅 정중하게 고개를 숙인 후, 모두들 신속하게 해산했다.

미아의 꾸지람도 있고 해서, 점원들은 여느 때보다도 준비에 힘을 쏟았다.

류는 아주 잠시 혼자서 발을 멈추기는 했지만, 몰래 담소를 나누는 동료들의 옆얼굴을 보면서 후우 한숨을 내쉬더니 자신도 일을 재개했다.

"벨 님, 안 돼요! 밑에!!"

"어?!"

릴리의 비명이 내 귀를 때렸다.

현재의 위치는 7계층. 《주신님 나이프》를 손에 들고 킬러 앤트에게 달려들려던 나는 갑작스런 경고에 얼빠진 소리를 질렀다. 이제는 내 손바닥 안이라고 자만해도 좋을 정도로 익숙해진 이 계층에서 나는 상황파악을 하지 못했던 것이다.

『──키익!』

"?!"

하지만 나는 릴리의 경고가 무슨 뜻인지 즉석에서 깨달았다.

'니들 래빗'.

이마에 날카로운 뿔이 달린 토끼 몬스터가 사각에서 땅

을 기듯 달려왔던 것이다. 드롭 아이템으로 무기를 만들 때 애용되는 저 핏빛 돌기에 찔리면 치명상을 면하지 못한다.

새빨간 눈을 번뜩이며 니들 래빗은 내 왼발을 노리고 달려들었다.

"흡!"

마침 내디디려던 발이었으므로 회피는 불가능했다. 질주하던 자세였으므로 반대쪽 오른발은 허공에 떠 있었다.

나는 창졸간에 왼쪽 무릎을 푹 꺾었다.

하반신에서 방어 플레이트를 장착한 곳은 무릎뿐. 적의 공격을 어떻게든 막고자 나는 꼴사나운 저항을 시도했고── 다음 순간 한 치의 오차도 없이 외뿔 짐승의 기습은 무릎받이에 부딪혔다.

까앙! 금속판 너머로 뼛속까지 충격이 전해지는 아픔.

드높은 금속성과 함께 니들 래빗과 스쳐 지나가며, 나는 균형을 잃었다.

『샤아아아아아아아아아아악!!』

이를 내다본 듯한, 최악의 타이밍.

원래 목표였던 킬러 앤트가 나에게 달려들었다. 그것도 두 마리.

킬러 앤트는 지난 며칠 동안 수십 번이나 싸웠던 상대였다. 그 중에는 4대 1로 교전한 적도 있었다.

이제 와서 두 마리는 무슨── 이라고 방심했던 것이

화근.

내 눈에, 가차 없이 날아드는 네 개의 발톱이 들어왔다.

"크윽?!"

가드. 왼팔에 장비한 《그린 서포터》를 얼굴 바로 옆에 대고 공격을 막아냈다.

높은 내구력을 자랑하는 프로텍터에는 손상이 없었다. 그러나 엄청난 충격이 내 왼팔을 후려쳐 그대로 몸이 옆으로 날아갔다.

몸의 축은 이미 흔들린 뒤였다. 넘어지지는 않았지만 발을 연속으로 헛디뎠다.

그리고 추가타를 가하려는 듯 다른 킬러 앤트가 돌격을 감행했다.

'──당한다!'

이러다 깔린다.

몸 받기의 기세 그대로 쓰러지면 끝장이다. 저 네 개의 다리에 붙들린 채 탈출하지 못하고 발톱에 찢겨나가겠지. 단단한 겉껍질을 가진 킬러 앤트는 그럴 수 있을 정도로 무겁다.

에이나 누나에게 엄중히 주의를 받았던 것.

체격이 작은 나는 몬스터에게 깔렸다간 끝장이나 다름없다.

'──아.'

두 번째.

'미노타우로스' 때와 마찬가지로, 피할 수 없는 최후를 예감한 순간.

몸이 전율과 공포에 포옹당해 굳어버렸다. 호흡도 멈췄다. 시간이 느려졌다.

입을 딱 벌린 추악한 얼굴을 들이대는 킬러 앤트.

타액이 방울져 떨어지고, 기분 나쁜 이빨이 선명하게 보인다.

머릿속에 공백이 생겨, 달려드는 킬러 앤트의 모습을, 그저 받아들이고만 있었다.

"안돼―――!!"

릴리의 높은 기합성과 불덩어리가 옆에서 날아든 것은 그 직후였다.

"헉?!"

『크기아아아아아아아아아아아악?!』

"벨 니임!"

불덩어리를 머리에 얻어맞아 괴로움에 몸부림치는 킬러 앤트를 앞에 두고 내 몸은 시간을 되찾았다.

릴리의 외침에도 떠밀린 것처럼 오른손에 든《주신님 나이프》를 번뜩였다.

『끼익?!』

"으아아아아아아아아아아아아아!"

스각! 상쾌한 소리를 울리며 킬러 앤트의 목을 날려버리고, 당황하는 나머지 한 녀석에게도 일격필살의 공격을 날렸다.

상대의 몸통이 둘로 쪼개졌다. 나는 그 광경을 마지막까지 지켜보지 않고 눈을 돌렸다.

지금 막 도약해 기습을 하려던 니들 래빗에게, 《단도》를 뽑아 비스듬히 카운터를 날렸다.

『끼, 악…….』

"……푸하!"

룸에 있던 몬스터를 마지막 한 마리까지 물리치고, 꾹 참았던 숨을 단숨에 토해냈다.

새삼스레 비지땀이 왈칵 쏟아져 나는 엉거주춤한 자세로 얼굴을 닦았다.

이번엔, 정말 위험했다.

가슴 속에서 벌컥벌컥 날뛰는 심장 소리를 들으며, 거칠어진 호흡을 한동안 그대로 두었다.

"벨 님, 괜찮으세요?!"

"……릴리~. 고마워, 살았어~."

뛰어온 릴리의 모습을 본 순간 내 몸에서 힘이 쭉 빠져나갔다. 비실비실 주저앉아 엉덩방아를 찧었다.

"지금 그건 너무 부주의했어요! 그야 상황이 안 좋기는 했지만, 벨 님에게도 잘못이 있어요!"

"미안해……."

할 말이 없었다.

방심, 했다. 아니, 자만했다고 해야 할까.

킬러 앤트 두 마리라면 순식간에 해치울 수 있다고 얕잡아봤다.

교과서대로…… 에이나 누나에게 배운 대로 한 마리씩 대처했더라면, 설령 니들 래빗에게 공격을 당했더라도 이런 일은 없었을 텐데.

통감했다. 던전의 무서움. **절대적**인 것은 없다.

자칫 잘못했더라면, 릴리가 없었더라면, 정말로 죽었을 것이다.

부르르. 몸을 떨며 나는 이번 일을 교훈으로 뼈에 새겨두었다. 방심은 곧 목숨을 앗아간다.

여전히 꾸중하는 릴리의 목소리를 반쯤 흘려들으며 긴 한숨을 쉬었다.

"듣고 있는 거예요, 벨 님?!"

"어, 응, 미안……. 반성했어. 앞으로는 그런 일 없을 거야……."

"……정말 반성한 것 같네요. 그러면 릴리는 이제 아무 말도 안 할게요. 이러고도 배운 게 없다면 그건 벨 님 책임이에요."

"응."

다시 한 번 고개를 끄덕이고, 같은 전철을 밟지 않겠다는 약속을 한 다음 나는 일어났다.

새삼 릴리에게 인사를 하려다가 문득 아까 있었던 일이 생각났다.

"그러고 보니 릴리, 지금 마법 썼지?"

"……헉?!"

내 지적에 릴리가 동요하더니, 오른손에 들고 있던 조그만 빨간색 나이프를 재빨리 뒤로 감추었다.

"지금 그거, 혹시 '마검'이야? 아, 그걸로 도와준 거구나. ……고마워. 정말 기뻤어."

"……윽! 따, 딱히 벨 님을 구해주려고 했던 건 아니거든요?! 벨 님이 없으면 릴리의 수입이 줄어드니까 그런 거예요! 차, 착각하지 마세요!"

"……뭐?"

참으로 대응하기 난감한 발언에 내가 참으로 난감한 표정을 짓고 있으려니, 릴리는 흠칫 눈을 크게 떴다. 뺨을 빨갛게 물들이며 머리를 후드와 함께 두 손으로 감싸쥔다.

"릴리가 대체 무슨 소리를 하고 있는 거죠……?"

으음, 나도 뭐라고 해줘야 좋을지 모르겠다.

"어…… 릴리는, '마검'을 가지고 있네?"

"아, 아하하하! 조, 조금 이런저런 일이 있다 보니, 릴리한테 굴러떨어졌달까……."

"와아, 그래도 마검이란 건 너무 많이 쓰면 부서진다며?"

"맞아요. 릴리는 여차할 때만 쓰려고 했어요. 하지만 벨 님을 위해서라면 릴리는 아끼지 않을 거예요!"

"……음, 아까 발언하고 완전히 반대지만. 별 상관은 없지만.

잠시 후 우리는 공복감도 한몫 거들어, 점심을 먹기로 했다. 릴리가 몬스터들의 시체를 정리한 후 룸 한복판에 자리를 잡았다. 벽 쪽에 있으면 막 태어난 몬스터에게 머리 위를 공격당할 위험이 있으므로 보통 던전에서 휴식할 때는 이 위치에서 한다.

　'그러고 보니 시르 씨에게 얻었던 도시락 광주리를 아직 안 돌려줬네⋯⋯.'

　간소한 식료품을 먹으면서 어제 시르 씨에게 받았던 점심식사를 떠올렸다.

　어젯밤에는 시간이 늦어져 돌려줄 틈이 없었고, 오늘 아침에는 늦잠을 자는 바람에 '풍요의 여주인'에 들리지 못했다. 오늘은 꼭 돌려줘야겠다⋯⋯.

　그리고 우리는 담소를 나누었다.

　던전은 조용했고 몬스터들도 나타날 기미가 없었다.

　곧잘 웃는 릴리를 보면서, 나는 조금 긴장되긴 했지만 기회를 봐, 계속 생각하던 것을 물어보았다.

　"그러고 보니 릴리, 어제는【파밀리아】에 돌아간다고 했는데, 무슨 일 있었어?"

　대수롭지 않게 물어볼 생각이었지만 릴리의 얼굴은 한순간 굳어졌다.

　금세 웃음을 되찾기는 했지만 어딘가 뻣뻣했다.

　역시⋯⋯ 건드리지 않는 편이 좋았으려나.

　"왜 그런 걸 물어보세요, 벨 님?"

"……릴리랑 파밀리아 사람들은 사이가 안 좋은 것 같아서, 뭐랄까, 걱정이 돼서……. 미안."

전에 들었던, 릴리가【파밀리아】내에서 고립되었다는 이야기는 아직도 내 가슴에 응어리처럼 남아 있었다. 릴리가 어젯밤 홈에 돌아간다는 말에 민감하게 반응할 만큼은.

내가 반사적으로 사과하자 릴리는 눈썹을 늘어뜨리며 웃었다.

"마음 써주셔서 고마워요, 벨 님. 그래도 괜찮아요. 벨 님이 걱정하실 만한 일은 아무것도 없었으니까요."

"정말?"

"네, 정말요. 어제는 한 달에 한 번【소마 파밀리아】의 집회가 있는 날이었어요."

"집회……?"

"……이야기가 길어지니 간략하게 말하자면, 다음 달에는 이만큼 돈을 벌어오라는 포고 같은 거예요. 조직원의 수준에 맞는 금액이 정해지기 때문에, 다들 열심히 벌어와야 해요."

【파밀리아】의 운영비 같은 걸까.

조직원의 실수입에서 자금을 징수하는 것은 파벌에 속했다면 어떤 의미에서 당연한 일 —— 내 경우에는 우리가 사는 홈을 유지하기 위해 —— 이므로, 별로 이상할 것 없다.

【파밀리아】의 동료들에게 소외당한 릴리가 혼자 서포터

로 자신을 어필하려 했던 것도, 아마 이 자금 회수 할당량이 있었기 때문일 것이다.

"그래도 힘들겠다. 할당량이라니. 벌이가 적은 사람은 고생하겠는걸……."

"그러게요. 릴리도 그렇게 생각해요. 서포터나, 실력이 없는 모험자라면 특히……."

아.

나는 눈을 크게 떴다. 확신까지는 미치지 못했지만, 작은 이해가 생겼다.

릴리가 전에 그런 식으로 의미심장하게 비아냥거리는 말을 했던 것도, 돈이 필요했기 때문에……?

어쩌면 동료들과의 관계가 원활하지 못한 것도 돈 문제일지 모른다.

나는 황급히 마음에 걸린 것을 물어보았다. 할당량을 지키지 못하면 어떻게 되느냐고. 릴리는 내 마음을 꿰뚫어본 듯 웃더니, 고개를 가로저으며 대답했다.

"딱히 별일은 없어요."

다시 말해 벌칙은 없다……. 솔직하게 마음을 놓고 싶었지만, 이렇게 어린 수인이 혼자 일을 해야 하는 걸 보면 【소마 파밀리아】에는 아직도 무언가가 더 있는 게 아닐까, 자꾸만 그런 생각이 들었다.

내가 미간에 주름을 잡으며 심각한 표정을 짓고 있자, 릴리는 송구스럽다는 듯 후드 위를 탁탁 두드렸다. 응? 송구스럽다는 듯……?

견딜 수 없는 분위기가 흐르기 시작해, 어설픈 웃음을 꾸미며 억지로 화제를 바꿔보았다.

"저, 저기, 어디서 들었는데, 【소마 파밀리아】는 술도 판다면서?"

"아~ 그건…… 실패작이에요."

"……실패? ……뭐, 뭐어?"

"맞아요. 원래 만들려던 술의 제조공정에서 사 나온 걸 적당히 시장에 내다 파는 거거든요. 버리기도 아까워서."

잠깐만.

분명 에이나 누나는, 【소마 파밀리아】의 술은 엄청나게 맛있고 수요도 높다고 했는데……. 술을 사는 손님들 중에는 전문가라든가 그런 방면 사람들도 있을 텐데, 그런 사람들의 혀도 감탄하게 만들 만한…… 실패작?

그게 무슨 실패작이야?

내가 당혹감을 감추지 못하자 릴리는 어두운 웃음을 지었다.

"**실패작이니까**, 그 정도 술밖에 안 되는 거예요."

그건 도저히 실패라는 말하고는 안 어울리는 거 아닌가 싶어, 나는 무의식중에 목으로 손을 가져가며 생각했다.

아니, 그럼 대체 '완성품'은 어떤 거야……?

"릴리네 주신님인 소마 님은 다른 신들은 물론이그 어떤 것에도 전혀 흥미가 없으신데요…… 단 한 가지, 관심을 기울이는 게 있어요. 그게 바로 술 제조예요."

"……."

"소마 님의 **절대적이고 유일한 취미라서**, 한눈도 팔지 않고 몰두하시는 바람에…… 소마 님이 【파밀리아】를 만든 목적은, 【소마 파밀리아】의 존재의의는, 그 취미를 위한 것이라고 해도 과언이 아니에요."

조직원에게 할당량을 부과해 자금을 모으는 것도 제조 과정에서 엄청난 지출이 생기기 때문이라고 한다.

신이 취미를 위해 【파밀리아】를 만들거나 【파밀리아】를 이용한다는 것이 그리 드문 이야기는 아닐 것이다. 끊임없이 오락을 추구하는 분들이니, 생활수준을 확보하는 것 외에도 오락의 일환이 포함되어 있다는 것은 충분히 이해가 간다. 산업에 적극적으로 관여하는 신도, 호기심과 비슷한 의욕에서 발단된 것이므로.

하지만…… 뭐랄까, 【소마 파밀리아】에 대한 위화감을 씻을 수가 없었다.

릴리의 처지를 알기 때문에 과민해진 것일지도 모르지만, 【소마 파밀리아】가 자꾸만 이상하게 보였다.

──'필사적이다'──'여유가 없다'──'전심전력'──.

그렇게 말하던 에이나 누나의 표정과 목소리가 내 머릿속을 스쳤다.

"아, 아하하하…… 그, 그렇게 맛있는 술이 있다니, 나도 한번 마셔보고 싶은데……."

표정이 흔들릴 것 같았으므로 화제에 편승하듯 농담을 해 보았다.

릴리는 그런 나를 보고, 꺼져 들어갈 것처럼 작게 웃었다.

"관두시는 게 좋아요……."

"……."

조그맣게 중얼거린 말을 끝으로, 우리의 대화는 끊어졌다.

도저히 다시 말을 걸 수도 없었고, 그러는 사이에 몬스터가 나타나, 우리는 선택의 여지도 없이 전투에 들어갔다. 릴리는 금세 여느 때의 분위기를 되찾았고, 나도 내심으로야 어쨌든 그에 응했다.

아직 골은 메워지지 않았다.

메울 수 있는 것인지도 알 수 없다.

나는 그것을 강하게 실감하고 말았다.

아무것도 할 수 없는 약한 자신을 다시 본 것 같아, 매우 처량해졌다.

＊

그로부터 이틀이 지났다.

릴리와 마지막으로 던전에 내려간 후로 만 하루가 비었다.

그저께, 릴리는 볼일이 있다면서 던전에 가지 못할 거라고 내게 말했다. 【파밀리아】의 사정이 얽힌 일인지는 모르겠지만, 미안한 표정으로 나를 올려다보는 릴리의 모습이 선명하게 기억났다.

나는 어쩐지 기분이 내키지 않아 어제는 던전에 가지 않았다.

요즘은 던전에만 틀어박혀 있었으니 좋은 휴식의 기회라고 자신에게 변명을 해봤지만…… 어째 좀.

발렌슈타인 씨의 얼굴을 떠올릴 때마다 이러고 있을 때가 아니라고 가슴속에서 고함을 쳐댔지만, 도저히 기력이 나지 않았다. 공기가 빠져나간 풍선 같았다.

"……아아— 이거 안 되겠네."

소파에서 몸을 일으키며 머리를 조금 난폭하게 긁었다.

후우 한숨을 내쉬어 우울함 같은 것을 함께 몸속에서 밀어냈다.

어쨌거나 움직이자. 할 일을 찾아보자. 이대로 주저앉아만 있어선 안 돼.

심기일전까지는 아니지만 의식을 바꾸기로 했다. 릴리는 일단 마음 한구석으로 밀어놓자.

'오랜만에 청소나 할까…….'

홈에 있는 시간이 많이 줄어들어 가사는 한동안 소홀히 했던 것 같았다. 주신님에게만 맡겨놓는 것도 미안하니 행동에 옮기자고 소파에서 일어났을 때…… 찬장 위에 방치해두었던 광주리가 눈에 들어왔다.

"……아."

난 바보.

"정말정말, 죄송합니다!!"

"아하하하……."

짝! 두 손을 힘차게 마주하며 고개를 숙였다.

해가 찬란하게 빛나는 대낮, '풍요의 여주인'에 뛰어들어
간 나는 시르 씨의 눈앞에서 사과를 하고 있었다. 돌려주
는 것을 며칠이나 까먹었던 꼬락서니. 도저히 배를 쨀 수
는 없었다.

"고개 드세요, 벨 씨. 저는 마음에 두지 않았으니까."

"아니, 그래도……."

"그럼 앞으로는 조심하도록 노력해주세요. 지나간 일은
돌아오지 않으니 앞으로의 행동으로 성의를 보ㅇ주시면
되잖아요."

지당하신 말씀……. 나는 조심스레 눈을 치뜨며 고개를
들었다.

미소를 지은 시르 씨는 나를 부드럽게 바라보았다.

이럴 때는 이 사람이 연상이라는 것을 절절히 깨닫는다.

"하지만 소식이 없어서 저도 걱정했어요. 일하시다 잘못
된 건 아닌가 생각했을 정도로."

"정말 죄송합니다……."

"……얼마나 놀림당했다구요."

조금 원망하듯 쳐다보며 시르 씨가 입술을 비죽거렸다.

잉?

무슨 말인지 알아듣지 못해 내가 눈을 동그랗게 뜨자 그녀는 뺨을 발갛게 물들이더니 지나칠 정도로 짐짓 헛기침을 했다. 괜히 따지지 않기로 했다.

의문을 품으면서도 나는 광주리를 돌려주고, 가게의 메뉴를 받아들었다.

돌려줄 것만 돌려주고 작별하는 것도 어쩐지 못난 휴면인 것 같아, 사죄의 뜻까지는 아니더라도 간단한 주문을 했다.

나 외에 가게에 앉아 있는 손님은 대부분 여성이었다. 주부로 보이는 수인의 손을 잡고 들어온 아이들의 모습이 흐뭇했다. 접시에 수북한 과일을 입으로 가져가며 어린 얼굴에 함박웃음을 짓는다.

가게 구석의 카운터 자리에 앉아 가게 안을 둘러보다, 하얀색 책이 눈에 들어왔다.

"어? 전에도 이런 게 있었나요?"

내 뒤쪽 벽에 세워져 있었는데…… 인테리어로는, 별로 안 좋은 것 같고.

"아, 그건……."

주문을 받으러 온 시르 씨는 잠깐 말을 끊더니, 내가 의문을 품기도 전에 말을 이었다.

"어느 손님이 가게에 깜빡 놓고 가신 것 같아요. 가지러

오셨을 때 볼 수 있도록 이렇게 놔둔 거예요."

"흐음."

나는 별 생각 없이 대답했다. 주점에 이런 두꺼운 책을 놓고 가는 사람도 다 있구나.

그리고 케이크며 홍차를 가져온 시르 씨와 시답잖은 이야기를 나누었다. 캣 피플 점원이 독단으로 시르 씨에게 조금 쉬라고 말하고 간 것 같은데, 그래도 되나? 게다가 어째 싱글싱글 웃고 있었고.

"그럼 지금은 휴식기간인가요, 벨 씨?"

"그렇게 듣기 좋은 건 아니지만요……."

나는 릴리에 대한 이야기는 감추고, 지금은 어쩐지 기력이 빠졌다는 것만 그녀에게 털어놓았다.

입을 잘못 놀린 건 아니지만, 남이 이야기를 들어주기를 바랐던 것일지도 모른다.

시르 씨는 나를 가만히 바라보더니, 이윽고 미소를 지었다.

"그럼 독서는 어떨까요?"

"독서?"

"네. 벨 씨는 책을 읽지 않으시는 것 같으니까요. 이 기회에 한번 시험해 보세요."

이럴 때야말로 서적은 좋은 자극이 될지 모른다고 시르 씨가 말했다.

독서…… 생각도 안 해봤다. 하지만 정말, 지금 내게는 괜찮은 약이 될지도 모른다.

영웅 이야기를 읽은 후 언제나 느꼈던, 도저히 가만있을 수 없었던 그런 감각.

책의 세계를 접해 가슴이 뛴다면 지금의 무기력상태를 날려버릴 수 있을지도 모른다.

"음, 그거 괜찮겠네요. 고맙습니다. 시르 씨. 책을 좀 읽어볼래요."

"도움이 됐다니 저도 기뻐요."

나는 고맙게 시르 씨의 조언을 채용하기로 했다.

혼자 끌어안고 있지 말고 상담을 해보는 것도 괜찮다고 생각하고 있으려니, 시르 씨가 이어서 물어보았다.

"뭔가 읽을 만한 책은 있나요?"

"별로 없어요. 홈에 주신님의 책이 있으니 그걸 빌려볼까……."

아예 서점에 가보는 것도 괜찮을지 모르겠다. 그때 시르 씨가 벽에 세워놓았던 그 새하얀 책을 손에 들었다.

"그럼 이 책을 읽어보시는 건 어때요?"

"네? 하지만 이건 다른 손님이 놓고 갔던 거잖아요?"

"제대로 돌려주기만 하면 괜찮아요. 책은 읽는다고 해서 닳는 것도 아니잖아요. 게다가 이건 분명 모험자님들 것일 테니, 벨 씨에게도 도움이 되는 이야기가 있을지 몰라요."

이곳은 모험자들에게 인기가 있는 주점이니, 소유자는 자연스럽게 상상할 수 있다. 모험자의 개인 물건이니 그야말로 좋은 자극이 될지 모른다는 소리구나.

하기야 다른 데서는 본 적이 없는 희귀한 책이었다. 지금이 아니면 접할 기회가 없을지도 모른다.

"괜찮아요. 미아 어머니는 이 책을 가게에 놓아두는 걸 별로 좋게 생각하지 않으시는 것 같았으니. 오히려 벨 씨가 맡아주시면 저희도 다행이고요. ……게다가."

시르 씨는 부끄러워하며 말을 이었다.

"저도, 벨 씨에게 도움이 되고…… 싶달까."

"……."

"저는 이런 일밖에 못하니까, 벨 씨가, 받아주시면 안 될까요?"

지난번과 비슷한 부탁을 받는 바람에 나는 나도 모르게 쓴웃음을 지었다.

그런 거라면야, 한번 응해볼까?

시르 씨의 배려를 매몰차게 거절하고 싶지 않아. 나는 책을 받아들기로 했다.

책을 받을 때 시르 씨의 부드러운 손가락이 내 손에 닿아 가슴이 조금 두근거리고 말았다.

"고, 고맙습니다. 어, 그럼, 전 이만 가볼게요."

"네. 다음에 또 오세요."

나는 허둥댔던 것을 감추기 위해 얼른 일어섰다. 케이크가 맛있었다고 말하며 재빨리 가게를 나갔다.

에이나 누나하고 있을 때도 그랬는데…… 안 되겠어. 여자하고 조금 닿기만 해도 이렇게 긴장하다니. 창피해라. 너무 순진한 거 아니냐고.

공연히 뜨거웠던 시르 씨의 손 감촉에 가슴을 두근거리며 나는 서둘러 돌아갔다.

"시르, 그 책을 빌려줬어요……?"

"응. 빌려줬어."

"가게에 놔둔 걸 마음대로 빌려주다니, 성실한 시르가 웬일이래~?"

"어허, 두 사람. 사랑은 눈을 멀게 한다는 말을 모르냥? 조금 도를 넘어선 짓을 해도 어쩔 수 없는 거냥."

홈에 돌아온 나는 즉시 책을 읽어보기로 했다.

주신님은 아직 돌아오시지 않은 시각이었으므로, 혼자 한손에 든 하얀 책을 테이블 위에 놓았다.

의자를 끌어당기고, 나는 약간 긴장하며 제목도 없는 표지를 휙 넘겨보았다.

『자서전: 거울아 거울아 세상에서 가장 아름다운 마법소녀는 나! ―외전: 목표는 매직 마스터 편―』

어떡해. 초장부터 은근히 막장 분위기가.

『고블린도 알 수 있는 현대마법! 제1장』

고블린에게 마법을 가르쳐주면 안 되지…….

표지를 조용히 덮고 싶었지만, 꾹 참았다. 시르 씨의 호의를 헛되이 할 수는 없었다. 나는 꾹 참고 이어지는 문자열을 따라가 보았다.

시작은 거시기했지만, 내용은 제법 건전한 것 같았다.

챕터 타이틀에도 나왔듯, 보아하니 마법에 관한 서적인 것 같았다. 나는 오오 눈을 빛내며 잘됐다고 책의 내용에 빠져들었다.

『마법은 크게 선천계와 후천계 두 가지로 나눌 수 있다. 선천계란 말할 것도 없이 대상의 소질, 종족의 근간과 관련이 있다. 예로부터 마법종족은 잠재적 장점 덕에 수행과 의식으로 조기에 마법을 습득할 수 있었으며, 속성에 편차가 보이는 만큼 대체로 강력하면서도 규모가 큰 효과가 많다.』

공용어인 코이네 어로 편찬된 덕에 나도 간신히 읽을 수 있었다.

하지만 한 문장 한 문장 사이에 오밀조밀하게 새겨진 이 글자는 뭘까……? 문언……이 아니라, 수식인가, 혹시?

페이지를 넘겼다.

『후천계는 '팔나'를 매개로 하여 싹트는 가능성, 자기실현이다. 규칙성은 전혀 없으며 무한한 갈래가 존재한다. 【엑세리아】에 의존하는 경향이 크다.』

【히에로글리프】와도 다르고, 수많은 데미휴먼의 언어와도 다르다.

어느 것 하나 공통된 형태가 없는, 복잡기괴한 기호의 무리.

문체에…… 문자의 바다에, 빨려 들어간다.

페이지를 넘겼다.

『마법이란 흥미이다. 후천계에 한해 말하자면 이 요소는 핵심이다. 무슨 일에 관심을 품고, 인정하고, 증오하고, 동경하고, 탄식하고, 숭배하고, 맹세하고, 갈망하는가. 계기는 항상 자신의 내면에 숨어 있다. '팔나'는 항상 자신의 마음을 도려내 백일하에 드러낸다.』

【그림】이 나타났다.

얼굴이 있었다. 눈이 있었다. 코가 있었다. 입이 있었다. 귀가 있었다. 사람의 얼굴이다.

새까만 필적으로 짜맞추어 묘사한, 눈을 감은 사람의 얼굴. 문장의 그림.

페이지를 넘겼다.

『원한다면 물으라. 원한다면 부수어라. 원한다면 괄목하라. 허위를 용납하지 않는 추한 거울은 이곳에 마련해 두었다.』

아니다. 【내 얼굴】이다. 이마 위쪽이 존재하지 않는 내 안면.

아니다. 【가면】이다. 나의 또 다른 얼굴. 내가 모르는, 또 한 사람의 나.

페이지를 넘겼다.

『그러면 시작하겠다.』

눈을 뜬다. **내 목소리**가 들렸다.

문자로 이루어진 루벨라이트색 눈동자가 나를 쏘아본다. 단문으로 이루어진 조그만 입술이 말을 자아난다.

페이지를 넘겼다.

『나에게 있어 마법이란 무엇이지?』

모르겠다.

하지만 막연히 굉장한 것.

몬스터를 쓰러뜨리는 필살기. 영웅들이 구사하는 기사회생의 신비.

강하고, 격렬하고, 무자비하고, 압도적이고.

한번 써보고 싶다는 갈망을 막을 수 없는 순수한 동경.

페이지를 넘겼다.

『나에게 있어 마법이란?』

힘이다.

강한 힘.

약한 자신을 함께 태워버릴 커다란 무기.

약한 자신을 분발시켜줄 위대한 무기.

남을 지킬 훌륭한 방패 같은 것이 아니고, 치유의 손길처럼 아름다운 것이 아니고.

앞을 가로막는 존재를 박살내 길을 열어줄, 영웅들의 힘.

페이지를 넘겼다.

『내게 있어 마법이란 어떤 존재?』

존재?

마법이란 어떤 존재?

불꽃이다.

마법 하면 불꽃. 제일 먼저 머리에 떠오르는 것은 불꽃.

강하고, 사나우며, 뜨겁다.

초원을 불태우고, 재를 감아올리고, 대기를 달구고, 파도처럼 모든 것을 집어삼키며, 아지랑이가 일렁이고, 약한 내게는 조금도 어울릴 것 같지 않은, 붉은 불꽃.

무엇보다도 뜨거우며, 결코 끊어지지 않는…… 신과도 같은 불멸의 불꽃.

나는 불꽃이 되고 싶다.

『마법에 무엇을 추구하지?』

더욱 강하게, 그 사람의 곁으로.

더욱 빠르게, 그 사람의 곁으로.

구름 틈에서 번뜩이는 저 빛처럼.

하늘을 내달리는 저 벼락처럼.

누구보다도. 누구보다도. 누구보다도.

누구보다도 빠르게.

그 사람의 곁으로.

그 사람의 눈 속으로.

『그것뿐?』

이룰 수 있다면. 이룰 수 있다면. 이룰 수 있다면.

영웅이 되고 싶다.

그 순간부터 동경했던, 지금도 바보처럼 동경하고 동경하는, 영웅이 되고 싶다.

　동화에 나오는 그들처럼, 누구나가 칭송하고 인정해줄 영웅이.

　한심한 망상이라도, 꼴사나운 허영심이라도, 비참할 정도로 분수에 맞지 않는 바람이라도.

　나는 그 사람이 인정해줄 만한 영웅이 되고 싶다.

　『어리구나.』

　……미안.

　『하지만, 그게 바로 나/너야.』

　책 속의 나는 마지막으로 웃음을 지었다.

　그리고 내 의식은 금세 어둠에 잠겼다.

　"……. ……벨."

　목소리가, 들린다.

　새까만 의식 속에서 울려 퍼지는, 귀에 기분 좋게 감기는 아름다운 목소리.

　근질근질, 어둠에 빛이 스며들었다.

　"벨!"

　다음 순간, 나는 눈을 떴다.

　"어…… 주, 주신님?"

"그래, 나다. 어떻게 된 게냐. 테이블 위에 엎드려 있고? 잠을 잘 거면 좀 제대로 된 데에서 자야지."

코앞에 있는 주신님의 얼굴을 보며, 나는 잠기운이 덜 가신 눈을 북북 문질렀다. 고개를 들어 주위를 본다.

홈이다. 교회의 비밀 지하실. 시간은…… 저녁 일곱 시. 벌써 밤이다.

나는 아직 완전히 돌아가지 않는 머리로 상황을 하나하나 확인해갔다.

"책을 읽고 있었느냐? 아항…… 익숙하지 않은 짓을 하다가 수마에게 패배를 맛보았던 게로구나."

"어…… 아, 네. ……그랬, 나?"

……잤다고?

테이블에는 시르 씨에게 빌렸던 책이 그대로 펼쳐진 채.

보아하니 이걸 밑에 깔고 그대로 곯아떨어졌던 모양이다.

다 읽었네……?

관자놀이를 눌러보았다. 머릿속은 누가 헤집어놓기라도 한 것처럼 엉망진창이다.

뇌리를 스치는 것은 애매한 기억뿐이다. 마치 백일몽을 꾼 것처럼 현실감이 없었다.

내가 누구하고 이야기를 나눴어? 뭔가 질문을 받았고? 아니면 이 기억의 잔재가 전부 꿈일까?

안 되겠어, 혼란스러워…….

"하하, 귀여워라. 벨의 천진난만한 모습을 본 덕에 내 피로도 싹 날아가버리는구나."

"처, 천진난만……."

"후후. 자, 저녁 먹자꾸나."

부끄러운 표현에 고개를 푹 숙인 채 귀까지 빨갛게 물들이고 있으려니, 주신님은 웃음을 지으며 옷장으로 향했다.

주신님이 옷을 다 갈아입을 때까지 집 밖으로 나갔다가, 문에서 앳된 얼굴이 나와 됐다고 말한 후 저녁 준비에 들어갔다. 먼저 왔으면서도 아무런 준비도 못했던 것이 미안했지만 둘이 함께 주방에 서는 것을 주신님은 뺨을 물들이며 기뻐했다. 나도 덩달아 웃었다.

"벨, 그 두꺼운 책은 어디서 난 게냐? 설마 네가 사온 것은 아닐 테고?"

"그렇게 단언하시면 좀 슬프지만요……. 네, 아는 사람에게 빌렸어요."

"흐음, 나중에 나도 좀 읽자꾸나. 저렇게 고풍스러운 책은 별로 본 적이 없거든. 탐나는걸."

"주신님은 책을 좋아하시니까요."

간소한 저녁식사 후 설거지를 마친 다음 교대로 샤워를 하고, 오늘도 내【스테이터스】갱신을 하기로 했다. 요 며칠은 전에 비해 갱신 빈도가 잦다. 주신님도 겨우【헤파이스토스 파밀리아】의 지점에서 일하시는 데 익숙해졌는지, 시간을 할애할 정도의 여유는 생긴 모양이다.

주신님이 바늘을 꺼내 손가락에 이코르를 배어나게 하

는 동안, 나는 윗도리를 벗고 침대를 빌렸다.

"음~…… 으음? ……끄응!"

"주, 주신님……. 제 숙련도 성장은, 여전한가요?"

"……그래, 여전하다. 아주 쭉쭉 뻗어나가는구나!"

심각한 목소리를 내는 주신님께 조심스레 물어보니, 언짢은 대답이 내 뒷머리에 떨어졌다. 아직도 화나셨어……. 아니, '또'라고 해야 하나? 요즘은 【스테이터스】를 갱신할 때마다 이런 식인데…….

"그래, 그렇지 뭐. 너는 고집스러우니까. 그렇고말고. 알고말고. 그 정도로 네 마음이 흔들릴 리가 없다는 걸!"

주신님은 대답이 궁색해지는 푸념을 늘어놓았다.

나는 어떻게 해야 좋을지 몰라 바늘방석 같은 공간을 잠자코 받아들일 수밖에 없었다.

어쩐지 등에 따끔따끔, 마치 고의로 바늘을 찔러대는 듯한 자극이 느껴졌다. 근데, 어, 잠깐, 아, 아야야?!

"주신님, 아파요! 지금 그거 일부러 그러신 거죠?!"

"흥이다."

"흥이 아니고요?!"

내가 울며 호소하자 주신님은 말대답하지 말라는 듯 내 머리에 바늘을 꽂았다. 푸욱.

나는 베개를 눈물로 적셔 주신님께 반항할 수밖에 없었다. 흑흑, 잠자기 불편하게 만들어줄 테다…….

"……뭐, '내구' 같은 걸 제외하면 대부분의 기본 어빌리티가 슬슬 S에 가까워졌으니. 암만 그래도 이제까지처럼 빠르진 않다만."

"……그래요?"

"그래. 뭐, 그래도 파격적이긴 해……."

【스테이터스】의 기본 어빌리티에서 최고 랭크는 S. 상한에 다가감에 따라 숙련도 상승치도 크게 떨어진다. 때로는 수백 마리의 몬스터를 쓰러뜨려도 가산되지 않는 경우도 있다고 한다.

지금 내 숙련도 상승폭이 줄어들었다는 것은 성장 효율이 떨어졌다기보다는 오히려 변화 없이 순조롭게 능력이 뻗어나간다는 뜻이라 해야 하리라.

주신님의 말씀대로 파격적이기도 하겠지만…….

"…………."

"……주신님?"

입도 손도 멈춰버린 주신님에게 나는 의문을 느꼈다.

불러보고, 한동안 기다리자…….

"……마법."

"네?"

"마법이, 나타났어."

어처구니없는 대답이 돌아왔다.

"에에에에에에에에에엑?!"

"허푸욱?!"

진심으로 놀랐다.

충격적인 내용에 나는 윗몸을 새우처럼 일으켰다. 그 바람에 내 허리에 앉아 있던 주신님은 부웅 날아가 침대에서 추락했다. 뒷머리가 장판 바닥에 박치기.

허, 으악?!

"주, 주신니임—!! 죄, 죄송해요! 다치지 않으셨어요?!"

"서, 설마 이런 식으로 보복할 줄이야……. 제, 제법이구나, 벨……."

침대 밑에서 무참하게 바동거리던 주신님은 눈물을 흘리며 부들부들 떨었다. 그, 근데…… 가슴이 중력을 거부하고 있잖아?! 아니 그게 아니고!

모양이 무너지지 않는 가슴에 전전긍긍하며 나는 주신님을 구출했다. 그리고 즉시 【헤스티아 파밀리아】에 전수된 오체투지 사죄를 시전한다.

내가 【스테이터스】의 상세 내용을 알게 된 것은 상당히 시간이 지난 후였다.

벨 크라넬

Lv.1

힘: B701→B737 내구: G287→F355 기교: B715→B749
민첩: B799→A817 마력: I0

《마법》

【파이어볼트】

○속공마법

《스킬》

【】

"크윽……!"

목소리를 억누르느라 정말 고생했다.

주신님께서 건네주신 용지를 떨리는 두 손으로 받아들며, 필사적으로 입 안에서 튀어나오려는 환희를 곱씹었다.

눈동자가 빛나고 입가에 웃음이 나오는 것을 보지 않아도 알 수 있었다.

"마법까지 발현하다니…… **그 스킬**이 마법에도 영향을? 으음…… 모르겠는걸."

나하고는 달리 눈살을 찡그린 주신님은 턱에 손을 가져가며 무언가 생각에 잠긴 것 같았다.

내 등과 얼굴을 교대로 바라보지만, 나는 신경도 쓰지 못했다.

"주, 주신님…… 마법, 마법이에요……! 제가, 마법 쓸 수 있게 됐어요……!"

"응, 나도 안다. 축하한다, 벨."

나는 덮어놓고 기뻐했다.

감격이 몸을 달구었다. 온몸이 뜨거웠다.

잘못하면 눈에서 눈물이 흘러나오고 말 정도로, 그만큼 감동에 젖었다.

"……요란 떤다, 고 하는 것도 야박한 짓이겠지."

종이를 꽉 움켜쥐며 그 자리에서 몸을 한껏 웅크리는 내 곁에서 주신님이 쓴웃음을 짓는 것이 느껴졌다.

기뻤다. 정말로 기뻤다. 나도 이제야 마법을 쓸 수 있게 된 것이다.

바로 마법! 책 속의 영웅들이 비밀병기처럼 쓰던 그 마법을!

"찬물 끼얹는 것 같아 미안하다만, 어서 이 마법에 대해 고찰해보자꾸나. 마음에 걸리는 점이 있다."

"네~!!"

나는 벌떡 일어나며 크게 외쳤다.

일단 진정하라고 자기 자신을 타일렀다. 심호흡을 해 격앙된 온몸을 가라앉혔다.

"잘 들어라. 간추려 말하자면, 마법이란 것은 하나같이 '영창(詠唱)'을 거쳐야 발동할 수 있다. 이 정도는 너도 알겠지?"

주신님의 물음에 고개를 끄덕였다.

모든 마법은 각자 정해진 주문을 술자의 입이 자아내야 효과를 발휘한다.

'영창'이란 마법의 제작과정에서 포신을 만들며, 이것이 완성되어야 비로소 포탄이 장전된다는 것이다. 이렇게 생각하면 완성된 포신의 규모가 클수록, 즉 '영창' 시간이 길수록 작렬하는 포탄도 커지고 위력도 증가하는 셈이다.

반대로 포신의 규모가 작으면 위력은 낮아지겠지만, 그

것은 '영창' 시간이 짧아진다는 뜻이므로 금방 발동할 수 있어 편리하다.

"본론으로 들어가자. 내가 친구에게 들은 이야기로는, 영창 문언은 마법이 발현될 때 【스테이터스】의 ㅁ-법 슬롯에 표시된다더구나. 그것을 보고 너희는 마법의 방아쇠를 얻는 것이지."

"네……? 하지만 이 용지에는 '영창 문언'이 없는데요……?"

"그래, 바로 그 점이다. 아, 내가 **깜빡 안 적은 거**라고 지레짐작하진 마라."

【파이어볼트】라고 적힌 마법 슬롯에는 문언으로 보이는 것은 전혀 없었다. 이래서는 마법 발동의 실마리를 잡을 수가 없지 않나.

내가 고개를 갸웃하고 있으려니, 주신님이 의견을 말씀하셨다.

"여기서부터는 완전히 내 추측이다. 슬롯에 추가된 상세 정보를 보자면, 너의 마법은…… '영창'이 필요 없는 것일지도 모른다."

나는 움직임을 멈추고, 다시 한 번 용지를 뚫어져라 쳐다보았다.

영창 문언은 한 글자도 없었으며, 유일한 정보가 '속공마법'이라는 얼마 안 되는 설명뿐.

……나도 주신님의 예상이 맞을 것 같다는 기분이 들었다. 아니, 그 이외의 가능성은 떠오르질 않았다.

"위력의 정도는 알 수 없다만, 영창은 노 타임······ '속공 마법'. 그렇게 보면 틀림이 없을 거라고 생각한다."

"그, 그럼 이【파이어보──우붑."

주신님의 보드라운 두 손이 내 입을 막았다. 한껏 발돋움을 한 주신님이 나를 올려다보았다.

"······함부로 마법의 이름을 말하지 않는 게 좋을 게야."

"우웁?"

"무엇이 방아쇠가 될지 알 수 없다만, 최악의 경우 네가【파이어볼트】라고 발음하기만 해도 마법이 발동될지 모른다."

얼굴이 창백해졌다. 어떤 효과인지는 알 수 없지만 이런 데서 마법이 터졌다간 우리 홈을 산산이 날려버릴 수도 있다.

알겠느냐고 확인을 구하는 주신님께 나는 힘차게 고개를 끄덕였다. 입이 풀려났다.

"결국 추측일 뿐이니 무엇이 옳은지는 짐작할 수 없겠다만······ 내일 던전에서 시험해보고 오너라. 그러면 네 마법의 정체를 확실히 알 수 있을 테니."

"엑, 내일요······?"

"그럼 지금 당장 던전에 갈 생각이었느냐? 샤워도 다 마쳤으면서. 서두르지 않아도 네 마법은 도망가지 않아."

"어, 네······ 그렇지요."

쓴웃음을 짓는 주신님께 나는 뻣뻣하게 고개를 끄덕였다.

이미 늦은 시각이다. 손으로 입을 가리며 하품을 하는 주신님은 하루의 피로가 절정에 달한 것 같아, 우리는 얼른 잠자리에 들기로 했다.

양치를 마치고 폴짝 침대에 뛰어드는 주신님을 보고, 소등.

나도 소파에 드러누워 취침…….

'죄송합니다, 주신님.'

……은 도저히 불가능하고.

눈이 번뜩였다. 이런 상태로는 도저히 잠을 잘 수 없었다.

소파에서 벌떡 일어났다. 잠든 주신님의 작은 숨소리를 확인한 다음, 깨우지 않도록 고심해서, 장비 세트가 든 백팩을 짊어지고 홈을 나왔다.

밖에서 잽싸게 방어구를 챙기고, 백팩은 교회 계단에 방치. 밖으로 나왔다.

'써보고 싶다! 지금 당장!'

달과 별이 내려다보는 메인 스트리트. 가게 창문에서 새나오는 빛이 열기로 발그레해진 내 얼굴을 비추었다. 술에 취한 아인들이 소란을 피우는 소리에 리듬을 맞추듯 내 발은 요란하게 탭을 밟았다.

오라리오는 아직 잠들지 않았다. 나도 아직 잠들 수 없었다.

전방에서 하얀 마천루 시설이 점점 커졌다. 나는 웃음을 흘리며 기어를 높였다.

바벨 1층에 뛰어들자마자 곧장 지하로.

바닥에 뚫린, 던전으로 이어지는 큰 구멍. 나는 나선계단을 굴러 떨어지듯 내려가, 중반쯤에서 난간을 넘어 구멍 한복판으로 뛰어내렸다.

공기를 가르고 쿠웅 착지. 다리에 전해지는 진동도 기분 좋았다. 눈물을 머금기는 했지만.

나는 던전 1계층을 출발했다.

"……!"

발을 멈추었다.

폭이 넓은 외길. 시야 한복판에 오도카니 일렁이는, 키가 작고 땅딸막한 녹색 그림자.

고블린.

'이 조건이라면……'

표적의 크기도, 간격도 적절하다.

나는 침을 꿀꺽 삼켰다. 땀에 축축해진 손바닥을 이너웨어에 문질러 닦는다.

고블린도 이쪽을 알아보았다. 고함을 지르며 오종종 소리와 함께 달려온다.

나는 주먹을 몇 번씩 쥐었다 폈다 한 다음, 오른팔을 똑바로 고블린에게 내밀었다.

"……"

심장 소리가 고막에 달라붙었다.

쌓이고 쌓인 긴장과 불안과 기대가, 한꺼번에 내 어깨에

얹혔다.

짧게. 숨을 내뱉고.

눈썹을 한껏 치켜세우며 포효한다.

"【파이어볼트】!"

다음 순간, 진홍색 빛이 시야를 가득 메웠다.

"헉?!"

쏜살같이 튀어나간 것은 진홍색 번개.

아니, **번개 형태의 불꽃.**

예각을 이루면서도 불규칙한 빛줄기를 그리는 지그재그의 불꽃이 단숨에 고블린의 몸을 꿰뚫었다.

내 눈이 따라간 것은 거기까지.

몬스터에게 불꽃의 벼락이 맞은 순간, 눈부신 폭발이 터졌다.

오렌지색 꽃이 피어났다.

『......아.』

온몸이 시커멓게 탄 채, 곳곳에서 뭉게뭉게 연기를 피우던 고블린은, 눈을 허옇게 까뒤집으며 바닥에 쓰러졌다. 마지막에 남은 갈라진 신음소리가 던전 통로에 메아리쳤다.

"......세상에."

나왔다. 정말로.

내 마법이.

아연실색 멍하니 서 있던 나는, 팔을 뻗은 자세를 풀고

뚫어지게 손바닥을 보았다.

가느다란 손. 밭일 때문에 수없이 생긴 굳은살이 뚜렷하다.

평소 늘 보던 내 손이었다. 전혀 다를 바 없다.

하지만, 나왔다.

이 손에서, 마법이.

"……하, 하하."

인정해버리니 별것 아니었다.

온몸이 열기를 띠었다. 나는 펼쳤던 손바닥을 꽉 쥐었다.

'좋았어……!'

확실한 손맛. 확실한 전진.

【스테이터스】의 수치와는 다른, 눈에 보이는 커다란 변화가 나타나, 나는 그 사람에게 한 걸음 다가섰다는 확실한 실감을 얻었다.

파이어볼트. 불꽃의 벼락.

발동은 한순간, 속도는 광속. 화력은 절대.

누구보다도 빠른, 불꽃의 마법.

나만의 마법.

"~~~~~~~~~~~~~~~~~~~~~~~~!!"

기쁨의 감정이 넘쳐났다.

입술을 깨물며 몇 번이나 혼자 승리포즈를 잡고 말았다. 다른 사람이 봤으면 머리가 이상한 놈인 줄 알았겠지. 그래도 상관없다.

나는 얼굴을 붉히며 흥분했다.

바보처럼, 그렇다, 길드에서 처음 모험자 등록을 했던 그날처럼 눈을 빛냈다.

환희가 최고조에 달하고 만 나는, **우쭐해지고 말았다.**

다음 사냥감을 찾아 그 자리에서 뛰어나간 것이다.

"파이어볼트!"

『구아아아아아아아악?!』

몬스터를 발견하면 팔을 내밀고.

"파이어볼트으으!"

『에푸욱?!』

어린아이처럼 큰 소리로.

"파이어볼트으으으으으으!!"

『뿌갸아아아아아아아아아아아아아아아악?!』

즉견즉폭(卽見卽爆).

"파이어볼트!" "파이어볼트!" "파이어볼트!" "파이어볼트!" "파이어볼트!" "파이어볼트!" "파이어볼트!" "파이어볼트!" "파이어볼트!"

〔〔〔〔〔〔〔야?!〕〕〕〕〕〕〕

호쾌한 불꽃을, 몇 번이고 몇 번이고 난사했다.

"아, 5계층까지 와버렸네……."

안 되지 안 돼. 만면에 웃음을 띠면서 주위를 두리번거렸다.

연청색에서 연녹색으로 변화한 미궁의 벽은 분명 4계층

을 넘어섰음을 알려주었다.

너무 열중했다고 말로만 반성하며 나는 그 자리에서 뒤로 돌았다.

슬슬 돌아가자고 콧노래와 함께 발을 내디뎠다가,

"——우, 웅?"

이윽고, 첫 위화감에 사로잡혔다.

휘청. 시야에서 소리가 울렸다.

"어……?"

그것은 갑자기 찾아왔다.

술 같은 것은 마셔본 적도 없지만, 아마 취한다는 건 이런 느낌이리라.

발이 비틀거렸다. 지면을 밟고 있는지 어떤지도 알 수 없었다.

시야가 불안하게 흔들린 후, 나는 밀려드는 지면을 마지막으로 보고, 금세 의식을 잃었다.

"……?"

"왜 그러지, 아이즈."

두 모험자가 5계층에 발을 들였다.

다만, 위에서 아래로가 아니라 아래에서 위를 향해.

눈에 뜨이는 부상도 없이, 또렷한 발걸음을 보이는 아이즈와 리베리아는 심층영역인 37계층에서 약 사흘에 걸친 귀환을 마친 것이었다. 지상까지 이어지는 긴 행보는 물론이고 24시간 몬스터의 습격에 시달려야 하는데도, 두 사람에게 피로는 보이지 않았다.

이제 얼마 안 있으면 던전을 나가 귀환하게 될 텐데, 선두에서 걷던 아이즈가 갑자기 걸음을 멈춘 것이다.

리베리아는 우아한 황금색 머리카락이 흔들리는 그 뒷모습에 무슨 일이냐고 물어보았다.

"사람이 쓰러져 있어."

"몬스터에게 당했나."

룸 중앙에 오도카니, 한 모험자가 쓰러져 있었다.

마치 객사한 것처럼 지면에 엎드린 그 자에게 두 사람이 다가갔다.

"외상은 없는걸. 치료나 해독도 필요하지 않겠어……. 전형적인 마인드다운이야."

앞뒤 가리지 않고 마법을 써댔던 것이리라. 무릎을 꿇고 앉아 진찰한 리베리아가 금세 결론을 내렸다.

마법은 대가 없이 구사할 수 있는 것이 아니다. 체력에 대응하는 정신력, 즉 마인드를 소모해 사용하고 발동하는 것이다. 물론 체력에 한계가 있듯 마인드에도 바닥이 있다.

용케도 기절할 때까지 자신을 몰아붙였다고 리베리아는 어이없어하면서도 감탄했다.

한편 아이즈는 무릎에 두 손을 짚은 자세로 그 모험자의 뒷머리, 백발을 빤히 바라보고 있었다.

"이 아이는……."

"왜? 아는 사람이야, 아이즈?"

"아니. 직접 이야기한 적은 없지만…… 그 왜, 전에 이야기했던 미노타우로스……."

"……아하. 그 바보가 그렇게 씹어대던 그 소년이군."

리베리아도 이해했다는 뜻을 보였다.

그녀는 아이즈에게서 소년, 벨에 대해 들었다. 미노타우로스에게 쫓겨다녔던 겁쟁이라고 야유와 조롱이 오갔던 얼마 전의 주점에, 당사자도 있었다는 이야기를.

리베리아 자신은 그 대화를 책망했던 쪽이었지만, 그곳에 벨이 있었음은 몰랐다 해도, 금방 말리지 않았던 점을 반성했다. 그에게 미안한 짓을 하고 말았다.

그리고 자신보다도 더욱, 사태의 발단을 만들고 말았던 아이즈는 당시의 사건을 마음에 두고 있었다.

"리베리아. 나, 이 아이에게 보상을 하고 싶어."

"……좀 다른 표현도 있을 텐데."

너무 고지식하다며 한숨을 쉬는 리베리아와는 대조적으로 아이즈는 눈을 두세 번 깜빡거렸다. 아무것도 이해하지 못한 소녀의 태도에 리베리아는 체념하고 말을 않기로 했다.

"아무튼, 지금 이 상황에서 구해주는 건 당연한 예의라 치고……."

끄덕끄덕 고개를 움직이는 아이즈를 옆에 두고, 리베리아는 쪼그려 앉은 채 벨을 바라보았다.

아직 일어날 기미가 없다는 것을 확인한 다음 곁눈으로 소녀를 흘끔 본다.

"……아이즈, 지금부터 내가 시키는 걸 이 소년에게 해 줘. 보상이라면 아마 그 정도로 충분할걸."

"뭔데?"

리베리아는 간결하게 내용을 전했다.

"……그거면 돼?"

"확증이야 없다만. 그래도 이곳에서 지켜주기까지 하는데, 그 이상 해줄 의무는 없을 거 아냐. ……게다가 너라면 기뻐하지 않을 남자는 없을걸."

"잘, 모르겠어……."

몰라도 된다고 리베리아는 살짝 쓴웃음을 지었다.

생각에 잠긴 아이즈를 한동안 어머니 같은 눈으로 바라본 다음, 이윽고 표정을 다잡았다. 여느 때의 표정으로 되돌아간 그녀가 일어난다.

"나는 가겠어. 남아 있어봤자 방해만 될 테니. 마무리를 짓고 싶다면 둘이 해."

"응. 고마워, 리베리아."

"그래."

리베리아는 대충 대답하며 그 자리를 떠났다.

몬스터의 존재 따위 처음부터 걱정도 하지 않았다.

소년을 지키기에는 더할 나위 없는 최강의 수호자가 있으니까.

졸음에 휩싸여 있었다.

맑은 바람 같은 향기와, 따뜻한 햇살 같은 온기.

피부를 통해 느껴지는 그 모든 기척이 온화했다.

졸려.

계속 이 편안함 속에 안겨 있고 싶다.

'……?'

누군가 살짝 머리를 쓰다듬는다. 이마에 닿은 가녀린 손가락이 간지럽다.

부드러운 손길이었다. 마음이 놓였다.

감았던 눈을 조심스럽게 떴다.

'……엄마?'

얼굴도 모르는, 만난 적도 없는 사람의 이름을 입 속으로 굴려보았다.

눈동자에 흐릿하게 비친 윤곽의 움직임이 우뚝 멈추었다.

'미안해. 나는 네 엄마가 아니야……'

'……어.'

그 사람은 맑은 목소리로 나에게 그렇게 대답했다.

흐릿한 눈을 크게 떴다.

점차 또렷해지는 윤곽의 형태.

처음 상을 맺은 것은 눈부신 금발이었으며, 다음으로는 아름답고 고운 얼굴선.

마지막으로는 머리카락 색과 똑같은, 금색 눈동자.

"……."

"깼니……?"

깼어요. 머리는.

하지만 시간은 여전히 멈춘 채.

새하얀 머릿속으로, 나는, 나를 내려다보고 있는 그 사람의 얼굴만을 뚫어지게 보았다.

뒤통수가, 부드럽다. 따뜻하다.

내가 지금 어떤 상황인지는 감이 잡혔다. 분명, 아마, 무릎베개.

이 사람의…… 발렌슈타인 씨의 손가락이, 또 내 머리카락을 쓸어주었다.

손가락에 닿은 눈꺼풀이, 뜨거웠다.

"……."

느릿느릿 몸을 일으켰다.

뒤통수에서 멀어져가는 온기가 매우 아쉬웠지만, 일어났다.

그녀가 잠시 시야에서 사라진다. 대신 끔찍하게 죽은 몬스터의 시체가 주위에 흩어진 것이 눈에 들어왔다. 못 본 척하고 돌아보았다. 발렌슈타인 씨는 아직 사라지지 않았다.

"……환각?"

"……환각 아니야."

뾰로통. 발렌슈타인 씨의 표정이 변했다. 버들잎처럼 모양 좋은 눈썹이 살짝 비스듬해졌다.

그리고 우리는 빤히 서로를 바라보았다.

루벨라이트와 황금의 눈동자가 교차하고. 침둔의 공간에 그녀가 살짝 난감해했을 때. 나는 목 위쪽이 점점 새빨갛게 달아올랐고. 발렌슈타인 씨가 그 모습을 알아차렸을 때는. 지나치게 익은 사과가 완성되고 말았다.

초점이 맞지 않아 눈동자가 실지렁이처럼 흐물흐물해지기 시작했다.

힘차게. 일어났다.

"──뜨아아아 -아아아아아아아아아아아아?!"

나는 온 힘을 다해 뛰어갔다.

"……왜, 늘 도망치는 거야."

듣는 이는 없었지만. 그것은 분명 서운함을 담은 목소리였다.

제4장 신주(神酒)

"부탁드립니다."

"좋아."

장신구가 카운터에 놓였다. 붉은 모자를 뒤집어쓰고 하얀 수염을 보란 듯이 기른 노움 주인장은 비취가 박힌 그 목걸이를 들고 가게 안으로 들어갔다.

노움 만물상이라는, 재치도 뭣도 없는 이름의 골동품점에서 오늘도 소소한 거래가 이루어졌다.

"오래 기다렸네."

"결과는?"

"분명히 【스테이터스】 보조…… 독성 저항 효과가 부여된 것이구먼. 좋아좋아. 어디보자…… 48,000발리스면 어떻겠나?"

점주의 말에 호빗은 만족스럽게 고개를 끄덕였다. 거래 성립.

"오늘 지불은 현금으로?"

"아뇨, 늘 하던 대로."

담담하게 거래가 진행된다.

가게 한구석에 비스듬히 놓인 대형 시계가 그들 사이에서 초침 소리를 울렸다.

그때 노움 주인장이 천천히 입을 열었다.

"이 영감은, 이런 소리를 할 만큼 잘난 노움이 아니네만……."

고개를 갸웃하는 손님을 흘끔 쳐다보며, 장신구를 손에

들고 이리저리 만지더니, 조금 뜸을 들인 후 다시 말한다.

"너무 위험한 짓을 자꾸 벌이지 않는 게 좋을 거야. 새삼스러운 말일지는 몰라도."

"……."

"많이 퍼진 건 아닌데, 모험자들 사이에서 소문이 돌더라고. **손버릇 나쁜 호빗**에게 금품을 털린다고. 파티 하나가 통째로 당한 곳도 있다나."

"……무슨 말을 하려는 거예요?"

"아니, 딱히 자네를 의심하는 건 아니거든? 그 호빗은 **여자**인 데다, **한두 명이 아니라고 하니까.** 남자인 자네에게 이런 말을 하는 건 번지수가 잘못됐다는 건 나도 알지. 다만……."

노움 주인장은 우물우물 수염을 움직였다.

"다만, 피해가 났다고 들었던 물품은 대부분, 이 영감이 직접 감정했던 것들뿐이라…… 말이지? 친구는 가려서 사귀는 게 좋지 않을까 하고, 이 영감은 그런 생각을 한 게야."

흘끔, 민망한 듯 시선을 보내는 주인장의 말에, 그 **남자 호빗**은 건방진 표정으로 웃음을 지었다.

"나쁜 호빗도 다 있네요. 그런데 이렇게 말하긴 뭣하지만, 모험자님들도 억울해할 처지는 아니잖아요? 그 사람들 대부분이 벌이는 행동도 비슷하니까요. 도난이니 공갈이니."

"그야, 뭐……."

"나라면 이렇게 말할지도 모르겠네요. **사돈 남말하지 말라고.**"

호빗 손님은 마지막으로 짓궂게 웃었다.

"가혹하긴 해도, 속은 놈들이 잘못이에요."

주인장이 나직하게 신음하는 소리가 대형 시계 소리에 빨려 들어갔다.

"우-우-우~……!"

"……뭘 하는 게냐, 벨."

나는 소파에 엎드린 채 두 손으로 붙잡은 쿠션을 머리에 짓눌러댔다. 머리 나쁜 동물처럼 머리만 감춘 자세에 주신님이 타박을 주었지만 대답할 여유는 없었다.

발렌슈타인 씨에게서 도망치고 말았다.

대체 무슨 일이 일어나야 그런 상황이 완성되는지 전혀 모르겠지만, 확실한 점은, 그게 전부 현실이었다는 것이다. 동경하던 사람이 무릎베개를 해주었던 것도, 이 바보 천치인 나는 지난번과 똑같이 괴성을 지르며 온 힘을 다해 도망치고 말았다는 것도.

우와아아아아아아으으으…… 죽고싶어어으으으…….

"그거냐? 잠자리에 지도라도 그린 게냐?"

"아니에요오~."

평소라면 침을 튀기며 대들었겠지만 처량한 목소리밖에 나오지 않았다.

폭발한 수치심과 혼란 때문에 그 사람 앞에서 토끼처럼 내뺀 후 어디를 어떻게 거쳐 돌아왔는지 기억이 나질 않았다. 정신이 들고 보니 날이 밝을 때였으며, 정신이 들고 보니 홈의 문에 기댄 채 주저앉아 있었다.

"흐음, 무슨 일이 있었는지는 모르겠다만 너도 참 다감한 아이구나……."

다감 정도가 아니에요, 주신님. 애간장이 끊어지는 것 같다구요.

계속 끙끙거리고 싶지만 그럴 수만도 없다. 그저 오늘만은 발렌슈타인 씨를 잊고 싶었다…… 무리겠지만.

감사 인사와 사과를 전할 수 있는 날이 언젠가 오긴 올까?

"맞다. 벨, 어제 그 책 좀 보여다오. 오늘은 낮까지 한가하니까."

"아, 네. 알았어요."

주신님의 오늘 아르바이트는 오후부터 시작되는 모양이었다. 【헤파이스토스 파밀리아】쪽도 노점 아르바이트도 모두 뛰시는 것 같은데…… 몸은 괜찮은 걸까?

나는 시르 씨에게 빌렸던 도감처럼 두꺼운 책을 주신님께 건넸다.

"흐음, 보면 볼수록 별난 책이구, 나……아?"

표지를 빤히 보더니 몇 페이지를 아무렇게나 들여다보

던 주신님은 갑자기 손을 우뚝 멈추었다.

　그런가 싶었더니 눈꼬리가 꿈틀꿈틀 경련하기 시작한다. 마치 자신은 기억하지도 못하는 대출금의 청구서를 본 것처럼.

　"……이건, 그리므와르 아니냐."

　"그, 그리므와르?"

　들어본 적이 없는 단어를 되물어보았다. 불길한 예감은 이미 땀이 되어 내 얼굴에 나타났다.

　"뭐, 뭔데요, 그게……?"

　"간단히 말하자면, **마법의 강제발현서**……."

　온몸의 땀샘이란 땀샘이 죄다 열려버리는 것 같았다.

　"'발전 어빌리티'라는 게 있다. 너는 모르겠지만, 아무튼 '마도'와 '신비'라는 희귀한, 뭐랄까, 스킬 비슷한 것을 익힌 자만이 작성할 수 있는 저술서인데……."

　──저 그거 뭔지 알아요, 주신님.

　두 종류의 '발전 어빌리티'를 가진 자…… 다시 말해 최소 Lv.3 이상의【파밀리아】조직원. 어지간한 모험자보다도 월등히 강한 사람이 집필한 작품…….

　아마 전설 속의 '현자님'이라 불리는 분들과 같은 직종에 있는 사람이, 혼을 담아 쓴 저서…….

　나는 헤실헤실 망가진 웃음을 지으며 돌이 되었다.

　"네게 마법이 나타난 이유가 이것이었구나……. 헌데 벨, 이 그리므와르는 대체 어떤 경위로 지금 이 곳에 있는 것이냐?"

"아는 사람에게, 빌렸어요……. 누가 잃어버ㄹ고 갔던 물건, 이래요……."

"……."

"가, 가격은요……?"

"【헤파이스토스 파밀리아】의 일급품 장비와 맞먹거나, 혹은 그 이상……."

쩌적. 돌이 된 몸에 균열이 일어났다.

"참고로 한 번 읽으면 효능은 사라진다. 다 사용한 후에는 그저 무겁기만 한 괴상한 책이 될 뿐이지……."

끝장이다.

강제로 마법을 발현시킨다는 '기적'이 담긴 귀중한 책을, 슬쩍한 데다, 못쓰게 만들고 말았다. 수천만 발리스나 하는 물건을, 내가, 먹어버렸어…….

무거운 침묵이 홈에 드리워졌다.

돌이킬 수 없는 짓을 저지른 나는 오로지 절망.

주신님은, 감정을 죽인 가면 같은 얼굴을 슬쩍 숙였다가, 이윽고 의자를 들고 오종종 내 앞에 가져왔다. 그 위에 올라가 두 손을 내 어깨에 턱 얹고, 높은 위치에서 말했다.

"잘 들어라, 벨. 너는 우연히 책의 주인과 만났다. 그리고 **책을 읽기 전**에 그 소유자에게 직접 돌려준 거다. 그러니 책은 손에 없다. 하늘이 무너지더라도 효능이 사라진 그리므와르 같은 것은 처음부터 없었다…… 그렇게 우기는 거다."

"못됐잖아요 주신님?!"

뭘 다짜고짜 은폐하려고 하는데요?!

"벨. 하계에는 정론만으로는 해결할 수 없는 일이 얼마든지 있다. 나는 그것을 이 눈으로 똑똑히 보며 살아왔지. 살던 곳에서 쫓겨나기도 하고, 감자돌이도 못 살 가난을 겪기도 하고. 폐허나 다름없는 지하실에 처박히기도 하고…… 엄청난 액수의 빚을 지기도 하고. 세상은 부조리로 넘쳐난단다."

"그거 전부 주신님 탓 아니에요?!"

그리고 마지막 말은 무진장 불길한데요?! 제게 뭘 숨기고 있는 거예요, 주신님?!

"아, 아무튼! 저는 이 책 빌려준 사람에게 사정을 설명하고 오겠어요!"

"벨, 참아라! 너는 너무 정직해! 세상은 신보다도 변덕스럽단 말이다!"

"이럴 때 명언 만들지 마세요! 숨겨봤자 언젠가 들통 날게 뻔하잖아요?!"

이미 강은 건너고 말았다! 시르 씨는 분명 책을 읽어봤느냐고 물어볼 테고, 우리가 암만 거짓말을 한다 해도 주점에 책의 주인이 나타난 시점에서 끝장!

이렇게 된 이상 숨김없이 털어놓고 '오체투지'에 걸어볼 수밖에 없다고요!

나는 주신님의 제지를 뿌리치고, 책을 손에 든 채 홈의 문을 박찼다.

"시르 씨 계세요?!"

"오오, 소년 아니냐옹. 방가다옹."

주점 '풍요의 여주인' 앞에서 청소를 하던 캣 피플 소녀에게 말을 걸었다. 분명 클로에 씨라고 했지. 꼬리를 등 뒤에서 까닥까닥 움직이며 싱글싱글 웃음을 짓는다.

"뭐냐옹, 뭐냐옹? 인사도 잊고 시르를 부르다니. 아침 댓바람부터 뭘 하려고――."

"시르 씨 불러주세요!!"

"――냐옹?! 아, 알았다옹?!"

내 험악하고 절박한 외침에 클로에 씨는 펄쩍 뛰었다. 여느 때와 다른 내 기세에 심상찮은 것을 느꼈는지 황급히 가게 안으로 뛰어 들어갔다. 문에 달린 종이 짜릉 울렸다.

클로에 씨는 금방 문에서 얼굴을 드러냈다. 까닥까닥 손짓을 한다.

아직 준비 중인 가게 안으로 나는 발을 들였다.

"안녕하세요, 벨 씨. 무슨 일이세요?"

"시르 씨!"

종종걸음으로 주방에서 나타난 시르 씨는 서둘러 왔는지 목제 쟁반을 손에 든 채였다. 연회색 머리카락 위에 삼

각건을 장비한 시르 씨에게, 나는 바짝 다가가 사태의 전말을 설명했다.

당혹스러운 미소를 지었던 시르 씨는, 이야기가 진행됨에 따라 눈을 동그랗게 뜨더니, 마침내 낯빛을 바꾸고…… 내가 말을 마쳤을 무렵에는 언젠가 그랬던 것처럼 슬쩍 눈을 피했다.

"……그거, 참 큰일을 저지르고 마셨네요, 벨 씨."

"잠깐만요 시르 씨이——?! 왜 남의 일처럼 그러시는 거예요?!"

부자연스러운 그 태도에 나는 소리를 질렀다. 나를 희생양으로 삼을 생각이냐고.

시르 씨는 손에 든 쟁반을 들어 얼굴 아래쪽 절반을 감추더니, 눈을 치켜뜨며 나를 바라보았다.

"역시 안 되나요?"

"엄청 귀엽지만 안 되거든요?!"

얼굴을 붉히며 시르 씨의 애원을 단칼에 잘라버렸다. 정말 이 사람 마녀 아냐?!

"시끄럽다, 꼬마. 남의 가게에서 아침 댓바람부터 뭐 하는 거야."

우리가 그러는 동안 소란을 들었는지, 주인인 미아 씨가 모습을 나타냈다. 드워프임에도 거구를 자랑하는 그녀는 바짝 굳어버린 내 손에서 책을 휙 빼앗더니, 펄럭펄럭 내용을 확인했다.

"그리프와르 맞군⋯⋯. 하지만 뭐, 읽어버린 이상 어쩔 수 없잖아. 마음에 두지 마라, 꼬마."

"네엑?! 그, 그치만⋯⋯!"

이딴 걸 부디 읽어주십사 하듯 가게에 놓고 간 놈이 잘 못이지. 꼬마 네가 안 봤더라도, 귀중한 그리프와르를 발견했다면 누구든 자기 거라고 거짓말을 해서라도 읽었을 걸. 이건 그런 물건이야."

묘하게 설득력이 있는 말에 내가 입을 뻐끔거리는 가운데, 미아 씨는 흥 코웃음을 쳤다.

"잃어버린 시점에서 주인도 각오했을 거라고. 꼬다 너도 돈이 가득 든 지갑을 잃어버렸다면 그게 그대로 돌아올 거라고는 생각하지 않지?"

"그야⋯⋯."

"그런 거야. 걱정해봤자 소용없어. 득봤다 생각하고 잊어버려."

미아 씨는 그렇게 당당하게 나를 설복받고 말았다.

옆의 시르 씨를 보니, 그녀도 난처한 표정으로 쓴웃음을 지으며 고개를 갸웃할 뿐이었다.

영 떨떠름하달까, 아무튼 내가 뒷맛 씁쓸한 표정을 짓고 있으려니⋯⋯ 미아 씨는 커다란 눈으로 째릿 노려보았다.

"남자가 고시랑대지 마!"

"네엣!!"

후려치는 듯한 고함성에 나는 반사적으로 차렷 자세를

취하며 대답하고 말았다.

어기적어기적 가게 안으로 사라지는 미아 씨를 지켜보며, 정말 이래도 되는 걸까, 머리를 싸쥐며 나는 좀 복잡한 기분을 맛보았다.

"……어, 죄송합니다, 소란 피워서. 그럼 전 이만……."

한동안 있다가 그렇게 말하고 발을 돌리려 했을 때, 시르 씨는 갑자기 슬쩍 나타난 클로에 씨에게 광주리를 받아…… 조심스레, 내게 내밀었다.

"오늘도, 받아주실 거죠?"

"……자, 잘 먹겠습니다."

멋쩍어하는 웃음과 함께 두 손으로 내미는 광주리를, 웅얼거리면서도 받았다.

나는 이때면 늘 부끄러워하는데, 시르 씨도 이때는 진심으로 기뻐하는 것 같았다. 평소와는 달리 꾸밈없는 기쁨이 배어나는 것 같은…… 아니, 평소에 기뻐하지 않는다는 건 아니지만…… 뭐랄까, 잘 표현할 수가 없다.

나는 얼굴을 붉히면서 다시 한 번 고맙다는 인사를 하고, 이번에야말로 '풍요의 여주인'을 나왔다.

일단 홈으로 돌아간 나는 한때 그리프와르였던 책을 놓아둔 후, 던전 탐색을 위해 장비를 챙기기 시작했다.

주신님께 주점에서 있었던 일을 설명드린 다음, 다녀오라는 평온한 목소리에 배웅을 받았다.

'그러고 보니 포션도 떨어졌지……?'

대로를 달리던 나는 갑자기 현재 소지한 아이템의 사정을 떠올렸다. 포션은 사흘 전 미궁탐색 때 다 썼다. 왼쪽 허벅지의 렉 홀스터에는 깔끔하게 아무것도 들어 있지 않았다.

'요즘은 찾아간 적이 없으니…… 들렀다 갈까?'

던전에 가던 도중 나는 한참 발길을 끊었던 어떤 가게에 들르기로 했다.

가게는 서쪽 메인 스트리트를 벗어난 조금 깊은 골목 안에 있다.

햇볕도 잘 들지 않아 살짝 눅눅한 장소에 오도카니 세워진 단독주택에는 팔다리가 다 붙은 사람의 몸을 본뜬【파밀리아】의 엠블럼이 간판처럼 걸려 있었다.

"실례합니다~. 안녕하세요~……."

쌍여닫이 나무문을 살짝 열고 엿보니 어스름한 가게 안에는 수인 여성 한 사람이 선반의 내용물을 물색하고 있었다. 그녀는 나를 보더니 반쯤 눈꺼풀이 감긴 눈으로 말했다.

"안녕, 벨. 오랜만……."

별로 억양이 없는 목소리와 졸린 듯한 표정도 있고 해서 자다 일어난 것 같지만 이 사람은 원래 이렇다. 꼬리가 삐져나온 스커트에, 왼팔은 반팔, 오른팔은 긴팔이라는 조금 별난 윗옷을 입었다. 오른손에는 장갑까지 끼었다. 나이는 에이나 누나와 비슷하거나 조금 아래로 보이는 그녀는 이제까지 하던 작업을 중단하곤 가게 안의 카운터 쪽으로 돌아 들어갔다.

"아침 일찍 죄송해요. 하던 일은 괜찮으세요?"

"괜찮아. 벨 말곤 손님이라곤 오지도 않으니까……. 그래서, 오늘은 뭘 사줄 거야?"

카운터를 끼고 나와 마주 선 그녀는 닫아두었던 케이스를 꺼내 테이블 위에 놓았다.

폭이 넓은 상자 안에는 다양한 색깔의 액체가 담긴 시험관이 질서정연하게 들어 있었다.

"그리고 보니 미아흐 님은요? 안 계세요?"

다양한 회복약을 번갈아 보며 문득 물어보았다.

"미아흐 님은 개인적인 일이 있어서 저녁까지 안 오실 거야. 오늘은 나 혼자……."

이곳은 미아흐 님이 거느린 【미아흐 파밀리아】의 가게이며, 동시에 그들의 홈이기도 하다. 그리고 【미아흐 파밀리아】에 속한 유일한 조직원이 그녀, 나자 씨였다.

그녀는 순도가 높을 것 같은 포션을 손에 들고는 마침 잘됐다는 듯 내게 권했다.

"벨, 어때. 이젠 이 하이포션을 써보는 게……."

"아, 아뇨, 저에게는 아직 너무 일러요~."

수만 발리스에 파는 고급회복약 하이포션을 내미는 바람에 나는 뻣뻣한 웃음으로 부드럽게, 에둘러 사양했다. 피차 가난한 【파밀리아】 소속인 탓에 틈만 있으면 서 일즈 혹은 에누리를 하려는 우리의 거래는 이미 일상다반사였다.

보기와는 달리 뚝심이 있는 나자 씨에게 내가 밀리는 경우가 대부분이지만…….

"벨, 요즘 우리 가게에 잘 안 오더라…….."

"윽?!"

"미아흐 님이 서운해하셨어. 배도 울었어. ····· 배고프니까."

아이템 조달부터 시작해 준비를 다 맡아주는 릴리를 고용한 후로는 이 가게에 발길이 매우 뜸해졌던 것 이 다. 양심에 파고드는 나자 씨의 말에 나는 조바심을 냈다.

위험하다. 이대로는 또 뭔가 쓸데없는 걸 사고 말겠어!

"그, 그리고 보니 어제 던전에 내려갔다가 이상한 일이 있었거든요!"

창졸간에 화제를 전환하려고, 나는 어젯밤 던전에서 마법을 쓰다 기절하고 말았던 이야기를 했다. 나자 씨는 잠자코 이야기를 듣더니 고개를 끄덕였다.

"아아…… 그거, 마인드다운. 마법을 막 익힌 사람이 신나서, 곧잘 저질러……."

"마인드다운……?"

"마법을 쓰면 마인드라는 에너지를 소비하거든. 소비가 심해지면 푹 쓰러져. 그러니까……."

그리고 나자 씨는 카운터 밑의 선반을 뒤적거렸다.

"마인드를 회복시켜주는 이 포션을 마셔서 미연에 방지해. 얼마 전에 막 만들었어……."

"어? 하, 하지만, 그거 비싸지 않나요……?"

"괜찮아. 벨은 단골이니까 깎아줄게. ……8,700발리스."

나는 잽싸게 한 걸음 물러나 간격을 벌렸다.

"알았어……."

그 모습을 본 나자 씨는 머리 위의 강아지 귀를 축 늘어뜨리더니 다시 두 개의 시험관을 꺼냈다.

"이걸 8,700발리스에 사준다면, 여기 포션 두 개랑 합쳐서 9,000발리스에 팔게……. 어때?"

그 제안에 나는 눈을 크게 뜨고, 부족한 머리를 열심히 굴려 고민했다.

【미아흐 파밀리아】의 포션은 최저 가격이 500발리스다. 이 점만 보자면 이 제안은 상당히 득이 된다. 9,000발리스라는 지출은 솔직히 뼈아프지만…… 그래도 마법사용을 확대할 수 있는 이 아이템이 상당히 매력적인 것은 분명했다.

어떤 불미한 상황에도 대응할 수 있도록 준비해두는 것이 일류 모험자의 조건…….

"던전에선, 무슨 일이 일어날지 몰라. 미리 대비해두는 게 좋아……."

그 말이 결정타가 되었다.

소심한 나는 돈과 파티의 안전을 저울질하고, 후자를 택했다.

"알았어요. 그렇게 살게요."

"고마워, 벨. 사랑해……."

눈을 반쯤 감은 채 웃음을 지으며 뻔뻔하게 그런 말을 하는 나자 씨에게 나는 얼굴을 붉히고, 물건을 받아들자마자 곧장 떠나려 했다.

"바이바이……."

손을 흔들어주는 나자 씨에게 인사하고, 가게를 나왔다.

"호락호락하구나, 벨……."

……나가려 할 때 무언가 들린 것 같았지만 나는 못 들었다. 환청이다. 환청.

가게를 떠난 나는 아침부터 왔다갔다했던 서쪽 대로를 나아가 센트럴 파크로 나왔다.

화창한 하늘 아래 오늘도 광대한 원형광장에는 완전무장한 전사들이 모여 있었다.

'아직 안 왔나……?'

집합장소에서 릴리의 모습을 찾아보았지만 시야 안에 수인 여자아이의 모습은 없었다.

웬일인가 싶어 바벨까지 가보려 했을 때, 도중에 어떤 광경이 우연히 눈에 들어왔다.

활엽수가 띄엄띄엄 같은 간격으로 심어진 센트럴 파크의 한 모퉁이. 나뭇가지 틈으로 새들어온 햇살에 젖어 살랑살랑 나뭇잎이 바람에 흔들리는 기분 좋은 그늘이 릴리와 모험자로 보이는 남자들이 있었다.

거한 세 명이 조그만 릴리를 에워쌌다. 그들은 엄청나게 험악한 표정을 지으며 무언가를 떠들어댔으며, 릴리는 필사적인 표정으로 고개를 가로저을 뿐이었다. 결코 좋은 분위기가 아니었다.

——혹시 【소마 파밀리아】의 조직원들?

그런 생각이 떠오른 순간 나는 곁눈질도 하지 않고 그쪽으로 달려갔다.

"……됐으니까…… 내놔!"

"이젠…… 없……어요! 진짜로……!"

릴리와 사내들에게서 말다툼을 하는 것 같은 목소리가 들렸다.

조바심이 난 나는 그들의 사각인 활엽수를 피해 즉시 그 자리로 뛰어들려 했다.

"야."

"!"

그러나 갑자기.

움직임을 방해하듯 누군가가 어깨를 붙잡았다. 놀라움에 사로잡히면서도 나는 돌아보았다.

남자 모험자. 롱소드를 등에 장비한, 체격이 좋은 흑발의 휴먼이었다.

'어라, 이 사람……'

"역시 그때 그 애송이였군…… 뭐, 됐고. 좀 물어보자.

너 저 땅꼬마랑 같이 다니냐?"

이 목소리. 어조. 틀림없다. 전에 골목길에서 갖닥뜨렸던 그 모험자였다.

"야, 냉큼 대답하지 못해? 네가 저 서포터를 고용했냐고."

"……쟤는 당신이 쫓아다니던 호빗하곤 다른 애인데요."

얼굴에 짜증을 드러내는 사내에게 나는 그렇게 대답했다. 반쯤 반사적으로 말한 것이나 마찬가지였다. 큼지막한 로브와 후드를 뒤집어써서 알아보기는 어렵지만 릴리는 호빗이 아니라 시앙스로프다. 착각하지 말라고 한 것이었는데…… 사내는 입술을 일그러뜨리며 비웃었다.

"멍청한 놈……이라고 말해주고 싶다만, 생각하는 건 네 자유니까. 열심히 얼뜨기 짓이나 하고 있어라."

폭언에 발끈하지 않은 것은 아니었지만, 그보다도 그의 말이 마음에 걸렸다. 마치 내가 속고 있다는 듯한 지적.

이 사람의 말을 그대로 받아들일 수는 없지만…….

내가 의아한 표정을 짓고 있자, 사내는 조소를 거두며 낯빛을 바꾸었다.

"그보다 너, 나한테 협조해라. ……저 땅꼬마를 함정에 빠뜨리는 거야."

"뭐……."

"거저 해달라는 건 아니야. 보수는 지불할 테고, 저놈에게 돈을 뜯으면 네 몫도 주지."

사내는 진심으로 그런 소리를 하는 모양이었다. 나는 느

덧없는 이야기에 할 말을 잃었다.

"넌 평소랑 똑같이 저 땅꼬마랑 던전에 내려가면 돼. 나중에 적당히 떨어져서, 저놈을 고립시키라고. 뒷일은 내가 알아서 할 테니까. 별것 아니야. 쉽잖아?"

사내는 입가를 한껏 틀어올리며 웃었다. 기분 나쁜 웃음. 내가 이제까지 접한 적이 없었던 비열한 냄새.

한기와 혐오감이 온몸을 휩쓰는 가운데, 나는 주먹을 꾹 쥐었다.

"왜, 그런 소리를 하는 거예요……?"

"아앙? 시꺼, 넌 고분고분 알았다고 고개만 끄덕이면 돼. 그러기만 하면 돈이 들어온다고. 이보다 좋은 얘기가 어디 있어?"

사내의 비웃음이 더욱 짙어졌다.

"자알 생각해 보라고. 저놈은 그냥 짐꾼이잖아? 별로 도움도 안 되는 밥벌레 하나 없어진다고 손해볼 것도 없어. 쥐어짜낼 만큼 쥐어짜내고 버리면 그만이지."

비등점이 한계를 넘어섰다.

눈꺼풀 안쪽이 뜨거웠다.

그 골목길에서 마주쳤을 때와는 달랐다. 겁을 먹을 틈도 없이, 결정적인 분노가 내 몸을 지배했다.

"절대 못 해……!"

"이 애송이가……!"

사내도 얼굴을 일그러뜨리며 으름장을 놓았지만 나도

미간에 한껏 힘을 주었다.

험악한 공기가 우리를 감쌌다. 충만한 노기에 겁을 먹은 듯 머리 위에 펼쳐졌던 나뭇잎이 술렁술렁 흔들렸다.

한동안 서로를 노려보다가, 이윽고 사내가 먼저 혀를 차며 발을 돌렸다.

눈가에 달라붙은 감정을 도저히 떨쳐내지 못한 채, 나는 멀어져가는 그의 등을 지켜보았다.

"……벨 님?"

"!"

뒤에서 속삭이는 목소리.

빨려 들어갈 듯이 그쪽을 보니, 바로 뒤에서 릴리가 멍하니 나를 올려다보고 있었다.

그때까지 타오르던 감정이 수그러들면서, 나는 갑작스러운 상황에 당황했다.

"리, 릴리? 언제부터 거기 있었어?"

"지금 막 왔는데요……. 저 모험자님이랑 무슨 말씀을 하셨던 거예요?"

"어…… 아니, 좀 다투는 바람에……."

입에서 나오는 대로 둘러댔다. 눈앞의 본인을 함정에 빠뜨리기 위한 교섭이었다고는 말할 수 없었다.

내심 조마조마해하는 나를 지긋이 바라보던 릴리는 입을 꾹 다물더니 조금 어두운 표정을 지었다.

"아, 마, 맞아! 뭔가 다투는 것 같던데, 릴리는 괜찮았어?!"

"보고 계셨어요……? 안심하세요. 릴리는 보다시피 무사하니까요."

릴리는 두 손을 펼치며 그 자리에서 휘릭 돌더니 후드 안에서 웃음을 지었다. 거친 짓을 당했던 흔적도 없었으며, 정말로 위해를 입은 것 같지도 않았으므로 나는 안심했다.

"릴리, 그 사람들은……."

"릴리도 벨 님하고 똑같이 좀 다투었던 거예요. 릴리도 벨 님도, 역시 약하게 보이기 때문일까요?"

내 말을 가로막는 릴리.

농담을 섞으면서 생글생글 웃는 릴리는 분명 그 이상의 추궁을 거부하고 있었다.

"자, 얼른 가요, 벨 님. 릴리는 이틀이나 탐색을 빼먹는 바람에 오늘은 벨 님의 활약에 기대할 거라구요."

내 곁을 지나 릴리는 바벨로 향했다. 나를 돌아보더니 흔들리는 앞머리 틈으로 엿보이는 커다란 밤색 눈동자가 아무 일도 없었다는 듯 눈꼬리를 누그러뜨렸다.

나도 그 이상은 아무 말도 하지 않았다. 입을 다물고, 잠자코 릴리의 뒤를 따라갔다.

지금은 앞을 향하고 만 릴리가 어떤 표정을 짓고 있을지, 인파의 소음 속에 파묻혀 나는 계속 생각만 했다.

"……슬슬 몸을 뺄 때가 됐구나."

"어머, 에이나 그만 퇴근하게?"

"응, 그러려고."

동료의 말에 에이나가 고개를 끄덕였다.

길드 본부 창구. 접수 로비인 1층 플로어는 바닥도 벽도 하얀 대리석으로 뒤덮여 모종의 엄숙한 공기가 흘렀다. 창문에서 밀려드는 저녁 햇살이 저택처럼 널찍한 홀을 비추었다.

창구 쪽에서 로비의 광경을 바라본 다음 에이나는 책상을 대충 정리하고 자리에서 일어났다.

"와, 칼퇴근이네?! 에이나가 이런 시간에 일을 가치고 일어나다니, 세상에, 설마 남자?!"

"왜 얘기가 그렇게 되는데……"

아니라고 손을 파닥파닥 흔든 에이나는 쓴웃음과 함께 로비를 나섰다. 먼저 실례하겠다고 인사를 남기고, 직원용 뒷문으로 나갔다.

"그러면……"

길드 지급품인 세련된 구두를 톡톡 울리며 에이나는 집과는 반대 방향으로 걸어갔다. 그녀의 집은 길드 분부와 비교적 가까운 곳에 있지만, 지금 가려는 곳은 다른 곳이었다.

저녁놀에 물든 이 북서쪽 메인 스트리트에는 노점은 거

의 없었으며, 거대한 상점이 길 양쪽에 늘어서 있었다. 길드 본부가 있는 대로이기도 해서 모험자들을 상대하는 가게가 경쟁을 벌이기 때문이다.

이 부근 사람들은 여덟 곳의 메인 스트리트 중에서도 이곳을 '모험자 거리'라 부른다.

길 폭도 하나같이 넓어, 중장갑옷을 걸친 모험자의 무리도 어깨를 부딪치는 일 없이 마주 지나갈 수 있다.

'결국 본부의 자료만 가지고는, 【소마 파밀리아】의 정보는 공식 견해 외에는 알 수 없었어…….'

에이나는 지난 며칠 동안 【소마 파밀리아】의 내부 사정을 캐고 있었다.

어째서냐고 묻는다면, 마음에 걸려서라는 간결한 대답밖에 할 수 없었다. 더 자세하게 밝히자면 벨이 귀찮은 일에 말려들까봐 불안해서, 라는 보충설명이 따라오겠지만.

'【소마 파밀리아】의 담당자에게 물어봐도 다들 비슷한 대답밖에 하지 않았고…… 내 발로 좀 뛰어봐야겠어.'

길드의 참고문헌이나 인맥을 통해 정보를 긁어모아 봤지만 성과는 별로 좋지 못했다.

돈에 엄청나게 집착하는 면이 있다는 이야기나, 조직원들을 필사적으로 만드는 이상한 분위기가 있다는 표면적인 사실에 그칠 뿐이었다. 에이나는 요점을 정리하며 잠시 생각을 돌려보았다.

'주신이 자신의 목적을 위해 【파밀리아】를 선동했다……?

아니야, 어쩐지 실감이 안 나.'

수상쩍다는 인상과 문제점을 열거하자면, 돈에 대한 집착과, 파벌 자체의 규모.

그 【파밀리아】에는 주신 소마의 평판에 어울리지 않을 만큼 많은 조직원과 신자가 있다.

'주신 소마에게 원인이 있다면? 아니, 무언가 그럴 만한 이유가 있었다면, 【파밀리아】 자체가…… 조직원들이 폭주하는 건가?'

여기까지 생각했을 때 에이나의 걸음이 잠시 멈추었다.

커다란 주점이 시야에 들어온 것이다.

"으음…… 여기 들어가 보는 게 제일 좋긴 하겠지만……."

고금동서를 막론하고 정보를 수집할 때는 주점이 제일인 법이다.

그러나 에이나에게는 조금 내키지 않는 장소이기도 했다.

그녀에게…… 아니, 엘프에게, 수많은 모험자가 모이는 주점이란 대체로 꺼림칙한 곳이었다.

까놓고 말해, 종족에 관계없이 남자들이 꽃에 몰려드는 벌처럼 그녀를 내버려두지 않는 것이다.

"아하하…… 역시 안 되겠어."

분명히 기다리고 있을 전개를 상상하고, 에이나는 쓴웃음과 함께 얌전히 주점 앞을 지나쳤다. 모험자의 굵은 목소리가 문 안쪽에서 들려오는 바람에 조금 다급한 종종걸음이 되고 말았다.

'자아도취는 아니지만……'

에이나는 자신의 용모에 어느 정도 자각이 있었다.

다른 종족 사이에서도 미남 미녀라 칭송받는 엘프의 피를 절반 이어받은 것이다. 이성이 눈빛을 바꾸며 자신을 내버려두려 하지 않는 것은 적잖이 수긍해야만 한다.

'딱히 교제에 둔감한 건 아닌데.'

직장을 나올 때 남자를 만나러 가느냐고 의심하며 놀랐던 친구의 얼굴을 떠올렸다.

에이나는 그렇게까지 숫처녀 행세를 할 마음은 없었다. 그녀 나이 이미 열아홉. 교제하는 상대가 있어도 무엇 하나 이상할 것이 없다. 자신도 조금 허탈하게 생각할 때가 있기는 했다.

일 욕심에 완패하는 경향이 있긴 했지만.

'그래도 좀처럼 '이 사람이다!' 싶은 사람이 없는 건 사실이지……'

에이나에게 다가오는 사람은 대부분 체격이 다부지고 정한한 모험자들이었다.

자신을 휘둘러댈 기세로 쭉쭉 잡아끌어줄 것 같은, 그런 듬직한 자들뿐.

그리고 에이나는 그런 사람들에게 약간 주눅이 드는 경향이 있었다.

'좀 더 못미더워도 괜찮은데……'

스스로도 오지랖이 넓다고 인정하는 만큼, 뭐랄까, 더 못난 구석이 있는 쪽이 취향일지도 모르겠다……고 에이나는 노골적으로 생각하고 말았다.

혼자선 난감하고 난감하고 난감해서, 그래도 어떻게든 혼자 노력해보려고 하다가, 결국 마지막에는 자신에게 달려올 것 같은 그런 인물. 에이나도 못 말리겠다고 웃으면서 뒤를 챙겨주고, 둘이 힘을 합쳐 관계를 쌓아나가는, 상부상조하는 관계.

자신을 의지해준다……기보다는, 보호본능을 자극할 만한 상대가 에이나에게는 딱 좋았다.

'아아, 어디 벨 같은 남자 없으려나…….'

응, 그거다.

감이 딱 왔다. 말로 바꿔보니 잘 알겠다.

그래, 난 벨 같은 남자가 좋은 거야. 아하하~. 에이나는 더할 나위 없이 수긍했다.

'……어라.'

이봐, 뭐라는 거야. 에이나는 자신에게 스스로 딴죽을 걸었다.

벨 같은 남자──라니, 그건 그냥 벨이잖아.

아무것도 없는 곳에서 혼자 얼굴을 붉히고, 아무도 없는 곳에서 아하하하 혼자 웃음을 터뜨리는 에이나였다.

"아, 다 왔다 다 왔다~!"

혼자밖에 없는데 공연히 목소리를 높였다. 얼굴의 열기

가 채 식지 않은 채, 우툴두툴한 가공석으로 지은 2층짜리 아이템 숍으로 들어갔다. 간판에 새겨진 가게 이름은 '리테일'.

이곳에 들른 이유는 【소마 파밀리아】가 판매한다는 술을 조사하기 위해서였다.

매달려볼 곳이 이곳밖에 남지 않았기 때문이기도 하지만, 부자연스러울 정도로 적은 양의 술을 판다는 것은 어딘가 수상했다. 에이나 자신도 이런다고 무엇을 알 수 있을지는 알 수 없었으나 일단 조사해볼 가치는 적잖이 있다고 느꼈다.

'오래전에 왔을 때보다 품종이 늘어난 것 같은데?'

유리보다 훨씬 강도가 높은 투명 크리스탈 케이스가 가게 중앙을 차지하듯 가로세로로 놓여 있었다. 에이나는 고개를 이리저리 돌리며 높지막한 크리스탈 진열장을 둘러보았다.

진열장에 담긴 품종은 다양했다. 둥근 플라스크에 담긴 푸른 액체는 포션이며, 가느다란 시험관의 녹색 액체는 해독제, 세련된 디자인을 가진 병에 담긴 것은 엘릭서…… 모두 상업계 【파밀리아】가 제조한 상품을 반입한 것이다.

아이템 숍은 【파밀리아】의 상품이라면 기본적으로 다 취급하는 곳이 많다. 이 가게는 '모험자 거리'에 인접한 위치를 차지한 만큼 모험자들의 평판도 좋으며 물건도 다양한 편이다.

에이나는 모험자용 아이템을 대충 둘러본 후, 식료 잡화라는 화살표로 표시된 가게 구석으로 향했다.

'와! 있다, 있어!'

술병이 늘어선 선반 중에 【소마 파밀리아】의 테이블을 발견한 에이나는 적잖이 기뻐했다.

술병 선반에 든 것은 장식이라곤 전혀 없는 평범한 유리병. 내용물도 투명했다. 아무리 좋게 봐주려 해도 맛있을 것 같진 않았다.

그러나 다른 술병은 숫자가 많은 반면, 【소마 파밀리아】의 것은 단 한 병뿐이었다. 수요가 높다는 말이 사실인 모양이었다.

'⋯⋯『소마』?'

의욕이 전혀 느껴지지 않는 백지 상표를 보고 에이나는 에메랄드색 눈동자를 깜빡였다.

주신과 같은 이름을 가진 술⋯⋯. 소마 자신이 붙인 걸까?

에이나는 고개를 갸웃한 다음, 문이 잠긴 진열장에서 상품을 꺼내달라고 부탁하기 위해 점원을 부르려다 문득 가격을 보았다.

60,000발리스.

쿵! 에이나는 이마를 진열장에 들이박았다.

'뭐, 뭐어~~~~?! 겨, 겨우 술 한 병에?!'

──믿을 수 없어! 벨의 장비보다도 비싸잖아!

에이나는 빨갛게 물든 이마를 문지르며 뚫어지게 '소마'

를 보았다.

값비싼 모험자 전용 아이템이나 장비에 필적하는, 어쩌면 그 이상의 가격. 도저히 일반인이 쉽게 구할 만한 물건은 아니었다.

'지, 지금 수중에, 그런 거금이 있을 리도 없고……'

길드의 급료는 평범한 모험자의 수입과 비교해도 뒤지지 않을 만큼 높지만, 암만 그래도 6만 발리스는 항상 주머니에 넣고 돌아다닐 만한 액수가 아니었다. 무엇보다 일시불로 샀다간 에이나의 생활비가 한없이 핍박을 받는다. 바로 며칠 전에는 벨에게 방어구를 선물하기까지 했다.

술병 진열장 앞에서 에이나는 이 기회를 놓쳐야 하는가 싶어 끙끙 고민했다.

"……에이나 아니냐?"

"어?"

귓전을 쓰다듬는 맑은 목소리로 누군가 이름을 불렀다. 에이나는 돌아보았다.

뒤에 있던 것은 여성 치고는 키가 큰 미인 엘프였다.

반짝반짝 빛나는 비취색 머리카락을 등 언저리까지 길러 한 가닥으로 땋았다. 아름다운 장발 틈으로 뻗어나온 귀는 나뭇잎처럼 뾰족하게 위를 향했다. 용모가 빼어난 엘프 중에서도 선자옥질(仙姿玉質)의 아름다움을 자랑했다. 초탈했다 말해도 과언이 아니었다. 당당한 기품을 끊임없이 뿜어내는 눈동자 색은 에이나의 것과 같은, 아니, 더욱 맑

디맑은 에메랄드색이었다.

에이나는 이번에야말로 깜짝 놀랐다.

"리, 리베리아 님!"

"역시 너였군⋯⋯. 오랜만이구나. 잠시 못 본 사이에 상당히 예뻐졌는걸. 못 알아봤어."

웃음을 지었다고까지는 말할 수 없지만 입가를 부드럽게 구부린 리베리아 리요스 알브에게 에이나는 화급히 고개를 조아렸다.

"가, 감사합니다! 과, 과분한 말씀에 몸 둘 바를 모르겠나이다⋯⋯!"

"⋯⋯그런 말투는 관둬라. 이곳은 엘프들의 고장도 아니니까. 애초에 너는 그쪽 태생도 아니니, 그렇게 떠받들 이유가 없지."

"하, 하오나, 고귀한 분께는 경의의 마음을 잊어서는 안 된다고, 어머니에게⋯⋯"

"아이나도 딸에게 그런 말을 했단 말이야⋯⋯? 개탄스러운걸. 함께 고향에서 도망친 사이인데."

보는 사람이 매료될 것 같은 한숨을 내쉬더니, 리베리아는 에이나에게 강한 시선을 보냈다.

"최소한의 분별이야 당연히 갖추어야겠지만, 그 이상은 필요 없다. 나는 그 새장 속처럼 답답한 곳에 진저리가 났으니. 나를 공경한다면 우선 내 심중을 헤아려다오."

"그, 그래도⋯⋯."

리베리아의 위압 섞인 말에 에이나는 쩔쩔 맬 수밖에 없었다.

분명 에이나는 세상에 문호를 활짝 개방하여 수많은 종족이 뒤섞인 자유도시에서 태어났으며, 엘프들의 나라에 대해선 지식으로밖에 알지 못했지만…… 눈앞에 있는 것은 하이엘프, 왕족이다.

자신의 몸속에 흐르는 절반의 피가 저절로 고개를 숙이게 만드는 것이다.

"완전히 터놓고 지내라곤 하지 않을 테니, 과민해지지 말라는 거다."

"아, 알겠습니다……."

"좋아."

만족스럽게 고개를 끄덕이는 그녀와는 반대로 에이나는 안절부절못했다. 눈썹이 자꾸만 아래쪽으로 꺾어질 것 같았다.

어렸을 때 에이나의 고향에서 몇 번인가 만난 후로는 리베리아와 얼굴을 마주하지 못했다.

에이나는 길드에 들어간 후 직업상 금방 리베리아의 존재를 알았지만, 업무 내용이 내용인지라 그리 쉽게 만나러 갈 수는 없었던 것이다.

만나러 갈 수 없는 것은 아니었지만, 자꾸만 저어되었다.

"건강한 것 같아 기쁘구나. 설마 길드에 들어갔을 줄이야."

"죄송합니다. 연락을 드리려고는 했는데……."

"마음에 두지 마라. 나도 이 도시에 온 후로는 매일 던전에만 내려갔으니 다른 데 신경을 쓸 여유가 없었거든. 계속 뒷전으로 미루기만 했지."

리베리아는 고개를 끄덕이는 몸짓 하나에도 세련미가 넘쳤다. 에이나도 어머니의 기품 있는 자태를 보고 자라기는 했지만 역시 하이엘프인 그녀와는 비교할 수가 없었다. 차원이 달라도 너무 달랐다.

"리베리아 님은 무슨 일로 오셨나요?"

"별건 아니고, 얼마 전 탐색 때 아이템을 다 쓰는 바람에, 보충을 할까 해서."

"리베리아 님은 회복마법을 쓰실 수 있는데……라고 여쭙는 건 우문이겠지요."

"그래. 마법도 만능은 아니거든. 아이템으로 해결할 수 있다면 그보다 나을 게 없겠지. 그러는 에이나는 무슨 일로?"

"아……."

그 질문에 자신의 목적을 떠올렸다. 이야기해 보라고 채근을 받는 바람에, 에이나는 조금 주저하면서, 【소마 파밀리아】를 조사한다는 이야기는 건드리지 않도록 대답해보기로 했다.

길드 사람이 특정한 파벌에 관여한다는 쓸데없는 소문이 돌아 폐해가 생기는 것을 피하기 위해서였다.

"호오, 이 술 말이냐? 우리 【파밀리아】에도 선호하는 사람이 많지."

"네……? 저, 저기, 리베리아 님? 이 술을 즐기는 분들 중에 의존증이나, 이상한 증상을 보이는 분도 혹시 있나요?"

"내 눈에야 술을 즐기는 사람은 다들 이상하게 보인다만…… 상식을 벗어나는 행동을 하는 자는 없었지. 왜 그런 걸 묻는 거냐?"

"아…… 그게, 친구가 이 술을 권해주기는 했지만,【소마 파밀리아】의 술이라는 소릴 들으니, 좀 편견이 생겨서요……."

약간의 진실을 섞어 이야기했다. 자신의 질문 내용이 얼버무리기 좀 어려운 것이었던 데다, 상대가 리베리아인 만큼 무언가 진전을 얻을 수 있지 않을까 생각했기 때문이었다.

"그렇군. 하기야 그【파밀리아】단원들의 언동이 좀 으스스하다고 듣기는 들었다."

"리베리아 님은 무언가 아시는 것이 없나요?"

약간의 기대에 목소리를 빛내고 말았다.

그것이 잘못이었는지.

리베리아는 은근히 깊이 파고들려는 에이나를, 한쪽 눈을 감은 채 지그시 응시했다.

윽. 에이나는 말문이 막혔다. 아뿔싸 싶었다.

리베리아는 날카롭다. 마음의 기척을 쉽게 간파해 상대의 사정을 꿰뚫어본다. 어렸을 때 그녀에게만은 아무것도 숨길 수 없었다.【소마 파밀리아】에 대해 캐고 있다는 사실이 들통 나고 만 걸까.

에이나는 식은땀을 흘리며 리베리아의 반응을 기다렸다.

"……뭐, 됐다. 미안하지만 내가 그【파밀리아】에 대해 아는 것은 별로 없어. 그야말로 너와 비슷하거나 그 이하 일걸."

"그, 그렇군요."

분명 눈치를 채기는 했지만, 그래도 추궁하지 않는 데에 에이나는 가슴을 쓸어내렸다.

리베리아는 그런 그녀를 한동안 바라보더니 입을 열었다.

"나는 모른다만…… 그 파벌의 사정에 적잖이 정통한 인물이라면 짚이는 바가 있지."

"……네?"

"따라오겠나? 우리【파밀리아】의 홈에."

�☁

고층 저택.

한 마디로 표현한다면 그런 말이었다.

'듣기는 했지만…… 역시 오라리오에서도 손꼽히는 탐색계【파밀리아】의 홈이구나…….'

오라리오의 최북단. 메인 스트리트에서 하나 벗어난 길 옆.

좁은 부지면적에 억지로 세워진 것처럼 장대한 저택. 고층 탑이 장창을 든 병사의 대열처럼 수없이 겹쳐져 서로를 보완하고 있었다. 탑의 꼭대기가 침봉처럼 보였다.

적동색을 띤 저택은 아무리 그래도 바벨의 높이에는 못 미쳤지만, 올려다보기만 해도 고개가 아플 정도였다. 가장 높은 중앙탑이 거무스름한 꼭대기 부분을 저녁놀색으로 물들이고 있었다.

불꽃을 깎아낸 듯한 저택.

그런 표현이 마음에 딱 와닿았다.

"리베리아 씨, 어서 오세요."

"실례지만 그쪽 분은…… 길드 직원?"

"친구 딸이다. 그냥 보내줘."

남녀 두 명으로 이루어진 문지기에게 그렇게 말하고, 리베리아는 에이나를 대동한 채 저택 문을 들어섰다.

나란히 서면 자매로도 통할만한 외견이긴 하지만, 사실 나이 차이는 두 배가 훨씬 넘는다. 엘프는 데미휴먼 중에서도 장수하는 종족이다.

"저기, 새삼스러운 말씀이지만…… 정말 괜찮을까요?"

"뭐가 말이지?"

"길드에 속한 제가 홈에 초대를 받다니……. 【로키 파밀리아】의 대외비가 저를 통해 유출되기라도 한다면……."

"가능하지도 않은 소리는 하는 게 아니다, 에이나. 네가 그런 꿍꿍이를 품은 사람이라면 처음부터 부르지도 않았어. 아니면 너는 어지간히 나에게 모욕을 당하고 싶은 거냐?"

"아, 아뇨, 그런 의도는……."

어렸을 때의 광경을 조금 돌이켜 보기도 하면서. 에이나는 저택에 들어가 응접실로 안내를 받았다.

통로와 바로 인접한, 주황색을 베이스로 한 차분한 느낌이 드는 방이었다. 값나가 보이는 소파며 식탁보를 깐 둥근 테이블이 여러 개 배치되어 있었다. 고급감이 넘쳐나는 연출이기는 했지만 응접실이라기보다는 휴식과 단합을 위한 방이라는 편이 어울렸다.

이 공간을 보기만 해도 【로키 파밀리아】의 분위기를 대충 짐작할 수 있었다.

'와, 좋다. 어쩐지 살아보고 싶다는 생각도…… 응?'

에이나가 방을 둘러보고 있으려니 어떤 광경이 눈에 들어왔다.

이쪽에 등을 돌린 팔걸이의자의 등받이 위에 금덩어리가 오도카니 놓여 있었다.

아니, 사람의 머리였다. 긴 금발이 팔걸이에서 흘러내린다.

의자에 앉아 있던 인물은 가느다란 목을 틀어 천천히 에이나와 리베리아 쪽을 돌아보았다.

에이나는 숨을 멈추었다.

"어서 와, 리베리아."

"응. 다녀왔어, 아이즈."

에이나보다 연하인, 아름다운 소녀.

섬세한 실루엣은 부드러움보다도 당당한 선을 그려냈

다. 하지만 아름다운 황금색 눈동자는 맑은 샘처럼 투명했으며, 무구하다는 말이 그저 잘 어울릴 뿐이었다.

내면에는 고결한 아름다움과 사랑스럽도록 앳된 모습이 함께 자리를 잡고 있었다.

전에 에이나 자신이 말했듯, 한숨이 나올 만큼 빼어난 용모였다.

아이즈 발렌슈타인.

벨이 흠모하는 금발금안의 모험자.

"그쪽 분은…… 누구신가요?"

"아…… 저, 저는!"

"내 친척 같은 아이다. 둘 다 간단히 인사라도 하지."

그 권유에 자기소개를 나누었다. 아이즈는 에이나에게서 눈을 돌리지 않고 또박또박 자신의 이름을 밝혔다.

방어구를 걸치지 않은 아이즈는 온실에서 자라난 영애처럼 보였다. 순백색 원피스를 입은 늘씬한 몸은 가녀리다는 인상이 강했으며, 어디까지나 표준 정도인 가슴이 오히려 크게 느껴질 정도였다.

아무것도 신지 않은 하얀 맨발은 나긋나긋하고 설화석고처럼 매끄러웠다.

……진정이 안 되네.

에이나는 아이즈에게는 미안하지만 그런 생각을 하고 말았다. 당사자들끼리 얼굴을 마주한 것도 아닌데 벨과 아이즈 사이에 낀 것 같은 감각에 사로잡혔기 때문이다.

조금 뻣뻣하긴 했지만 에이나는 아이즈와 마주하며 리베리아와 함께 테이블에 앉았다.

　"아이즈, 다 쓴 아이템은 보충했어? 열흘 후에는 또 원정을 나가야 할 텐데."

　"응…… 내일, 갈게."

　무릎을 끌어안고 의자에 앉은 아이즈는 조용히 중얼거렸다. 방울을 굴리는 듯한 목소리가 살짝 울려 퍼졌다.

　아주 오래 전 자신에게 그랬듯, 자기 자식을 바라보는 듯한 리베리아의 눈빛에 놀라움을 느끼며, 에이나는 바로 조금 전부터 마음에 걸렸던 것을 작은 목소리로 물어보았다.

　"저, 리베리아 님?"

　"왜 그러지?"

　"어쩐지 발렌슈타인 씨가, 기운이 없는 것 같은데요……."

　하얀 천에 감싸인 무릎에 얼굴을 반쯤 묻고 있는 소녀에게선 어쩐지 힘이 느껴지지 않았다. 긴 금발도 광택이 적어 풀이 죽은 느낌이었다.

　면식이 없었던 에이나도 알아차릴 만큼, 그렇다, 기운이 없었다.

　그런 에이나의 질문에 리베리아는 웬일인지 쿡쿡 웃음을 흘렸다.

　"별것 아니야. **전부터 신경이 쓰이던 남자**를 놓쳐버렸다나."

어지간히 재미있는지 리베리아는 어깨를 흔들며 웃었지만 에이나에게는 웃어넘길 수 없는 발언이었다.

'아이코…….'

한손으로 이마를 누르며 두통을 참아냈다.

보아하니 귀여운 동생에게 봄이 올 가망은 낮은 것 같았다.

벨에게는 잠자코 있어야겠다고, 방금 들은 말을 자신의 마음속에만 봉인해두는 에이나였다.

"……리베리아 님. 그래서 조금 전에 말씀하셨던 것 말인데요……."

"아, 미안. 지금 부르도록 하지."

한바탕 웃은 리베리아는 가지고 온 가방에 손을 뻗었다.

그녀가 꺼낸 것은 바로 '소마'였다.

"어…… 리베리아 님, 부르신다고 하시더니……?"

"여길 나가 찾으러 돌아다녀봤자 힘만 들거든. 애초에 너무 신출귀몰해 찾을 수 있을지 어떨지도 모르고. 오게 만드는 편이 확실해."

에이나가 의문을 품는 동안에도 리베리아는 직접 구입한──【로키 파밀리아】 앞으로 달아놓은 청구서 한 장으로 모든 아이템 구입을 마쳐버리는 모습은 강렬했다──술병의 뚜껑을 땄다.

술에는 어울릴 것 같지 않은 독특하고 달콤한 향이 금세 응접실에 넘쳐났다.

"와아…… 향이 시원하네요."

"흠. 자주 맡아보기는 했지만 여전하군."

한동안 향을 즐기던 에이나는 문득 리베리아가 잔을 내미는 바람에 엉겁결에 받아들고 말았다. 정신이 들고 보니 왕족이 술을 따라주는 모습에 졸도할 뻔했다.

분에 넘치는 황송함 속에서 조심스레 잔에 입을 가져갔다.

'우와……!'

잔을 기울인 순간 에이나는 눈을 크게 떴다.

맛있다. 너무나도.

혀 전체를 마비시키듯 강렬한 단맛. 그러면서도 끈적거리지 않고 녹아드는 매끄러움.

향이 순식간에 콧속을 휩쓸고 지나갔다. 뒷맛은 산뜻했으며 마지막 한 순간의 여운까지 의식 그 자체가 놀아났다. 마치 몸 구석구석까지 스며드는 느낌이었다.

이건 단골이 생길 만하다고, 에이나는 겨우 한 모금에 그 사실을 깨달았다.

"이 향은――!"

그리고 에이나가 소마를 입에 대고 얼마 지나지 않아.

다다다다다. 마치 **술 냄새에 낚인 것처럼** 요란한 발소리가 다가왔다.

"이기 소마 아이가?!"

다음 순간, 주황색 머리를 흩날리며 【파밀리아】의 주신, 로키가 모습을 나타냈다.

"왔군."

"오게 한다는 게 그런 뜻이었군요⋯⋯."

"바라바라, 내 말이 맞제! 역시 소마제! 머꼬, 리베리아가 내줄라꼬 사온 기가?! 카아~ 효녀 났데이!"

에이나는 향을 풍기는 손 안의 잔을 내려다보고, 다음으로는 리베리아의 계획대로 멋지게 나타난 로키에게 시선을 옮겼다.

어둠 속에서도 어렴풋이 붉은 빛을 발하는 듯한 주황색 머리카락과 주황색 눈동자. 약간 가느다란 두 눈은 어딘가 모르게 애교가 느껴졌지만 조각가가 온갖 기술을 다 쏟아 부은 듯 완벽한 외견은 틀림없이 신의 것이었다. 작은 얼굴과 단아한 이목구비가, 지금은 꼬리를 요란하게 흔들어 대는 개처럼 빛났다.

"돈을 낸 건 나지만 사려 했던 건 내가 아니야."

"그라모 아이즈가?! 가시나 던전에서 돌아와가꼬 계속 풀 죽은 척 했던 것도 이 깜짝쇼를 위한 연출이었나?! 크으~ 아이쭈 진짜 귀엽데이!"

"아니에요."

당장이라도 흥분해 달려들어 끌어안을 것 같은 로키를 아이즈는 여전히 풀 죽은 상태로 검기를 발해 위협했다. 이상한 짓을 했다간 베어버리겠노라고.

"어, 어라?"

로키는 땀을 삐질삐질 흘리며 슬금슬금 후퇴했다.

"아, 아이쭈. 새침떼기 부분이 천지빼까리로 늘어나삔 거 아이가? 니는 어케 생각하노, 리베리아?"

"동의를 얻고 싶으면 나도 알아듣도록 이야기해라. 그보다 선물을 가져온 건 이 아이였어."

아, 그런 뜻이구나.

에이나는 리베리아의 의향을 깨달았다. 【소마 파밀리아】의 내정에 대해 잘 아는 사람이란 틀림없이 그녀들의 주신인 로키일 것이다. 사람이 아니라 신이었지만. 아무튼 신에게 공물을 바쳐 질문에 대답을 들어보자는 생각이리라.

신에게 직접 의견을 묻다니 조금 켕기기도 했지만, 에이나는 각오를 했다.

"으음? 누고? 야는?"

"처음 뵙겠습니다, 로키 신이시여. 저는 에이나 튤이라고 합니다. 갑작스럽게 방문하여……"

"아야, 그런 건 됐다. 목 뒤가 근질거릴라칸다. 제발 관두그라."

귀찮다는 듯 손을 내저은 로키는 문득 무언가 깨달았다는 듯 제복 차림인 에이나를 바라보았다.

"뭐꼬, 길드 사람이 우리 【파밀리아】랑 접촉하다니……우라노스 영감탱이는 중립이라 씨부리쌌드만 심복을 심어놓을라카나?"

"아, 아닙니다?! 저는……!"

"이 아이는 내 손님이야. 중상은 용서하지 않겠어."

"아, 글나? 리베리아 손님이라믄 아이겠네. 미안타, 에이나. 쫌 봐도."

"괘, 괜찮습니다. 마음에 두지 마십시오……."

리베리아의 조용한 눈빛에 로키는 맥이 빠졌다는 듯 어깨를 으쓱하더니 쓴웃음을 짓는다. 그리고는 소파에 털썩 요란하게 앉았다.

"마마, 인사치레 같은 거는 됐고 싸게싸게 진도 나가삐자. 내사 좋아하는 기를 가져왔으니, 뭐 듣고 싶은 게 있제?" "……그러면 사양 않고 단도직입적으로 말씀드리겠습니다. 【소마 파밀리아】에 대해 아시는 것이 있다면 가르쳐주실 수 있으신지요."

"**소마**를 가져왔으니 소마에 대해? 하하, 그런 기가."

한손에는 술병을 들고 다른 손에 든 잔에 찰랑찰랑 따른다. 한 모금 쭉 들이켠 로키는 맛있다는 듯 푸하 숨을 내쉬더니, 살짝 발그레해진 얼굴을 에이나에게 돌렸다.

"내도 소마 그 바보하고 사이가 좋은 거는 아이다. 니가 만족할지 어떨지는 모르겠다만……마, 입 쫌 싸게 놀리주마. 머가 듣고 싶은데?"

"……【소마 파밀리아】 조직원들의 이상한 분위기는, 어디서 기인한 것인지, 혹시 아시는지요?"

"야가 똑바리 핵심이네. ……라 캐도, 머를 어째 설명하믄 좋겠노."

로키는 잔을 찰랑거리며 그 안에서 파도를 일으키는 술

을 바라보았다.

잠깐 뜸을 들이더니, 그녀는 잔의 내용물을 단숨에 들이켰다.

"좋다, 내가 소마한테 사랑에 빠진 경위를 다 말해주꾸마! 아, 여서 소마라 카는 거이 신주 소마데이? 그 바보 신아이데이?"

"아…… 네."

"그라모……. 내는 말이다, 술을 좋아한다. 참말로 좋아해서, 하루에도 몇 차씩 싸댕기믄서 이런저런 술을 마셔댔다. 취하고 토하고 취하고 쓰러지고 토하고, 그런 행복한 생활 무한 루프를 돌던 어느 날…… 마침내 만나삔 기다. 이 소마하고."

이해할 수 없다며 리베리아가 탄식하며 흘겨보았지만 로키는 아랑곳 않고 말을 이었다.

"운명의 만남이라카나? 한 모금 마신 순간 반해삔 기라! 어데 【파밀리아】가 만들었는지도 신경 안 쓰고, 거진 빚쟁이맨쿠로 온 오라리오의 소마를 다 긁어모으고 긁어모으고 긁어모으고…… 그라다가 재미난 이야기를 들은 기라."

"재미난 이야기……?"

"니 믿을 수 있겠나, 에이나? 이 소마는 말이제, 실패작이데이."

엑…….

에이나는 우연히도 벨이 릴리에게 같은 말을 들었을 때

와 같은 반응을 보이고 말았다.

로키의 웃음이 더욱 짙어졌다.

"하모 궁금하지 않겠나. 이런 맛난 실패작을 만들어내는 '완성품'이라카는 게? 그래서 내는 소마네【파밀리아】에 직접 쳐들어가삤다."

에이나는 아연실색하고, 리베리아는 이번에야말로 어이가 없다는 반응을 보였다. 적대하지는 않는다 해도 신이 다른 신의 본거지에 무단으로 들어가다니, 부디 공격해주십사 말하는 거나 마찬가지다.

신들 사이에도 매너가 있다. 정보누설을 막는 의미에서도 다른【파밀리아】에 속한 사람을 쉽사리 홈에 들여놓을 수는 없다.

""소마, 내다! 결혼해 도!' 카고 현관 앞에서 소리를 질렀는데, 어째 쓸쓸할 정도로 깔끔쌉빡하게 씹힌 기라…….빡돌아가꼬 허락도 안 받고 고마 들어가삤다."

골치가 아파진 에이나는 휘청하며 머리를 감싸쥐었다.

한편으로는, 그렇게나 다른 파벌의 간섭에 무관심한【소마 파밀리아】에 의문이 느껴지기도 했다.

"썰렁했데이. 사람 새끼 하나 없드라. 홈인데? 죄다 나가고 아무도 없다 카는 게 말이 되나? 내도 그때가 되서야 쪼매 으스스해지삔……게 아이고, 완전 신났었제. 콧심 씩씩 뿜으면서 여개저개 디비고 댕깄다."

"……."

"로키, 부탁이니 그 이상 우리의 치부를 드러내지 말아줘."

"우후후, 리베리아 깍쟁이. 암튼 마, 찾아도 진짜 소마는 고사하고 암것도 안 나오드라. 해가꼬 내도 슬슬 싫증이 나서 돌아가삘라 카는데…… 있었던 기라, 그 바보가."

그때의 광경을 떠올렸는지, 로키는 고개를 숙이고 웃음을 참았다.

"여어, 카니까 그 바보가 '어서 와' 이카드라? 거가 초면이었데이. 내한테 눈도 안 돌리고, 정원에서 지 혼자 쟁기 들고 밭 갈고 있더마. 난중에 듣기로 술의 원료가 머라머라 카는 직접 키운 식물이라 카대? 마, 딱히 위험한 걸 비료로 주거나 한 건 아이고."

이야기를 하는 동안에도 로키는 잔을 입에 가져가, 뺨을 붉히며 살짝 취해갔다.

목소리에도 기세가 더해졌다.

"그라고 그 소마라 카는 신놈이…… 참말로 속 터지는 놈인 기라."

"예?"

"먼 이야구를 해도 '어'라느니 '응'이라느니 건성으로만 대답해쌌고. 내가 지 생각해가꼬 말 걸어주는디 밭만 갈아쌌고. ……내한테 행간으로 그래 말한 기다. 니는 밭에 뿌리는 똥보다 몬하다고."

당시의 광경을 떠올렸는지 로키의 노기가 눈에 뜨게 치솟기 시작했다.

에이나는 땀을 흘렸다.

"만고 우유부단하고 문디 냄새 풀풀 풍기는 꼬라지 해가꼬, 내를 멍청하게 서 있는 허수아비맨치로 방치해삐고…… 아~ 망할, 생각만 해도 욕 나올라칸다!"

"……"

"그라고, 그라고 말이다, 에이낭!"

"에, 에이낭?"

"그 무례천만한 작태를 봐주고 내가 "진짜 소마 쫌도"라고 성심성의껏 허리를 굽혔데이! 이 몸께서 말이지?! 그라니까 그 바보가 머라 캤는지 아나?!"

실제로 로키는 소마에게서 적의라고는 조금도 느끼지 못했으므로 가능하리라 생각했던 모양이었다. 한 됫박 정도라면 어떻게든 될 거라고. 그래서 방심했다.

전혀 무해할 것 같던 그 신은, 그때만큼은 손을 멈추고 진지하게 로키를 마주보더니, 이렇게 말했다는 것이다.

"허나 거절한다."

그때만큼은 강한 의지를 보였다고 한다.

"크아아아악——! 그딴 자식에게 그딴 말을 듣는 게 제일 빡돈다!"

"로키, 그만 좀 해. 이야기 자꾸 옆길로 보내지 말고 어서 본론으로 돌아와."

후욱후욱 거친 숨을 몰아쉬고, 로키는 침착해진 표정으로 소파에 다시 앉았다.

"미안타. 그래 우여곡절이 있었지만, 그 바보한테서 【파밀리아】에 대해서도 들은 기라. 물어보니까 고마 다 불드라. 정신 나간 거 아이가? 참말로 【파밀리아】운영하는 센스가 없다카이. 아이다, 첨부터 생각이 없었던 기타."

에이나는 가느다란 눈썹을 꿈틀 움직였다.

처음부터, 생각이 없어……?

대체 어떤 의도가 있었던 것일까. 그런 생각이 앞섰다.

"에이나, 벨로 깊이 생각 안하는 기 좋을 끼다. 그 소마라는 신은 말이제, 대가리에 지 **취미**빠께 안 들었다. 그런 노마 있지 않나? 뭔가 몰두하면 딴 거는 암것도 안 보이는 자슥. 그거의 궁극완전체가 그 바보다. 야망이니 속 시커면 꿍꿍이니 그딴 거 엄꼬, 순수하게 지 취미로 살아가는 **순수한 취미신**인 기라. 마, 이래 말하몬 신들 중에서도 깨달음을 얻은 선인 같은 놈일지도 모른다."

그렇게 농담을 덧붙였다.

괴짜가 많은 신들 중에서도 한층 유별난 존재.

에이나는 소마의 인물상, 아니, 신물상에 그런 느낌을 받았다.

"그라니까, 여개서 문제가 되는 기 그 '소마'라는 슬이제. 바보 자슥이 지 취미…… 소마를 만들라꼬【파밀리아】만든 기라. 캐도 【파밀리아】는 영 수입을 안 올리제. 돈이 드는 취미도 이라믄 오래 몬 간다. 없는 머리를 쥐어짜낸 글마가 '상품'을 건 기다. 단원들이 더 째빠지게 벌어오게. 기폭제로."

"설마……."

"맞다. '소마'다. 것도 완성품."

입술에 튄 술자국을 로키는 낼름 핥았다.

"이 실패작을 마시봤으니 에이나도 알긋지만, 완성품의 완성도는 장난이 아니데이. 마시면 '취해' 삐는 기라. 헤롱헤롱 취한다는 그런 의미가 아이다. 마음부터, 고마 술에 '취하는' 기다. 말 그대로 심취. 인심 정도가 아니라 심신을 장악해삤다꼬 해야 하나?"

오싹.

에이나는 한기에 사로잡혔다.

조금 전의 실패작을 마셨을 때 느낀 고양감을 떠올렸다.

나쁜 의미에서가 아니라, 순수하게 술의 풍미에 의식이 쏠리고, 끌렸다. 마음이 분명히 들떴다.

그 이상의 도취감?

제복 안에서 조용히 소름이 돋았다.

"이래 말하믄 이해하기 쉽긋나?"

로키는 그렇게 전제를 깔고, 이어서 단언했다.

"거기 얼라들이 숭배하는 건 신이 아이다. 술이다."

신앙의 중심이 신이 아니라, 신주.

다시 말해 소마의 평판에서는 생각할 수 없을 정도로 【파밀리아】의 조직원이 많은 이유는, 그가 만들어낸 신주에 마음을 빼앗겼기 때문에.

한 모금 마신 것만으로도 무엇과도 바꿀 수 없는 행복감을 주는 신의 술에, 신자들은 흠뻑 빠진 것이다.

"그 바보 진짜 변태인 기라. '신비' 발전 어빌리티를 가진 단원한테 거들라 카지도 안꼬, 재료 개발이랑 조합이랑 제조법만 가지고 '신주'를 만든 기다. **취미**를 마스터한 진짜 바보가 도달한, 극치의 경지라 카는 기지."

에이나는 깨달았다.

로키가 소마에게 말한 '바보'라는 호칭에는 외경의 의미도 담겨 있다는 것을.

"우리 '힘'은 한 개도 안 썼다. 얼라들 맨치로, 아이지, 그보다 못한 능력만 가지고 거까지 도달한 기라. 니 믿을 수 있긋나? 까놓고 말해 인간의 힘으로 신의 술을 만들어낸 기다. 니 천계에서는 대체 뭐였나 물어보고 싶데이."

"흐음, 대충 전모가 보이는군. 다시 말해 신인 소다가 술을 단원들에게 미끼로 삼아서……."

"바로 그기다. 한 번 소마 맛을 알아삔 단원들은 던 대가를 치러서라도 돈을 모을라 할끼다. 상품이라 캐봤자【파밀리아】전원에게 돌아갈 리가 업제. 자금조달 할당량을 정해놓고, 성적 상위권한테만 소마를 주는 기라.【파밀리아】내에서 경쟁이 일나겠제. 아, 할당량 쬐매 넘기믄 종지 하나 정도는 언어묵을 수 있든가?"

생각이 잘 안 난다고 끙끙거리는 로키를 곁눈질하며, 에이나는 겨우 이해할 수 있었다.

길드에서 【소마 파밀리아】 조직원들이 보여주었던, 돈에 대한 집착.

그것은 소마를 얻기 위한 **갈망**이었던 것이다.

"하지만 들으면 들을수록 극약 같은 물건이로군. 그런 것을 내버려둬도 되는 건가?"

"아이다, 내가 설명을 쫌 잘못했구마. '취하게 만든다'꼬, 위험한 약 빤 것처럼 머리가 화～해지그나 착란을 일으키는 기 아이다. 고마 감동해삐지. 몸이 막 떨리는기라. 한 모금 더 마시고 싶어지제. 그캐도 **취기는 반드시 언젠가 깨게 마련이제**. 평범한 술하고 똑같이."

약물과 다른 점은 그거라고 로키는 말했다.

금단증상은 없다. 의존증상도 심하지 않다.

어디까지나 신자들의 심취는 일시적이며, 원래 시간만 지나면 깔끔하게 사라진다.

다만 【소마 파밀리아】의 경우, 소마를 마신 후 다음에 마실 때까지의 간격이 지나치게 짧아 개미지옥에서 빠져나올 수 없게 된 것이다.

"의존증상은 어디까지나 단기적이라는 말씀이신가요?"

"그렇제. 소마를 몬 마시게 해서 제정신으로 돌아온 아들도 쌔비 있지 않겠노?"

덧붙이자면 소마에도 내성이 있다고 한다. 항상 성적 상위권에 군림하는 【소마 파밀리아】의 조직원들은 그렇게까지 '취하지' 않고 평정한 상태를 유지한다는 것이다.

그러고 보니.

에이나도 문득 기억이 났다. 【소마 파밀리아】의 모험자은 대부분 돈에 대해 집착을 보였지만, Lv.2에 올라간 일부 사람들은 비교적 냉정했던 것을.

"결론부터 말하자믄, 취미빠께 관심 없는 바보 신의 어수룩한 【파밀리아】 관리, 소마의 마력, 그기다가 단원들의 술에 대한 굶주림. 야들이 막하 자~알 짬뽕대가꼬 지금의 맛간 【파밀리아】가 생겨나쁜 기다."

원래 【파밀리아】의 우두머리인 주신이 눈을 빛내고 있으면 이렇게 되지는 않는다.

독재를 행사하면 어떤 【파밀리아】도 반드시 침묵하게 마련이니까. 만일 자식이 신에게 반항하기라도 했다간 '팔나'의 박탈이 기다린다.

그렇게 생각하면 이 상황을 초래한 것은, 아무리 남에게 해를 주지 않았다 해도 역시 소마 본인, 아니, 본신에게 있다고 말할 수 있지 않을까.

"이마하믄 대나? 뭐 더 물어보고 싶은 거 있나, 에이나?"

"아닙니다, 이젠 됐습니다. 정말 고맙습니다."

【소마 파밀리아】가 품은 사정은 알았다.

그들의 술에 대한 굶주림은 분명 무시무시하지만, 현재시점에서는 간과할 수 있는 범주였다.

술, 나아가서는 돈에만 관심이 있는 그들은 바꿔 말하자면 일확천금을 노리고 미궁에 내려가는 다른 모험자들과 별로 다를 바가 없으니까. 다만 두려운 것은, 그렇다, 목적을 위해 수단을 가리지 않게 되었을 때다.

그러나 이 위험성도 로키의 이야기대로라면 일부 신자에게만 적용되는 것이라 생각할 수 있다. 예전에 벨이 이야기했던 것을 생각해보면 그가 고용한 서포터는 술에 빠지지 않았으며 제정신을 유지하고 있을 것이다.

적어도 벨이 생명의 위기에 빠질 최악의 사태는 없을 것 같다고 에이나는 내심 안도했다.

그런 식으로 생각을 굴리던 그녀를, 로키는 가느다란 두 눈을 슬쩍 뜨며 똑바로 보았다.

"에이나."

"예?"

"당나귀 눈앞에 당근을 걸어 줬는데, 그 당근을 계속 몬 먹으면 당나귀가 어캐 댈지 아나?"

느닷없이 제시한 뚱딴지같은 질문에 에이나는 어리둥절한 표정을 지었다.

로키는 두 손의 손가락을 하나씩 꼽으면서 대답을 기다리지 않고 다음 말을 이었다.

"힘없는 당나귀는 쓰러져 퇴장하고, 약삭빠른 당나귀는 다른 아 당근을 먹을라꼬 발로 걷어차믄서 갈취하려든데이."

처음 떠오른 것은 곤혹이었으며, 다음으로 일어난 것은 이해.

로키가 무슨 말을 하려는지 에이나는 깨달았다.

"지금 그 【파밀리아】가 딱 그런 느낌인 기라. 그 바보가 당근을 걸어놓고, 말린 사람이 없다 아이가."

그리고 로키는 모든 손가락을 다 꼽더니, 오른손 새끼손가락만 척 폈다.

"그라고 개중에는 동료한테 걷어차여도 안 굴하는 당나귀가 있을지도 모르제. 지 혼자선 암 것도 몬하는 대신…… 동정을 사든가 캐서 재수 좋구로 다른 주인한테 빌붙는, 교활하고 야무진 당나귀가."

주홍색 눈동자에 비친 자신의 얼굴이 조용히 굳어갔다.

"정신 들어뻬니까 가진 걸 막하 털렸습니다 카는 일도 있을지도 모른데이."

로키는 에이나의 눈을 들여다보듯 자세를 고치더니 소파에 깊이 몸을 묻었다.

반 이하로 줄어든 에이나의 잔에 술을 따르고는 슬쩍 권한다.

"만약에 말이다. 글마들하고 손잡은 친구가 있으믄 은근슬쩍 말해주는 기 좋을끼다. 클나지는 안드라도 쪼깨 식겁할지도 모르니까."

그리곤 로키는 소파 위에 책상다리를 하고 앉더니 "길드에서 모험자들 돌보는 것도 힘들제?"라며 너스레를 떨었다.

이미 다 내다본 것이다. 역시 신이라고 해야 하나.

에이나는 천천히 숨을 내뱉고, 조용히 고개를 끄덕였다.

"마, 노파심이라카나, 쓸데없는 참견 같지만."

"……아닙니다. 명심하겠습니다."

그녀는 좋은 주신일 것이다.

이야기로 들었던 것보다 훨씬 친절했다. 어쩌면 자신이 리베리아의 지인이라 그랬던 것일지도 모르지만.

감사가 담긴 에이나의 시선에 로키는 헤실헤실 웃었다.

"그라모. 술도 없어졌으니 고마 파장하자."

"미안해. 마지막까지 붙어 있게 해서."

"개안타. 내도 미인에 귀여운 에이나랑 이야기해서 좋았다."

"아하하……."

일어나 한껏 기지개를 켜던 로키는 시종 잠자코 풀이 죽어 있던 아이즈에게 다가갔다.

"야야, 아이즈~ 니 언제까지 그라고 있을끼고?"

"……."

"바라. 【스테이터스】 갱신이나 하자. 돌아와가꼬 아직 안했제? 그제?"

"……알았어요."

"흐히히. 오랜만에 아이쭈의 맨살을 유린하겠구마……!"

"이상한 짓하면 벨 거예요."

"엑, 참말로?!"

진지한 목소리에 약간 주춤한 로키는 아이즈의 어깨에

팔을 감으며 응접실을 나갔다. 벽 너머로 사라지기 직전, 에이나 일행에게 윙크를 하며 손을 흔들었다.

"재미있는, 분이네요."

"재미있는지 어떤지는 찬동하기 힘들다만, 저래 봬도 은근히 예리하지. 우리도 신뢰하고."

"리베리아 님도요?"

"그래, 나도다."

두 눈을 감고 슬쩍 미소를 짓는 리베리아에게 에이나도 웃었다.

그리고 에이나는 마지막으로 받았던 잔을 들어 입을 가져갔다.

——내일 벨하고 만날 수 있을까?

로키의 충고를 떠올리며, 조금 쓸쓸하게 여겨지는 소마를 입에 머금는 에이나였다.

"아이쭈 Lv.6 떴다아아아아아아아아아아아아아아아아아아아아아아아아아아아!!"

"푸웁?!"

"······에이나."

"우와아아아아아아아악?! 죄, 죄송합니다아!!"

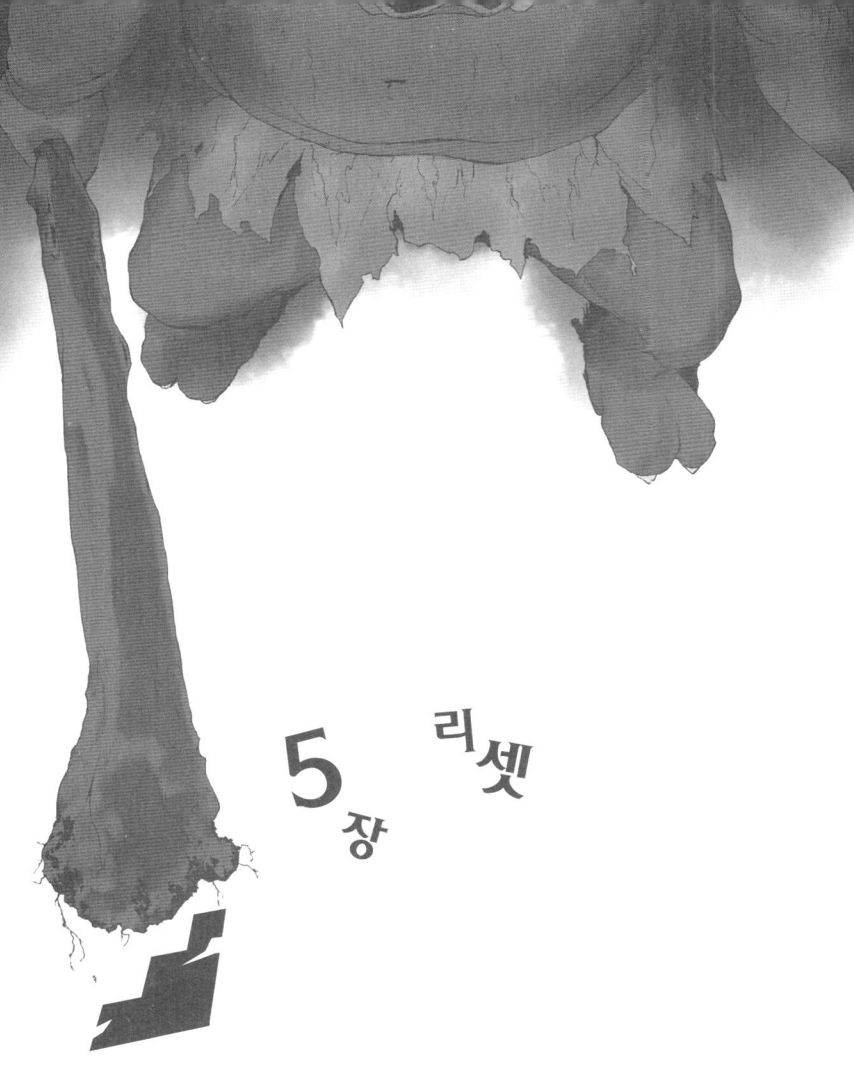

5장 리셋

해가 저물고, 달이 뜨고, 날이 밝고, 동쪽 하늘에서 다시 해가 얼굴을 내민 오늘.

나는 예전 같으면 아직 홈에 있을 시간에 바벨 문 앞에 도착했다.

어제는 던전에서 돌아다니는 내내, 릴리를 함정에 빠뜨리자고 했던 그자의 말이 머리에서 떠나질 않아 필요 이상으로 예민해졌다.

릴리를 불안하게 만들었던 것 같기도 했다. 걱정을 끼치고 싶지 않은 나머지 사정은 이야기하지 않았지만, 몇 번이나 안부를 확인하는 나를 릴리는 불안한 듯 걱정스러운 듯, 그런 어두운 표정으로 줄곧 훔쳐보았으니까.

"……."

그렇게 릴리에 대한 걱정에 떠밀리듯, 아침 일찍 집합장소로 나온 것이다.

나는 천천히 하늘을 올려다보았다. 지금 이 공백의 시간을 메우기 위해 머리는 어젯밤 있었던 일로 의식을 돌렸다.

던전에서 교회의 비밀 지하실로 돌아온 후, 나는 큰맘먹고 주신님에게 릴리에 대해 이야기했다.

사정을 들려드린 후, 하다못해 위험이 없다고 판단할 수 있을 때까지 릴리를 우리 홈에서 보호해줄 수 없을까 상담해볼 생각이었다. 그때까지는.

잠자코 이야기를 듣던 주신님은 천천히 내게 물었다.

"벨. 그 서포터는 정말로 믿을 만한 인물이냐?"

"네……?"

처음에는 무슨 말씀인지 알아듣지 못했고, 알아들었을 때는 나도 모르게 테이블 위로 몸을 내밀며 무언가 반박하려 했지만, 주신님의 조용한 눈에 나는 말을 잇지 못했다.

"네 이야기를 듣자 하니 그 서포터는 아무래도 **수상한** 것 같구나. 네가 내 나이프를 잃어버렸을 때도…… 아, 딱히 책망하는 건 아니니 미안해하지 말아다오…… 마침 그날 함께 돌아다녔던 그녀에게 원인이 있는 것 같다는 생각이 드는구나."

갑작스러운 만남, 【파밀리아】에서 고립된 데다 애매한 신상, 그녀를 노리는 모험자들의 존재…… 내가 들려드린 모든 내용을 주신님은 그대로 뒤집어서, 회색으로 물든 현상의 내용물을 드러내주셨다.

한 마디도 받아치지 못한 채 말을 잃은 내게, 주신님은 미안하다는 듯 눈썹을 늘어뜨렸다.

"미안하다, 이런 소리를 해서. 하지만 나는 그 아이를 모르니, 아무래도 객관적으로 이야기하게 되는구나. 직접 그 아이를 보고 온 너의 판단이 역시 정확할지도 므르지. ……하지만 나는, 지금은 굳이 나쁜 놈이 되겠다. ……네가 더 걱정이니까."

그렇게 덧붙이고, 주신님은 다시 자식을 타이르듯 조용한 신위를 뿜어냈다.

"네가 말하는 모험자 사내에게 의심을 받을 만한 무언가를…… 아니, 뒤가 켕기는 무언가를, 그녀가 감추고 있는 것이 아니냐? 너도 그 사실을 알고 있는 것 아니냐?"

주신님은 정확히 내 속내를 꿰뚫어보듯 말씀하셨다.

……그것은 어쩌면 머리 한구석으로는 일부러 생각하지 않으려던 것일지도 모른다.

서포터로서 이제까지 많은 도움을 주었던 릴리에게, 몬스터에게서 목숨까지 구해주었던 그녀에게, 나는 눈이 멀려 했던 것이 아닐까.

주신님이 똑바로 지켜보는 가운데, 나는, 한동안 움직이지 않은 채, 그때까지 릴리가 보여주었던 얼굴을, 언뜻 보였던 릴리의 맨얼굴을, 전부 되새겨보고 있었다.

"주신님, 저는……."

"벨 님?"

"!"

생각이 중단되었다.

내 이름을 부르는 목소리에 어젯밤의 기억에서 의식이 되돌아왔다.

가볍게 머리를 흔들어 회상을 털어버리고, 나는 조금 뒤늦게 대답했다.

"아…… 리, 릴리. 좋은 아침."

릴리는 그런 나를 바라보다, 앞머리에 가려진 얼굴에 금세 웃음을 지었다.

"좋은 아침이에요, 벨 님. 설마 이런 시간에 벨 님이 있다니, 릴리는 눈을 의심할 지경이네요."

"아하하, 그러게. 언제나 릴리가 나보다 일찍 왔으니까."

일단 아무 일도 없었던 듯한 릴리의 모습에 안도했다.

생각했던 대로 그 모험자는 지상에서 릴리를 습격하는 짓은 하지 않았던 모양이다.

무언가 사건을 일으켜 길드의 블랙리스트에 올라버린 모험자는 이 도시에서 매우 살아가기 어려워진다. 만일 처벌로 모험자 등록을 취소당하기라도 하면 그것만으로도 마석이나 드롭 아이템은 거래할 수 없으며, 대가 없이 몰수당하기 때문이다. 여기서 그치지 않고 【파밀리아】 탈퇴―― 다시 말해 주신에게 버림을 받을 가능성도 있다.

도를 넘어선 위법행위를 저지른다면 최악의 경우 감옥에 가, 형벌을 받게 된다.

모험자에 대한 법률은 그들의 무법적인 행태 때문에 거의 사문화되었다고 들었지만, 길드도 움직일 때는 움직여야만 규율이 바로잡힌다. 범죄행위는 무조건 단속의 대상이 된다고 봐야 한다.

그렇다. 그렇기에. **무슨 짓을 저지를 거라면**, 이를테면 남을 공격하는 행위도, 정당방위라든가 몬스터랑 착각했다든가, 제삼자가 없으면 얼마든지 변명할 수 있는 던전 안에서 저지른다.

"벨 님."

"아, 미안해. 왜?"

"오늘은 10계층까지 가 보지 않겠어요?"

"뭐……."

바로 조금 전까지 생각에 잠겨 있었던 내게 릴리가 갑작스런 제안을 던졌다.

눈가를 앞머리와 후드로 감추며 웃는 릴리를, 나는 놀란 표정으로 바라보았다.

"왜, 갑자기 그런 말을……?"

"벨 님, 릴리가 모르는 줄 아셨어요? 벨 님은 이미 10계층을 돌파할 만한 **실력**을 가지고 계시잖아요?"

"……."

릴리가 말하는 **실력**이 【스테이터스】를 말하는 것임은 금방 알아차렸다.

분명 지금 나는 '민첩'을 비롯한 기본 어빌리티의 능력치가 A나 B에 들어가기 시작했다. 길드가 제시한 던전 공략의 능력 기준선을 참고해 말하자면 Lv.1의 모험자가 공략 가능한 최하층, 11~12계층까지도 소화하는 셈이다.

그래도 지금 당장 하층으로 내려가지 않으려 하는 것은 내가 솔로이기 때문이기도 하지만, 무엇보다 10계층 이하는 던전 자체의 성질이 위쪽보다 현저히 악랄해지기 때문이다. 지형조건이 이빨을 드러낸다고 해야 하려나.

아무튼 어빌리티 평가 G로 7계층에 도전하는 것과 평가

A로 12계층에 도전하는 것은 난이도의 자릿수가 다르다.

사실 나는 이미 9계층까지 별 어려움 없이 도달했다. 이대로 간다면 설령 솔로라 해도 11계층 이하까지는 모르겠지만 10계층까지는 내려갈 수 있으리라고, 릴리는 그렇게 판단한 것이리라.

솔직히 말해 나도 어느 정도 예상은 했다. 조금 자신감이 과한 것일지도 모르지만, 할 수 있으리라는 확신도 있었다.

그래도 내가 함부로 10계층에 발을 들이려 하지 않았던 것은.

나오는 것이다. 10계층에는.

위쪽에서는 모습을 드러내지 않던, '대형급' 몬스터가.

……그렇다. **그 미노타우로스 같은 놈들이.**

"……하지만 난, 요전에 7계층에서도 죽을 뻔했는걸? 그런 내가 10계층에 가봤자……."

"하지만 자만심이 불러온 실패를 경험하셨으니까, 지금의 벨 님에겐 그런 실수는 없지 않을까요? 굳이 말하자면 한번 혼이 나면서 벨 님은 모험자로서 그릇을 더 갈고 닦았다고, 릴리는 그렇게 생각해요."

"……."

"게다가 벨 님은 '마법'을 얻었잖아요. 그 마법은 강력해요. 지금의 벨 님에게는 약점이 없어요."

어제 릴리에게는【파이어볼트】를 쓰는 것을 보여주었다.

일부러 보여주었다기보다는 '마력'을 강화하고——주신님께는 어젯밤에 【스테이터스】 갱신을 받아왔다——활용에 익숙해지기 위해서였지만, 릴리에게는 절찬을 받았다. '속공마법'이라는 속성은 솔로로 던전에 내려가던 내게는 그만큼 가치가 있었다.

"다른 모험자님의 파티를 따라 11계층까지 내려간 적이 있는 릴리가 보장해요. 벨 님은 10계층에선 아무런 어려움도 없을 거예요. **절대로요**."

마법을 얻기 전부터, 에이나 누나에게서는 10계층까지 내려가도 좋다는 허락을 받아놓았다(엄중한 주의가 있긴 했지만). 그렇게 생각하면 릴리 말대로 마법이 나타난 지금이라면 10계층은 확실하게 공략할 수 있을지도 모른다.

전진이냐, 현상유지냐.

"……사실, 릴리는 조만간 거금을 준비해야만 해요."

"뭐? 그건 혹시……."

"사정은 말씀드릴 수 없어요. 다만 릴리네 【파밀리아】랑 관계가 있는 거라……."

생각을 굴리는 내게 추가타를 가하듯 릴리는 자신의 사정을 털어놓았다.

어제 릴리가 3인조 모험자들과 다투던 광경이 떠올랐다. 의식과는 상관없이 어깨가 흠칫 떨렸다.

"제발 릴리의 부탁을 들어주시면 안 될까요, 벨 님?"

릴리는 고개를 숙이고, 살짝 눈을 치뜨며 나를 올려다보앗다.

　……만일 정말 【파밀리아】의 약속사항이 달려 있다면, 내 간섭은——릴리에게 필요한 부담을 대신 짊어준다는 것은——그녀에게도 도움이 되지 못한다. 다른 【파밀리아】의 조직원에게 아무 대가도 없이 도움을 받았다면, 주위나 당사자들이 어떻게 받아들이느냐에 따라서도 다르지만, 그 【파밀리아】의 이름에 먹칠을 하는 꼴이 된다. 수치나 마찬가지다.

　나에겐 릴리의 사정을 알 방법이 없다. 물어본다 해도 분명 릴리는 사실대로 말해주지 않을 것이다.

　같은 상황이었다면 나도 그럴 테고.

　나는 손을 꽉 쥐고, 각오를 다졌다.

　"알았어. 가보자, 10계층."

　그렇게 말하자 릴리의 얼굴에는 웃음이 피어났다.

　"고맙습니다!"

　신이 나서 몇 번이고 고개를 숙인다. 나는 눈썹을 늘어뜨리며 쓴웃음을 지었다.

　"당장 출발할까? 아니면 만약을 위해 바벨에서 아이템을 좀 보충할까?"

　"아이템은 릴리가 어제 다 갖춰놨어요. 그보다 벨 님, 이거 써보시겠어요?"

　"……이건."

　지면에 내려놓은 백팩에서 릴리가 꺼내든 것은 까만 자

루를 가진 단검이었다.

《주신님 나이프》가 날길이 20C 정도라면 이 검은 50C가 될까말까했다.

쇼트 소드…… 아니, 바젤라드(baselard, 양날 단검)인가?

막대 형태의 폼멜과 가드가 검신에 수직으로 튀어나온 심플한 형태의 단검이다.

"이건 왜?"

"벨 님에게는 미안하지만 제가 준비했어요. 대형 몬스터랑 싸우게 되면 지금 벨 님의 무기로는 리치가 너무 짧으니까요. 안 그래도 릴리는 사정거리가 좀 긴 편이 좋지 않을까 전부터 생각했거든요."

"어, 준다는 거지? 공짜로 받는 건 좀……."

"릴리의 부탁을 들어주셨으니, 말하자면 은혜를 갚은 셈이에요. 받아주세요."

"……그렇게 말한다면야."

받아든 《바젤라드》를 칼집에서 뽑아보았다.

은색 검신은 양날에 얇았다. 의외로 가벼워 단도의 연장 정도라고도 할 수 있었으므로 검을 장비한 적이 없는 나도 비교적 다루기 쉬울 것 같았지만…….

"잘 휘두를 수 있으려나? 한 번도 써본 적이 없는 무기인데……."

"10계층에 도착할 때까지 시험해 보면 어때요? 7계층까지 나오는 적들이면 딱 적당할 것 같아요. 게다가 릴리의 눈이 틀리지 않았다면 벨 님은 단검하고도 상성이 좋을 거예요."

　수많은 모험자 파티와 행동을 함께 했던 릴리의 안목은 확실하다. 오늘까지 들었던 지적은 전부 정확했다.

　나는 릴리의 말을 의심 없이 믿기로 했다. 하지만.

　"아…… 나는 검대가 없구나……."

　칼을 걸기 위한 장비가 없다는 사실을 뒤늦게 깨달았다. 이래서는 칼집을 어떻게 해야 할지…….

　"벨 님, 벨 님."

　"?"

　"릴리의 기억이 맞다면, 그 프로텍터에 무기를 수납할 수 있지 않았나요?"

　아, 깜빡했다. 내가 말해놓고는.

　나는 《주신님 나이프》를 일단 프로텍터에서 빼고 수납장치를 조절해 《바젤라드》를 넣어보았다. 문제없다. 딱 들어간다.

　"릴리, 용케 기억했구나. 나는 벌써 다 잊어버렸는데."

　"에헤헤. 릴리도 갑자기 생각났어요."

　머리에 손을 대며 릴리는 멋쩍어했다.

　릴리의 모습에 미소를 짓던 나는, 이번에는 《주신님 나이프》를 다른 곳에 차야 한다는 현재의 상황을 깨달았다.

　"……."

　갑작스럽게, 내 머릿속에서 어젯밤 주신님이 했던 말이

울려 퍼졌다.

——그 서포터는 정말로 믿을 만한 인물이냐?

마치 지금 쥐고 있는 《주신님 나이프》가 말을 건 것처럼,
기억 속의 목소리가 두 번 세 번 내게 물었다.

"……."

나는 용서를 빌듯 조용히 눈을 감았다.

눈을 뜨고, 《주신님 나이프》를 렉 홀스터에 끼워넣었다.

시험관 사이즈의 주머니에 칼집과 함께 나이프를 꽂았다.

"……."

릴리는 그런 내 모습을 가만히 지켜보고, 살짝 고개를
숙였다.

"그럼 갈까?"

내 확인에, 릴리는 고개를 들고, 후드 안에서 살짝 웃으
며 고개를 끄덕였다.

"네."

"부탁하네, 튤. 사찰이라고는 하지만, 지나치게 엄중한
단속이 되지 않도록 하게."

"예, 알겠습니다."

길드 본부를 나온 에이나는 상사가 배웅하는 가운데 북
서쪽 메인 스트리트를 출발했다.

오늘 에이나는 길드가 관리하는 '바벨'로 출장을 나가 사찰을 하게 되어 있다. 길드 산하인 마천루 시설 니에서 무언가 부정행위가 일어나지는 않는지, 임대 물건들을 빌린 각【파밀리아】와 각 점포를 드나들며 검사를 하는 것이다.

사찰관임을 증명하는 완장과 푸른 스카프 세트를 감고, 미리 출발했던 다른 직원들보다 몇 분 늦게, 아직 이른 아침 시간대에 에이나는 도시 중심부로 향했다.

'결국 벨은 만나지 못했구나······.'

어제 방문했던【로키 파밀리아】에서 입수한 정보가 에이나의 머릿속에서 빙글빙글 돌아다녔다.

로키에게 마지막으로 들은 충고가 가슴 속에 되살아나, 벨의 현재 상황에 일말의 우려를 품었던 에이나는 약간 조바심이 나기 시작했다.

그야말로 어제 억지로라도 만났어야 했다는 후회가 들만큼.

'순서는 반대가 됐지만······ 기왕 이렇게 됐으니 먼저 헤스티아 님께 사정을 설명드리자.'

오늘 자신이 사찰을 나갈【헤파이스토스 파밀리아】의 점포에서 최근 일하게 되었다는 여신의 얼굴을 떠올리며, 에이나는 예정을 결정했다. 공사혼동, 직권남용 같은 말이 성실한 뇌리에서 언뜻 떠올랐지만 알 게 뭐냐며 걷어차버렸다.

"아."

"……?"

대로에서 센트럴 파크로 발을 들이고 한동안 나아갔을 때였다.

북서쪽 메인 스트리트에서 막 나온 자신과 합류하듯, 북쪽 메인 스트리트 방향에서 그녀가 다가온 것이었다.

"……아, 안녕하세요. 발렌슈타인 씨."

"……안녕하세요."

동요하며 인사하는 에이나에게 아이즈는 꾸벅 고개를 숙였다. 사금을 섞어 빚어낸 듯한 금발이 그녀의 동작에 따라 흔들렸다.

뭐라 대응할지 한순간 난처했지만 바로 어제 자기소개를 했던 사람과 이대로 헤어지기도 민망해, 에이나는 아이즈에게 말을 걸었다.

"발렌슈타인 씨, 오늘은 무슨 일이신가요?"

"아이템을, 사러 갈까 하고요."

"아, 바벨에서요?"

고개를 끄덕이는 아이즈와 몇 마디 이야기를 나누니, 그녀는 아이템을 구입한 후 던전에도 내려갈 예정임을 알 수 있었다.

어제 리베리아가 갔던 곳과 다른 가게를 이용하나 싶어 조금 의문을 느꼈는데, 무기와 방어구를 착용한 아이즈의 모습을 새삼 보고 이해가 갔다.

이 아름다운 외견에서는 도저히 상상할 수 없지만, 그녀

는 【검희】라는 별명 외에도 전투로 날을 지샌다는 뜻에서 '전희'라는 별명을 모험자들에게 헌상받은 바 있다

'······아직도 기운이 없나봐.'

어제 풀이 죽었던 아이즈의 모습을 아는 에이나는 어딘가 패기가 없는 목소리와 살짝 아래쪽을 향한 얼굴을 보고 눈치를 챘다.

마음에 두었던 남성을 놓쳤다는 그 사건이 어지간히 충격을 준 것일까.

이런 미소녀를 두고 도망치는 남자가 있다니 얼굴을 좀 보고 싶다는 생각을 하면서, 에이나는 귀여운 동생을 위해 잠시 발 벗고 나서고자 했다.

"발렌슈타인 씨. 얼마 전에는 고마웠어요. 제 담당 모험자를 구해주셔서."

"······?"

"기억하지 못하시려나요. 얼마 전에 5계층에서 날뛰던 미노타우로스를 쓰러뜨려서, 아슬아슬하게 구해주셨다고 들었거든요."

"···········미노, 타우로스."

"네. 모험자의 이름은 벨 크라넬. 그 아이가 당신에게 매우 고마워해서······."

벨이라는 이름을 들은 순간, 아이즈의 고개가 무참할 정도로 푸욱 꺾였다. 소년의 호의를 전하려 했던 에이나는 그 모습에 깜짝 놀랐다.

한동안 말없는 시간이 흐르고, 바벨을 눈앞에 두었을 무렵, 아이즈는 감정이 희박한 얼굴에 어딘가 침통한 표정을 띠며 조심스레 입을 열었다.

"……제가, 무섭게 만들었던 것 아닌가요?"

"네, 네에……?"

에이나는 진심으로 당황한 목소리를 쥐어짜낼 수밖에 없었다.

"────?"

그때 문득, 에이나의 시야에 어떤 광경이 들어왔다.

시야 한구석의 활엽수 한 그루 밑에, 몸을 맞대고 선 네 명 정도의 모험자가 있었다.

그중 세 사람의 방어구 새겨진 것은 초승달을 배경으로 놓인 술잔의 엠블럼……【소마 파밀리아】의 심벌이었다.

에이나는 반사적으로 독순술을 구사해 그들의 입술 움직임을 읽었다.

"────작전대로 ────실패해선────"

"나도 알아──── 아데 쪽은────"

거리가 멀어 일부 놓친 부분이 있긴 하지만, 에이나의 에메랄드색 두 눈은 그 말을 확인했다.

직접 벨의 이름이 나온 것은 아니었지만, 그들은 분명 소년이 고용한 서포터의 이름을 입에 담았다.

이윽고 그들은 뿔뿔이 흩어져, 멀리 우뚝 솟은 바벨을 향해 움직였다. 아마도 던전을 향해.

"……왜, 그러시나요?"

에이나의 이변을 깨달았는지 아이즈가 고개를 들고 물었다.

평소보다 진지한 표정을 지은 에이나는 흔들리는 눈으로 아이즈를 잠시 바라본 후, 망설임을 떨치듯 그녀에게 고개를 숙였다.

"무례를 무릅쓰고 부탁드립니다. 제 담당 모험자를, 벨 크라넬을 도와주세요."

"……."

"제 과민반응일지도 모릅니다. 하지만 그는 아마 사건에 말려들고 있을 거예요. 뻔뻔한 짓이라는 것은 잘 알지만, 부디 힘을 빌려주셨으면 해요."

"그건, 어제 말씀하신……?"

어제 저녁에 응접실에서 나눈 이야기를 들었던 아이즈는 에이나가 말하려는 것을 금방 눈치 챈 모양이었다. 얼굴을 든 에이나는 고개를 끄덕이고, 【소마 파밀리아】로 보이는 파티가 지금 막 출발한 것을 포함해 이제까지의 자세한 경위를 설명했다.

에이나의 말을 다 들은 아이즈는 알겠다며 고개를 끄덕였다.

"괜찮으시겠어요?"

"네……. 저도, 아직 제대로 사과하지 못했으니까요."

마지막 말에 한순간 의문을 느끼면서도 에이나는 길을

양보했다.

그대로 아이즈를 배웅하려다가, 마지막으로 생각이 난 것처럼, 금발의 뒷모습에 소리를 질렀다.

"저기, 발렌슈타인 씨!"

"……?"

"벨은…… 벨 크라넬은, 당신이 도와준 것을 정말로 고마워했어요!"

에이나가 전한 그 말에, 아이즈는 살짝 눈을 크게 뜨더니.

그리고 또렷하게, 입가를 누그러뜨리며, 조그맣게 웃었다.

8~9계층은 던전의 경치와 지형이 크게 변화한다.

우선 룸의 수가 많아지며, 또한 넓다. 룸과 룸을 잇는 통로는 짧은 것뿐이며, 이에 따라 3M에서 4M이 고작이었던 천장 높이가 10M 정도까지 올라간다.

나무색 벽면에는 이끼가 달라붙고, 지면도 짧은 풀이 돋아난 초원으로 바뀐다. 머리 위에서 비치는 강한 인광은 태양빛을 방불케 해 마치 평원에 들어온 것 같은 착각마저 느껴진다.

출현하는 몬스터는 이제까지의 총연습이라 해도 좋을 것이다. 새로운 종류의 몬스터가 없는 대신 고블린이나 코볼트가 더 강해진 상태로 나타난다. 그러나 상대의 힘을 잘못 가늠하는 일만 없으면 이제까지 했던 것처럼 싸울 수 있으므로, 8~9계층은 비교적 공략이 쉬운 계층이라 할 수 있다.

그 증거로 우리는 며칠 사이에 다음 계층으로 이어지는 계단에 도달했다.

그리고 오늘의 핵심인 10계층.

이 계층은……

"안개……."

짙지는 않은, 그러나 시야를 가리기에는 충분한 하얀 안개가 던전 안에서 피어났다.

10계층의 던전 구조는 8~9계층의 형태를 거의 그대로 답습한 것이었다. 다만 천장에서 내려오는 광원만은 햇빛처럼 찬란하지 않아, 마치 아침 안개를 연상케 했다.

던전에 들어온 후 처음으로 겪는 시야 방해 효과.

"릴리, 떨어지면 안 돼."

"……네."

조금 전부터 몇 번이나 되풀이했는지 모를 말을 릴리에게 했다.

물론 안개 때문에 서로 뿔뿔이 흩어지는 것도 걱정이지만, 그보다도 나는 어제 모험자 사내가 습격하지는 않을까 주의를 기울였다. 이 계층에 오기 전까지도 끈덕지게 릴리를 돌아보며 확인했으므로, 어쩌면 이미 질려서 물러났을

지도 모른다.

'그건 그렇다 쳐도…… 의외로 나한테 잘 맞네, 이거.'

나는 릴리의 기척에 의식을 할애하는 한편 손에 든《바젤라드》를 보았다.

활용도는 매우 높았다. 단도를 사용하던 습관 때문에 아직은 간격을 벌리는 것이 서툴기는 하지만, 충분히 합격점이라고 생각했다. 킬러 앤트도 여유를 두고 요리할 수 있었다.

리치의 길이가 정말 신선했다. 안전지대에서 퍽퍽 공격을 퍼부어대는 기분이었다.

위력은 역시 《주신님 나이프》만은 못한 것 같지만, 배부른 소리를 할 수는 없지.

"……!"

통로를 하나 빠져나가자, 시야가 탁 트였다.

초원이 이어지는 매우 넓은 룸. 안개가 자욱하기는 해도 공간의 한복판 언저리까지는 볼 수 있었다.

그리고 그 경치 속에, 나뭇잎과 가지를 잃은 고목이 주위에 점점이 서 있었다.

"……"

안개 속에 으스스하게 솟아난 나무를 보며 나는 얼굴을 찡그렸다. 일단은 몬스터가 태어나는 벽을 피해 룸 안쪽으로 나아갔다.

1, 2M 정도 되는 고목의 무리에 다가간다. 나뭇결은 의

외로 단단해 보였으며, 줄기는 아래에서 위로 올라감에 따라 극단적으로 가늘어지는 매우 괴상한 구조였다.

──아아, 역시 이게 바로.

나는 쓸쓸한 심정으로 나무들을 둘러본 다음 릴리에게 돌아섰다.

"어떡할까, 이거. 미리 베어버릴까?"

"아뇨, 그럴 시간은 없을 것 같아요."

전방을 가만히 보는 릴리. 나는 흠칫했다.

등줄기가 찌릿찌릿 떨리는 긴장감을 느끼며 나는 뒤로 돌아섰다.

커다란 실루엣이 안개 너머에서 출렁거렸다. 귀를 때리는 커다란 발소리와 끊임없이 이어지는 지면의 진동이 신발을 통해 온몸으로 전해졌다.

나는 얼굴이 뻣뻣해지려는 것을 꾹 참으며 이를 악물었다.

『부흐ㅇㅇㅇㅇㅇㅇ······.』

나직하게 으르렁거리는 소리와 함께 대형급 몬스터 '오크'가 모습을 나타냈다.

갈색 피부에 돼지 머리. 아무렇게나 벗겨낸 낡은 므피를 허리 언저리에 감아 마치 누더기 스커트를 입은 것 같았다. 신장은 3M도 넘을 것 같다. 미노타우로스보다 약간 큰 정도였다.

다만 그 소 몬스터가 다부진 근육질인 것과 달리 오크는 펑퍼짐하고 굵은 체격이었다.

"역시, 크구나……."

"도망치면 안 돼요, 벨 님."

피해갈 수 없는 길이라고 말하는 릴리에게 나는 침을 삼키며 고개를 끄덕였다.

그렇다. 이 오크를 쓰러뜨리지 못하면 이보다도 더 강한 대형 몬스터는…… 미노타우로스는 평생 공략하지 못한다.

나보다도 훨씬 커다랗다고 해서 움츠러들기만 해서는 안 된다.

나는 크게 숨을 들이마시고, 눈에 힘을 주었다.

『꾸훅, 꾸으으으으으으으윽……!』

오크가 짓이겨진 누런 눈으로 나와 릴리를 노려보았다.

사냥감을 확인한 돼지 괴물은 땅을 울리는 소리를 내며 나무 사이를 빠져나오며 옆으로 손을 뻗었다.

그리고 그 커다란 팔로 한 그루의 나무를── **뽑았다.**

미궁의 자연 요소였던 고목은 그 순간 무뚝뚝한 곤봉으로 탈바꿈했다.

'랜드 폼'.

던전의 성가신 속성 중 하나.

이 살아 있는 던전이 미궁 내를 배회하는 몬스터들에게 제공하는, 천연의 무기.

10계층에서 처음 나타나는 이 지형효과는 대체로 몬스터의 능력을 뒷받침해준다.

맨손이나 비무장 상태로는 해치울 수 있던 몬스터도, 던전의 이러한 지원을 받으면 성질이 확확 달라지고 마는 것이다.

"타이밍 진짜 안 좋네……."

'랜드 폼'은 파괴가 가능하지만 이것 또한 던전의 일부이므로 시간이 지나면 당연하다는 듯 회복이 된다. 몬스터가 사용한 후에도 마찬가지다. 이 고목도 금방 원래 있던 장소에서 돋아난다고 한다.

보통은 시간이 있으면 '랜드 폼'을 파괴해 조금이라도 몬스터의 강화를 막는다지만…… 정말 타이밍이 안 좋았다.

완전무장한 오크와 나는 얼마 안 되는 거리를 남기고 대치했다.

"……."

오크가 뿜어내는 거친 숨소리의 간격이 점점 짧아졌다.

대형급 몬스터와의 첫 전투. 격렬해지는 긴박감.

폭발할 것 같은 심장을 의지력으로 억누르고, 나는 어깨에서 힘을 뺐다.

그리고 오크가 포효를 질렀다.

『꾸워어어어어어어어어어어어어어어어어어어어어어어어어어어어어어어!!』

전투 개시 신호.

그 소리를 들으며 나는 오크를 향해 뛰어나갔다.

'공격을 받을 수는 없어!'

체격 차이만 봐도 확실히 알 수 있듯, 나는 오크의 공격을 막지 못한다.

맞으면 그 즉시 날아가고 말 것이다. 프로텍터로 방어하는 건 말도 안 된다.

'반대로 내가 노려야 할 곳은⋯⋯!'

우선 하반신. 특히 땅을 단단히 디딘 두 다리.

크다고 다 좋은 것은 아니다. 아니, 솔직히 말해 저 사이즈에는 내심 두려움을 뿌리칠 수 없지만, 아무튼 큰 놈에게는 큰 놈 나름대로 약점이 있다.

표적이 커다랗다는 것은 당연하고, 일단 기동성이 떨어진다.

오크처럼 움직임이 둔한 몬스터는 더욱 그렇다. 지나치게 체중이 무거우면 균형을 잃기도 쉽다.

일격.

일격이다.

상대의 일격을 피할 수 있다면 나에게 돌아올 이익은 크다.

시야 안의 오크가 쑥쑥 다가온다!

『꾸워어어어어어어어어어어억!』

일직선으로 달려드는 내게 오크는 곤봉을 들었다.

뿌리였던 부분이 둥그스름해 마치 해머 같은 그것을 머리 위로 높이 높이 치켜든다.

치켜들었다는 것은⋯⋯!

"흡!"

나는 겁먹지 않고 돌진했다.

내려치는 공격은 수평공격과 달리 효과범위가 좁다. 궤도만 간파하면 회피는 매우 쉽다. 지면에 내리꽂히기 때문에 연속공격을 당할 걱정도 없다.

곤봉을 든 동안 상대는 완벽히 허점투성이.

단숨에 밀어붙여줄 테다!

『꾸후우우욱!』

"정답!"

『――꾸흑?!』

날아드는 곤봉을 여유롭게 피하고.

돌격의 기세를 늦추지 않은 채 오크의 옆을 스쳐 지나가면서 동시에 옆구리에 참격을 꽂았다.

베어나간 배에서 녹색 선혈이 뿜어져 나오고, 오크는 견디지 못해 고함을 질렀다.

초원이 더 진한 녹색으로 물들었다.

"흡!!"

텅 빈 등 뒤에서 예정대로 오른발을 노렸다.

지면에 스칠 듯이 베어 올리는 공격.

두 손으로 든 단검의 칼끝이 풀을 베고, 다음으로는 오크의 굵고 짧은 다리에 칼날이 꽂혔다.

『―――――――――――――――――――――――!!』

귀를 찢는 절규.

무릎에 박혀 안쪽으로 파고든《바젤라드》는 잠시 멈추었다. 딱딱한 뼈의 감촉, 그리고 오크의 체중까지 걸려 검신이 더 이상은 움직이지 않았다.

그래도 나는 이를 악물고.

오크를 들어 올리듯, 힘을 주어《바젤라드》를 밀어붙였다.

"이, 자식――――――――――――――――――――!!"

절단한다.

단검이 힘차게 오른발에서 빠져나가고, 한쪽 다리를 잃은 오크는 풀밭에 엎드려 쓰러졌다.

짓이겨진 비명에 룸 전체가 흔들리는 충격. 오크는 고통에 몸부림쳤지만 나는 멈추지 않았다.

탁탁, 오크의 거대한 등 위를 뛰어가, 뒷머리를 노려, 칼끝이 아래로 가게 겨눈《바젤라드》를 내리쳤다.

둔탁한 소리와 함께 칼날이 오크의 머리를 관통했다.

『끅, 꺼억…….』

"벨 님, 한 마리 더 왔어요!"

"!"

한 차례 크게 경련하며 마침내 숨이 끊어진 몬스터에게서 고개를 들고, 릴리의 말대로 우리가 왔던 통로의 반대 방향에서 나타난 오크를 보았다. 전투 소리를 들었는지 벌써 흥분한 채로 안개의 바다를 헤치고 온다. 주위의 천연 무기를 장비하려고도 하지 않는다.

나는 숨이 끊어진 오크에게서 뛰어내려 오른팔을 내밀

었다.

빗나갈 리가 없다.

부릅뜬 두 눈을 커다란 몸집에 조준하고, 나는 단숨에 마법의 방아쇠를 당겼다.

"【파이어볼트】!"

『꿀러어어어어어어어억!!』

벼락처럼 구부러지는 불꽃의 칼날이 오크의 가슴에 명중했다.

오크는 고함을 지르며 주춤거렸지만, 그것이 전부였다. 시커멓게 그을린 가슴은 터져서 너덜너덜해졌는데도 아직 격파까지는 가지 않았다.

역시 이제 막 발현한 만큼 지금 내 마법으로는 오크를 일격에 쓰러뜨릴 수 없는 모양이었다. 【파이어볼트】의 위력은 아직 약하다.

하지만——.

"——파이어볼트!!"

연사.

잇달아 쏟아져 나간 '속공마법'이 다시 오크를 엄습했다.

한 치의 오차도 없이 같은 곳에 공격을 받은 오크는 가슴에서 일어난 대폭발에 턱을 얻어맞아 천장을 올려다보는 꼴로 비틀비틀 뒷걸음질치다…… 굳어버렸다.

『…….』

말없이, 회색 먼지로 변한다.

두 번에 걸쳐 【파이어볼트】가 직격한 가슴에는 구멍이 뻥 뚫렸고, 그 안에 있었을 '마석'은 깔끔하게 모습을 감춘 것이다.

오크였던 물체가 스러져가는 모습을 지켜보고, 나는 거친 호흡을 몰아쉬며 천천히 팔을 내렸다.

'이겼다…….'

통했다.

검도, 전술도, 마법도.

나보다 훨씬 큰, 미노타우로스 같은 대형급 몬스터에게.

평정을 되찾았던 심장이 이번에는 차츰 열을 띠었다.

달성감과, 아마도 충실감.

입가를 천천히 치켜올리며, 달아오른 감정을, 나는 마음껏 곱씹었다.

"릴리, 해냈어……."

희색을 지으며 돌아본 내 시야에 비친 것은, 하얀 안개뿐이었다.

오늘까지 행동을 함께 했던 파트너가 홀연히 사라지고 말았다.

그때까지의 감정이 순식간에 날아갔다.

"릴리?!"

비명에 가까운 목소리가 목에서 터졌다.

흠칫 고개를 좌우로 돌리며 나는 룸을 돌아보았다. 하지만 눈에 비치는 것은 자욱한 안개뿐, 릴리의 모습은 온데

간데없었다.

최악의 예상이 떠오르기는 했지만 즉시 머리를 식히며 그 자리에서 뛰어나갔다.

만약 그 모험자가 습격했던 거라면 릴리도 소리를 지르거나 저항을 했을 것이다. 몬스터와 무슨 일이 있었으리라 생각하는 편이 현실성이 있었다.

나는 시야가 좁은 정사각형 룸 안을 이리저리 돌아다녔다.

"······?"

조바심을 내며 고목 사이를 누비듯 달리고 있으려니, 갑자기 괴이한 냄새가 코를 휩쌌다.

팔로 입가를 막으며 시선을 주위로 돌렸다. 이내 냄새의 근원을 찾을 수 있었다.

나무 밑에, 생생한 피비린내를 풍기는 고깃덩어리가 굴러다니고 있었다.

"이건······ 몬스터를 끌어들이기 위한?"

무릎을 꿇고, 특수가공된 기름진 고깃덩어리를 응시했다.

틀림없다. 분명 아이템 숍에서 팔던 것이다. 모험자가 많이 오가는 던전에서 사냥의 효율을 높이기 위해, 몬스터를 끌어들이는 트랩 아이템······.

대체 이게 여기 왜······.

"――."

강하게 땅을 울리는 소리가 들렸다. 오크였다.

게다가 발소리는 하나가 아니었다. 어설픈 합주처럼 여

러 겹으로 울려 퍼졌다.

그리고 나는 깨달았다. 번들번들 광택을 발하는 고깃덩어리가 주위 일대에 흩어져 있음을.

생각이 한순간 정지하고 말았다. 그리고 바로 근처까지 육박한 기척의 숫자에 나는 말을 잃었다.

"……이럴 수가."

──네 마리.

사이좋게 어깨를 나란히 하고 전방에서 다가오는 오크의 무리에 나는 아연실색 중얼거렸다.

한 마리여도 벅찬 상대를 동시에 네 마리나 감당해야 하다니, 무리다. 당해낼 수 없다. 금세 포위당해 목숨을 잃을 것이다. 하나하나 대처하려 해봤자 몸집이 저렇게 크니, 사정거리가 긴 천연무기라도 장비했다간 반드시 언젠가 공격을 맞고 말 거다.

도망치자. 도망쳐야 한다.

내 힘으론 이 상황을 해결할 수 없다.

하지만 릴리는?

만일 부상이나 모종의 이유로 이 룸에서 움직이지 못하고 있다면?

남겨두라고? 릴리를?

피비린내에 이끌려 다가온 오크들은 이미 나를 발견하자마자 온건하지 못한 분위기를 풍기기 시작했다. 굵은 팔의 근육이 천천히 팽창하고 녹색 혈관이 떠올랐다.

이제 일전은 피할 수 없는 거리까지 좁혀져, 그래도 내가 움직이지 않고 있으려니.

시야 바깥쪽에서 바람 가르는 소리가 휙 들렸다

"?!"

째앵! 왼쪽 다리에서 무언가가 튕기는 소리가 울리고, 렉 홀스터의 일부가 허공에 떠올랐다. 나이프가 담긴 그 자루였다.

홀스터의 가죽 잠금쇠에는 반짝반짝 빛나는 금속 화살이 박혀 있었다.

내가 눈을 크게 뜬 가운데 오크들은 이를 시작 신호로 삼은 것처럼 일제히 달려들었다.

『꾸워어어어어어어어어어어어어어어어어어어어억!!』

"헉?!"

천연무기를 장비한 오크 두 마리가 크게 휘둘러 공격했다.

나는 체면 가리지 않고 옆으로 몸을 날려 그 자리를 벗어났다.

쉴 틈도 없었다. 둔중하면서도 넓은 보폭으로 순식간에 간격을 잡아먹은 나머지 두 마리가 나를 붙잡으려 들었다.

"우, 와악!!"

얼굴 바로 옆을 가로지르는 굵은 팔에 비명을 질렀다.

정말 장난이 아니잖아! 어떡하지, 이거?!

지금만큼 솔로의 폐해를 맛본 적이 없었다. 숨 쉴 틈도 없는 몬스터들의 난폭한 폭풍에 나는 초조함을 띠며 필사적으로 피했다.

그리고 수평으로 날아든 곤봉의 일격을 피한 그 때였다.

오크들의 몸 너머로 릴리가 오종종 걸어가는 것이 보였다.

"릴리?! 어, 으아악!!"

소리를 지른 것과 동시에 오크의 공격이 나를 스쳤다. 의식을 다른 곳으로 돌릴 틈이 없다.

그 사이에 릴리는 내 다리에서 풀려난 홀스터를 휙 들더니 안에서 《주신님 나이프》를 꺼냈다.

자세히 보고는, 그것을 품 안에 넣고, 내 쪽으로 돌아서서, 여느 때처럼 웃음을 지었다.

"미안해요, 벨 님. 이제 그만 끝내야겠네요."

"릴리, 무슨 소리야?!"

"······릴리는 벨 님이 좀 더 사람을 의심하는 법을 배우는 게 좋을 것 같아요."

내 당황한 외침에 릴리는 귀엽게 고개를 옆으로 까딱했다.

눈동자는 후드와 앞머리에 가려져 보이지 않았으며, 조그만 입술은 웃음을 머금은 채였다.

그것도 어딘가 서글프게.

"기회를 봐서 도망치세요."

마지막 조언을 남기듯 릴리는 오크들 너머에서 그렇게 말했다.

커다랗게 부푼 백팩을 고쳐메고, 그녀는 내게 등을 돌렸다.

"안녕, 벨 님. 이젠 만날 일이 없겠지요."

마지막으로 고개만 이쪽으로 돌리고, 릴리는 안개 너머로 사라졌다.

"릴리, 릴리?! ──아, 진짜! 거치적거려!!"

『꿀럭?!』

"사람이 너무 좋아요, 벨 님은."

보통 사람은 도저히 옮길 수 없을 만한 짐을 들고 릴리는 통로를 달렸다.

두 어깨에 짊어진 백팩의 어깨띠를 붙잡은 채 망설임 없이 나아간다.

릴리는 벨에게 두 가지 거짓말을 했다.

한 가지는 돈이 궁한 서포터라고 했던 것.

릴리는 도둑이었다. 사기꾼이라 해도 과언이 아닐 것이다.

실수입이 높은 직종인 모험자를 노리며, 특히 값비싼 장비나 귀중한 아이템을 훔치는 도적.

따라서 대형 스미스 파벌인【헤파이스토스 파밀리아】의 나이프를 가진 벨을 타깃으로 삼아, 오늘까지 행동을 함께했던 것이다.

가난한 서포터 운운했던 것은 벨에게 접근하기 위한 방편일 뿐이었다.

그리고 또 하나는——.

"아."

풍압에 후드가 머리에서 벗겨졌다. 부석부석한 털결을 가진 짐승의 귀가 드러난다.

릴리는 그 귀를 조그만 손으로 탁탁 쓰다듬으며 살짝 영창했다.

"【울려 퍼지는 열두 시의 알림】."

재를 뿌리는 듯한 회색빛이 릴리의 머리를 감쌌다.

빛은 소리도 내지 않고 녹아들고, 눈 깜짝할 사이에 **머리의 귀가 사라졌다**.

눈가를 덮었던 앞머리도, 허리춤의 꼬리도 말끔히 사라졌다.

"역시 완전히 **변신**하지 않고 살짝 부품만 건드리는 편이 효율은 좋네요."

벨이 이 자리에 있었다면 흠칫했을 것이다.

커다란 밤색 눈동자에, 쾌활하고 귀여운 얼굴. 수인 어린이의 잔영은 어디에도 없었다.

현재의 릴리는 분명, 벨이 그때 골목에서 만났던 호빗 소녀였다.

릴리의 또 다른 거짓말. 그것은 정체를 숨긴 것이었다.

모험자 사내에게 쫓겼던 매우 수상쩍은 호빗이라는 인

상을 불식하기 위해, 옛날에 발현했던 이 변신 마법——【신다 엘라】로 자신의 외견을 가장했던 것이다.

릴리는 이 특수한 마법을 구사해 수많은 모험자를 속였다.

피해를 입은 모험자가 분노에 미쳐 날뛰며 도둑을 쫓아와봤자 그 인물은 이미 릴리에게는 남남이 되므로 붙잡힐 수가 없었다. 모험자들 사이에서 소문으로 나도는 '도둑질하는 여러 명의 호빗'은 릴리의 마법이 보여준 성고였다.

때로는 서포터를 가장하고, 때로는 무해한 시민을 가장해.

다른 사람으로 변신하는 것만이 아니라 종족을 넘어선 신체적 특징까지도 부여할 수 있는 마법의 효과를 구사해, 릴리는 오늘까지 악행을 거듭했다.

'역시 그 모험자에게 마법 쓰는 장면을 들킨 게 화근이었어요…….'

골목에서 쫓아왔던 그 사내는 릴리에게 금품을 도둑맞았던 모험자 중 하나였으며, 우연히 【신다 엘라】를 발동하는 장면을 목격하고 그녀의 정체를 알아차린 것이다. 골목길의 그 도주극에는 그런 진상이 있었다.

그때는 간신히 별 탈 없이 넘어갔으나, 그 모험자는 아무래도 벨에게 쓸데없는 고자질을 한 것 같았다.

벨과 그가 밀담을 나누는 모습을 본 어제부터, 스녀이 릴리를 대하는 태도는 분명히 달라졌다. 연신 그녀를 확인하고, 몇 번이나 몇 번이나 몰래 이쪽을 살폈다. 마치 릴리를 의심하거나, 혹은 자취를 감출까봐 경계하듯.

이젠 물러날 때라는 판단에는 틀림이 없었으리라.

'……이젠, 더 이상은.'

벨에게서 얻었던 이익이 아쉽기도 했으며.

이젠 다 끝나버렸다고, 소년이 주었던 편안함에 미련을 느끼기도 했다.

도둑인 자신과, 도저히 정체를 알 수 없는 자신이 함께 존재했다.

알고는 있었다.

이 상반된 마음이 아무리 깊어진다 해도, 이는 쓸데없는 감정일 뿐이라는 것을.

더 이상 소년과의 관계를 지속할 수는 없다.

코앞에 떨어진 위험에서 눈을 돌릴 수는 없었다.

모든 것을 알면 벨은 당연히 릴리를 용서하지 않을 테니까.

"……."

릴리의 얼굴이 어두워졌다. 그러나 이내 흠칫 고개를 들고 설레설레 도리질을 쳤다.

새삼스레 무슨.

죄책감을 걷어차버린다. 모험자에게 얽매이다니, 이래서야 완전히 웃음거리 아닌가.

모험자 따위 전부 똑같으니까.

벨도 속으로는 릴리를 우습게 보았을 것이 분명하다. 단순한 짐꾼이라고 조롱하고, 언젠가는 릴리를 배신했을 것이다.

릴리는 억지로 눈썹을 치켜세웠다.

'모험자 따위, 모험자 따위……!'

릴리는【소마 파밀리아】의 부부 조직원 사이에서 태어난 아이였다. 즉, 태어났을 때부터 그녀는【소마 파밀리아】의 말단이어야만 했다.

그렇기에 릴리는 릴리로 태어난 시점에서 이미 톱니바퀴가 어긋나기 시작했던 것인지도 모른다.

세상은 릴리에게 조금도 다정하지 않았다.

호빗 부모님은 나이도 어린 릴리에게 틈만 나면 돈을 벌어오도록 강요했다. 부모다운 일은 무엇 하나 해주지 않았으며, 정신이 들고 보니 세상을 뜬 후였다. 돈── '소마'를 갈망한 나머지 역량에 어울리지 않는 깊은 던전에 내려갔다가 허망하게 목숨을 잃었다고 한다.

소마를 두고 경쟁하는【소마 파밀리아】에서 릴리는 당연히 고립되었고, 외톨이가 되었다.【파밀리아】동료들은 어린 릴리를 신경도 쓰지 않았다. 괴로운 하루하루가 이어졌다.

그리고 파벌 확장 때 받은 소마를 한 모금 마시는 바람에, 릴리도 그 마력에 사로잡히고 말았다.

기댈 수 있는 동료는 없다. 자신의 힘만으로 돈을 모으고자 혈안이 되었다. 하지만 소용이 없었다. 릴리에게는 모험자의 재능이 없어, 서포터로 전직하는 길만이 남았다.

그리고 착취를 당했다.

모험자 파티의 서포터를 맡을 때마다 그들은 입을 모아 말했다.

마석을 빼돌렸지? 돈 훔쳐갔지? 이건 벌이야. 너에겐 몫을 나눠주지 않겠어.

억울했던 릴리는 오해라고 필사적으로 매달렸지만 그들은 기분 나쁜 웃음을 지으며 자신을 내칠 뿐이었다. 릴리가 몬스터에게 죽을 뻔해도 돌아보지 않았으며, 다쳐도 치료해주지 않았다. 짐을 잃어버리면 그냥 두지 않겠다고 걸어차기나 할 뿐이었다.

【소마 파밀리아】 사람들에겐 처음부터 기대도 하지 않았다. 던전에 내려갔다 온 다음에는 추악한 보수 경쟁이 기다리고 있었다.

'릴리는 모험자가 싫어요. 네, 정말정말 싫어요!'

소마의 마력이 떨어진 후, 한번은 눈물을 펑펑 쏟으며 【파밀리아】에서 도망친 적이 있었다.

【파밀리아】의 조직원이라는 이력을 버리고, 일반인인 척하면서 어떻게든 일자리를 얻어, 간신히 평화를 얻었던 것도 잠시. 하필이면 【소마 파밀리아】의 조직원에게 릴리의 소소한 행복은 박살 나고 말았다.

어디서 듣고 알았는지, 눈이 뒤집힌 모험자들이 릴리에게 쳐들어와 돈을 빼앗아갔던 것이다. 그녀가 있을 곳은 철저하게 박살이 났다.

그때까지 다정하고 싹싹했던 꽃집 노부부는 즉시 릴리를 쫓아냈다. 지저분한 것이라도 보는 듯한 그들의 눈을 릴리는 지금도 기억한다.

【소마 파밀리아】는 이곳에서도 자신을 괴롭혔다

릴리는 주신인 소마가 원망스러웠다. 왜 이딴 【파밀리아】를 만들었느냐고.

소마에게 악의는 없다. 해를 끼칠 생각도 없다. 애초에 【파밀리아】에는 흥미조차 없었다. 무관심했다.

소마는 아무것도 하지 않았으며, 해주지도 않았다. 【파밀리아】의 상태가 지금 어떻게 됐는지 파악하고 있는지조차 알 수 없었다.

어쩌면 그를 원망하는 것은 번지수가 잘못되었을지도 모른다. 그러나 릴리는 자신의 주신을 원망하지 않을 수 없었다.

결국 릴리에게 남은 길은 【소마 파밀리아】 소속 서포터로 살아가는 것뿐이었다. 어설픈 선택을 했다간──파벌의 고분고분한 하인을 연기해서라도 틀 안에 남아 있지 않고선──또 애꿎은 사람들이 피해를 입는다. 설령 【파밀리아】의 일부 조직원에게 좋은 돈줄 취급을 당하더라도, 다른 모험자들에게는 공짜 노동을 강요당하더라도.

그렇다. 모험자는 모두 똑같다.

자기들보다 약한 릴리에게 나쁜 짓을 한다.

그 소년도, 분명, 분명…….

'벨 님도…… 벨 님도!'

그 다정한 소년도 언젠가는 손바닥을 뒤집을 것이다. 틀림없다.

배신당하기 전에 배신하는 게 뭐 잘못이란 말인가.

자신을 손자처럼 귀여워해주던 노인 부부, 그들의 마지막 눈을 떠올렸다. 그렇다. 어차피 마지막에는 버림을 받는다. 버림을 받는다.

자신의 의지와는 반대로 쿡쿡 쑤시는 가슴을 모른 척하며 릴리는 힘껏 달렸다.

"오늘은 길드 사찰이 있으니까 공연한 짓 하면 안 돼, 신입."

"네~."

하프드워프 주인장에게 몇 번이나 주의를 받으며 헤스티아는 자신의 자리로 돌아갔다.

신을 신 취급하지도 공경하지도 않는 점원들에게는 이미 포기한 지 오래였으므로, 그녀는 트윈테일을 찰랑찰랑 흔들며 자신의 일에만 종사했다.

주로 접객을 맡은 헤스티아는 이윽고 찾아온 사찰원, 어디선가 본 기억이 있는 하프엘프 소녀를 마중했다.

"아, 자네는……."

"길드의 에이나 튤입니다. 예정대로 오늘은 사찰을 나왔습니다."

사무적인 태도를 보이는 에이나에게 헤스티아는 그것도 당연하다고 생각하며, 그녀를 가게 안으로 안내했다.

직무를 충실하게 이행하려는 그녀는 주인과 인사 및 확인을 거친 후 양피지와 펜을 손에 들고 가게 안을 돌기 시작했다.

"헤스티아 님."

"응?"

"한 가지 말씀드리고 싶은 것이 있습니다. 잠시 시간을 내 주실 수 없을까요?"

무기 진열장이며 냉온방 마석장치를 점검하고 있을 때, 헤스티아의 곁으로 다가온 에이나는 시선을 마주하지 않고 작은 목소리로 말했다. 헤스티아는 조금 놀란 후, 주위를 슬쩍 살피고, 안내를 맡은 것처럼 은근슬쩍 에이나를 가게 구석으로 유도했다.

"갑작스럽게 말을 걸어 놀랐어. 자네도 의외로 빈틈이 없는걸, 어드바이저."

"황송합니다."

시선을 나누지 않은 채, 작업을 하는 척하며 두 사람은 이야기를 나누었다.

괜찮겠느냐고 에이나가 묻자, 헤스티아는 선반을 짐짓 달그락거리며 고개를 끄덕였다.

"벨 크라넬이 고용한 서포터에 대해서입니다."

흠칫, 어깨를 떤 헤스티아는 손을 멈추고 에이나를 돌아보았다.

"그녀가 속한【소마 파밀리아】의 문제와 함께 말씀드리겠습니다. 부디 제 말을 잘 들어 주십시오."

어젯밤【로키 파밀리아】에서 있었던 일을 모조리 들으며 헤스티아의 얼굴은 점점 심각해졌다.

벨에게 달라붙은 서포터 릴리는 신주를 마셨을 가능성은 희박하지만, 모종의 목적이 있어서──그야말로 벨에게서 도둑질을 할 목적으로──다가간 것은 아닐까.

큰 일이 일어나기 전에 앞으로는 릴리와의 접촉을 끊어야 한다고, 에이나는 그렇게 말했다.

"헤스티아 님께서도 그를 설득해주실 수 있을까요?"

에메랄드색 눈동자로 이쪽을 바라보는 에이나를.

헤스티아는 잠자코 올려다보았다.

벨과 헤어진 룸에서 상층으로 가는 연결계단까지는 바로 지척이었다. 릴리는 별 어려움 없이 10계층을 벗어나 9계층, 8계층까지 착착 올라갔다.

릴리는 11계층까지는 던전의 지리를 철저하게 익히고 있었다.

그녀가 모험자에게서 도둑질을 하는 수법은 이번에 벨에게 했듯, 모종의 해프닝을 인위적으로 일으키고 혼란에 빠진 틈을 타 그들의 금품을 훔쳐 쏜살같이 내빼는 것이었다(혹은 눈치채기 전에 도망치거나).

이때 그들에게 추적을 당하면 본전도 찾지 못하므로, 릴리는 유연한 대응이 가능한 완벽한 도주경로를, 길드에 나붙은 계층별 맵을 머릿속에 단단히 새겨넣어 확보해두었다.

몬스터와 조우한다 해도 릴리는 다른 모험자에게 이를 붙이는 기술이 뛰어났다. 아니, 그런 기술만 늘었다.

그 후에는 훔친 물건을 처분하고 릴리로 돌아오면 추적자들은 더 이상 그녀를 쫓아올 수 없다.

악랄하고, 고식적이며, 혼자선 아무것도 못하는 릴리가 쓸 수 있는 최선의 수법이었다.

릴리가 이렇게 모험자들에게서 금품을 훔치게 된 이유는 어디까지나 복수, 앙갚음이었다.

한껏 자신을 괴롭혔던 그들에게서 이제까지 빼앗았던 것을 되찾겠다고 결심한 것이다. 【소마 파밀리아】의 조직원들 중에도 당한 사람이 있을 정도였다.

릴리는 그런 행위를 정당한 권리라고 믿어 의심치 않았다.

모험자는 모두 모험자라고, 이제까지도 앞으로도 한사코 주장한다.

……이제까지와는 달랐던 어떤 소년의 얼굴에서는, ㅂ 겁하게도 눈을 돌린 채.

'하지만 이로써, 목표 금액도 거의 달성했어요…….'

소마에는 이제 관심이 없었다. 오히려 지긋지긋했다. 마음 어디선가 겁을 먹기도 했다.

어렴풋이 향만 맡아도 다시 자신이 짐승처럼 미쳐 술의 마력에 사로잡히는 것은 아닐까 하고.

그렇기에, 도둑질해 모은 돈은 자신을 구제하기 위해 쓸 것이다.

많은 돈과 맞바꿔 언젠가 【파밀리아】를 탈퇴하는 것이다.

극단적으로 말해 릴리는 소마 신의 소유물이기도 하다. 자선조직이 아닌 길드에 도움을 청해봤자 놓아주지 않는다. 따라서 소마가 릴리를 놓아주어도 좋겠다고 생각할 만한 거금을 직접 제시하고, 자유를 얻으려는 것이다.

자신을 해방하는 것은 자신의 손으로. 그렇게 결심했다.

"으음!"

키가 큰 잡초를 밟으며 릴리는 뛰던 것을 멈추었다.

룸에 발을 들인 릴리의 정면, 한 줄기밖에 없던 통로 앞에 8계층 스펙의 고블린이 한 마리 어정거리고 있었다.

다른 모험자의 모습은 없다. 통로 한복판을 차지했으니 피해 지나갈 수도 없다.

왔던 길을 되돌아가면 시간을 크게 낭비한다. 벨이야 잇달아 몬스터가 달려들 테니 앞으로 반각 정도는 꼼짝도 못하겠지만, 돌발사태를 포함한 모든 상황을 고려해 릴리는 이곳을 돌파하기로 결심했다.

"릴리의 몸은 야만스러운 짓에는 어울리지 않는다고요."

그렇게 말하며 크림색 로브의 오른손 소매를 걷어붙였다.

그곳에서 나타난 것은 팔에 감긴 소형 핸드 보우건이었다.

'고블린에게 '마검'은 아까우니까요!'

오른발을 한 걸음 내디디며 보우건을 겨누었다.

호빗 종족은 하나같이 시력이 뛰어나다. 밤색의 동그란 눈동자가 예리해지더니, 고블린을 똑바로 쏘아보았다. 상대도 이쪽을 알아차렸다.

"빵야!"

무시무시한 속도로 금속 화살이 보우건에서 튀어나갔다.

대기를 꿰뚫은 고속의 화살은 고블린의 오른쪽 눈으로 빨려 들어갔다.

『끼기야아아아아아아아악!!』

"실례해요!"

비명을 지르며 눈을 움켜쥔 고블린의 옆을 지나 릴리는 룸을 빠져나갔다.

릴리도 머리만 쓰면 싸울 수 있다. 그러나 이는 대부분 무기의 성능과 아이템에 의존하는 행위였다. 몬스터 한 마리에 드는 비용을 따져보면 너무 수지가 맞지 않는다.

어디까지나 방어할 때만 릴리는 싸우고 있었다.

"릴리는 혼자서 뭐든지 할 수 있는 벨 님이 부러워요!"

마법 【신다 엘라】를 비롯해 릴리의 힘은 전투에는 적합하지 않았다. 릴리는 약한 몸이었다.

모험자에게 복수를 맹세한 후 얻은 마법도, 처음에는 약한 자신을 바꾸어주지 않을까 기대했지만, 효과를 알고는 매우 낙담했다.

그러나 차츰 자신이 할 수 있는 일과 할 수 없는 일을 정확하게 파악한 릴리는 자신의 능력을 최대한 살리는 방향으로 개척을 시작했다.

그 증거로, 도둑질에 이 방법을 채용하면서 착실하게 성공을 거두었던 것이다.

이제는 예전의 약한 자신을 비웃어줄 만큼 릴리는 강해졌다.

'7계층!'

벽 안에 파묻힌 계단을 뛰어올라 또 한 층을 주파했다.

던전의 벽이 연녹색으로 바뀌는 가운데, 릴리는 여전히 속도를 늦추지 않고 달렸다.

'이 계층만 넘으면 그 다음엔 쉽죠.'

몬스터의 경향으로 보자면, 이곳 7계층이 위험하다. 방심해선 안 된다.

이곳만 넘어가면 그 다음은 어떻게든 벗어날 수 있다. 릴리는 살짝 입에 힘을 풀고, 눈앞에 나타나기 시작한 다음 룸의 입구로 발을 놀렸다.

"이거 신나는데. 여기가 정답이었구만."

"에?"

좁은 통로를 벗어나 룸으로 뛰어든 그 순간.

옆에서 튀어나온 발이 키가 작은 릴리의 무릎에 걸렸다.

균형을 잃은 릴리는 요란하게 지면에 나뒹굴었다.

'뭐, 뭐지……?'

혼란에 빠져 땅에 손을 짚으며 일어나려 했지만 길쭉한 그림자가 릴리의 몸 위로 드리워졌다.

흠칫 고개를 들기도 전에 우악스런 손아귀가 몸을 잡아 일으키더니, 얼굴에 주먹을 날렸다.

"허극!!"

"사과 안 할 거냐? ……이 망할 호빗!"

코피가 줄줄 흘러내리는 동안에도 또 한 번, 있는 힘껏 주먹이 뺨을 후려쳤다.

눈의 초점이 맞지 않는 사이에 이번엔 발차기. 데굴데굴 지면에 굴러가고 백팩은 등에서 벗겨졌다.

여기에 추가타를 가하듯 복부에 발끝이 꽂혔다.

"──아악?!"

공처럼 날아가 한 번, 두 번 지면에 튀었다.

겨우 몸이 멈추었을 때, 릴리는 온몸을 엄습하는 다픔에 신음했다.

"아, 으윽, 으아아……?!"

"핫하하하하하하하하! 꼴좋다, 이 좀도둑아!"

깜빡거리는 시야 속에서 릴리는 간신히 목소리가 들린 쪽을 보았다.

휴먼 모험자. 어제 벨과 접촉했던 그 사내. 릴리의, 옛

고용주.

그는 추할 정도로 입을 틀어올리며 웃고 있었다.

"슬슬 그 애송이를 버릴 때라고 생각했거든? 이렇게 그물을 펼치고 있으면 분명 만날 줄 알았지!"

"그, 물……?"

"말도 안 되게 넓은 미궁에서 나 혼자 널 기다리는 건 확률이 낮은 도박이니까. **협력자**를 모아서 군데군데 박아놨거든."

던전의 면적은 광대하며, 5계층보다 아래쪽은 이미 센트럴 파크의 넓이를 넘어설 정도다. 하지만 다음 계층으로 이동하기 위한, 흔히 말하는 정규 루트는 사실 서너 곳밖에 없다.

사내는 그런 루트에 협력자를 배치해놓고 릴리를 매복했던 것이었다.

릴리는 그중에서도 바로 그가 기다리던 루트를 선택하고 말았던 셈이다.

"어디서 본 적이 있는 **백발 애송이**에게 달라붙은 걸 봤을 때는 설마 싶었는데…… 뭐야, 그 꼬맹이는 눈이 멀 정도로 좋은 걸 갖고 있었나 보지? 너무 경솔했던 거 아냐?"

"큭……!"

"뭐 아무렴 어때. 죽이기 전에 우선 내 칼을 훔쳐갔던 위자료를 받아내야겠어……!"

가진 것을 모조리 털어가겠다고 사내는 가학적인 눈으

로 말했다.

피가 멈추지 않는 코를 움켜쥐었던 릴리에게 손을 뻗어 로브를 벗기고 장비를 빼앗는다. 천옷만 남은 릴리는 저항다운 저항도 하지 못했다.

"마석에, 금시계에…… 어라라, 너 마검도 갖고 있었냐? 흐하하하하하하! 이것도 훔쳤구만?"

값비싼 마검의 존재에 사내는 기뻐했다.

아름다운 광택을 뿜어내는 나이프를 보며 눈에 띄게 기분이 좋아졌다.

사내는 그 붉은 나이프를 한손으로 돌리더니 시커먼 웃음을 지었다.

"큭큭큭……! 좋아. 용서해주마, 망할 호빗. 네놈에게서 이런 선물을 받았으니, 나도 도량이 넓다는 걸 보여줘야 하지 않겠……냐!!"

"어윽!!"

두 번에 걸쳐 배를 걷어차여 릴리는 숨이 막혔다.

야단났다야단났다야단났다. 조그만 가슴속에서 초조함이 단숨에 부풀었다.

어떻게든 도망치지 않으면 비참한 말로를 맞을 거라고, 아직까지 수그러들 기미를 보이지 않는 흉포한 기척을 느끼며 깨달았다.

그리고 조금도 숨을 들이마실 수 없었으며, 사내의 목소리가 멀리서 들리기 시작했음을.

"아주 요란한데, 게드 형씨."

그때 제삼자의 목소리가 들렸다.

"――헉?!"

"오~ 빨리 왔네?"

목소리가 들린 쪽을 보니, 룸의 통로 입구에 낯익은 사내가 있었다.

어제 릴리를 협박해 돈을 뺏으려던 자들 중 하나였다. 이제까지 몇 번이고 그녀에게서 금품을 뜯고 괴롭혀댔던 【소마 파밀리아】의 모험자였다.

릴리는 모든 것을 깨달았다. 사내가 말했던 협력자란 【소마 파밀리아】. 아마도 어제 벨과 접촉한 후, 그녀와 한바탕 다투었던 그들을 이용할 수 있으리라 판단하고 협조를 요구했으리라.

"들어보라고 카누. 이 자식이 마검까지 가지고 있었어. 너희 생각한 대로 돈을 잔뜩 모아놨을 것 같아. 으하하하!"

"……그래?"

기분 좋게 떠들어대는 사내―― 게드에게 카누라 불린 중년 수인은 어딘가 어둡고 축축한 눈동자를 가늘게 떴다. 기분이 좋아진 게드는 그 분위기를 감지하지 못했다.

"게드 형씨. 한 가지 제안이 있는데 말이지……."

"뭔데? 마검을 내놓으라고? 이보셔, 내가 이 호빗을 잡았는데이 정도는……."

"아니, 그게 아니지. 마검만이 아니라, **빼앗은 걸 전부**

놓고 가줬으면 해."

"아앙?"

어정쩡한 웃음을 띤 채 굳어버린 게드가 되묻자. 카누는 등에 감추었던 그것을 집어던졌다. 툭. 눈앞의 지면에 떨어진 덩어리에 릴리는 흑 비명을 질렀다.

"키, 킬러 앤트⋯⋯?!"

들고 오기 쉽도록 하반신을 잘라버린, 반죽음 상태의 킬러 앤트. 온몸에 열상을 입고 보라색 피를 흘리는 몬스터는 턱을 빼끔거리며 괴로워하듯 하나만 남은 팔을 휘둘러댔다.

"처음엔 우리 전부 다 덤비면 어떻게 되지 않을까 싶었지만, 도달 계층이 더 깊은 게드 형씨가 어쩌면 더 강할지도 모르잖아? 그래서 **이런 방법**을 쓰려는 거지."

툭, 툭. 어디선가 날아드는 상반신만 남은 킬러 앤트.

어느 새 다른 통로에서도 카누와 함께 움직이던 모험자 두 사람이 나타나 같은 행동을 했던 것이다. 그들이 던진 합계 세 마리의 개미가 룸 중앙에서 저주처럼 신음소리를 퍼뜨렸다.

릴리도. 게드도 한순간에 낯빛이 창백해졌다.

킬러 앤트는 빈사상태에 빠지면 특별한 페로몬을 발산한다. 동료를 불러들이는 특별한 구조신호를.

아직 죽지 못한 그 개미들은 벌레의 대군을 소환하는 시한폭탄이나 다름없었다.

"늬, 늬들 제정신이야아아아아아아아아아아아아아아아아아?!"

세 마리의 페로몬이 끊임없이 퍼져나간다면 대체 개미들이 얼마나 몰려들까.

게드의 절규가 울려 퍼졌지만, 카누 일행의 표정은 조금도 변하지 않았다.

비대해진 돈에 대한 집착을, 신주 소마에 사로잡힌 자들의 광기를, 창백해진 릴리만이 제대로 이해했다.

"우리와 붙기 전에 놈들의 먹이가 되고 싶진 않겠지, 형씨?"

"허윽?!"

게드가 등을 돌린 통로에서 다섯 마리나 되는 킬러 앤트가 일제히 얼굴을 드러냈다.

이 룸의 출입구는 모두 네 곳. 그 중 세 곳은 카누 일행이 막고 있었으며, 나머지 한 곳도 지금 막 몬스터들이 점거했다. 분노와 공포와 동요로 낯빛이 붉으락푸르락하던 게드는 깨져나가라 이를 악물더니 릴리에게 빼앗은 짐을 모조리 집어던졌다.

"비, 빌어처먹을!!"

엷은 웃음을 지으며 길을 열어준 카누의 옆을 지나, 게드는 쏜살같이 도망쳤다.

이윽고 야수 같은 비명이 울려 퍼지더니, 무언가와 싸움을 벌이는 듯한 소리가 난 후 끊어졌다.

거대 개미로 넘쳐나는 저 통로 안쪽에서 무슨 일이 일어났을지, 릴리가 확인할 방법은 없었다.

있는 대로 얻어맞은 몸은 마음대로 움직이질 않았다. 그리고 이제는 몬스터의 발톱이 날아들었다.

핏줄기가 솟았다.

몸이 베인 **킬러 앤트**가 쓰러졌다.

"괜찮냐, 아데?"

"카누, 씨……."

보라색 피에 젖은 검을 어깨에 걸치고, 카누는 입가를 귀밑까지 틀어올리며 릴리를 내려다보았다.

"내가 왔다. 널 구하러 말이야. 왜냐면 같은【파밀리아】 동료니까 말이지."

뻔뻔스럽게 그런 소리를 입에 담는 눈앞의 사내에게 릴리는 입술을 깨물며 주먹을 꾹 쥐었다.

주위에서는 그의 동료들이 킬러 앤트를 붙들어놓은 채 완성되려는 몬스터의 포위망을 막고 있었다.

"그렇고말고. 도와주려고 이렇게 온 거지, 아데. 너를 위해, 모두 위험을 무릅썼다고."

"……네, 에."

"……내가 무슨 말을 하려는지 알겠지?"

어딘가 연극적인 어조가 고개를 숙인 릴리에게 달라붙었다.

어깨를 떠는 릴리를 바라보는 카누의 눈동자는, 실제로

는 그녀를 보지 않았다.

그가 보던 것은 돈이었다. 엄밀히 말하자면 그 뒤에 얼을 '소마'였다.

언뜻 냉정해 보이는 카누의 얼굴은 내면에 불안정한 정서를 머금고 있었다.

"야, 카누! 빨리 해! 진짜 위험하다고!"

"알았어! ⋯⋯너, 어제는 돈이 없다고 하지 않았냐? 이미 다 들통 났어. 만약 또 거짓말을 했다간⋯⋯."

"알았어요! 알았다고요!"

간신히 이성을 붙들어놓고 있는 그 표정에 릴리는 고개를 끄덕였다. 아낄 때가 아니라고, 숨겨두었던 조그만 열쇠 목걸이를 사내에게 내밀었다.

"뭐냐, 이건?"

"오라리오 동쪽 구역에 있는 노움의 대여 보관소 열쇠예요⋯⋯."

"보관소면 세이브 포인트 말하는 거냐? 그 쬐끄만 박스에 거금을 보관할 여유가 어디 있다고⋯⋯."

"그 안에 든 건, 노움의 보석이에요⋯⋯."

"⋯⋯아하."

노움이 소지한 보석이나 광물은 귀중하다. 확실한 가치와 신용이 있다. 릴리는 소지하기 어려운 금화를 그 만물상에서 보석으로 바꿔, 혹시 모를 상황을 대비해 대여 금고에 감춰두었던 것이다.

옅은 웃음을 지으며 고개를 끄덕이던 카누는 릴리의 옷 깃을 잡아 일으키더니, 그대로 그 가벼운 몸을 자신의 눈 앞까지 들어올렸다.

"카, 카누, 씨……? 뭘 하는 거예요……!"

"좀 위험하게 됐거든. 주위를 봐라. 벌써 포위당했다."

스무 마리 가까이 되는 몬스터의 대군이 릴리와 카누 일 행을 에워싸기 시작했다. 간신히 통로 하나만 확보해놓은 상태였다.

대롱대롱 매달린 릴리는 발을 바둥거려봤지만 허무하게 허공만 휘저을 뿐이었다.

카누는 수염이 덥수룩한 얼굴에 기분 나쁜 웃음을 지었다.

"미끼가 좀 돼주라."

"?!"

"아데 네가 저 벌레들을 끌어주면, 우리는 저 통로로 빠져 나갈 수 있거든. 저쪽에는 몬스터가 아직 그렇게까지 많지 않을 테니, 시간만 벌어주면 우리도 해치울 수 있을 거야."

경악한 눈빛으로 다른 남자들을 돌아보니, 그들 드한 비 열한 웃음을 짓고 있었다.

"돈 없는 너한테는 이제 볼일도 없어. 마지막으로 우릴 든든하게 지원해 달라고, **서포터**!"

몸이 허공으로 솟았다.

하늘 높이 포물선을 그리며 킬러 앤트들의 머리 위를 날아갔다.

몬스터는 빠르게 다가오는 릴리에게 민감하게 반응해, 일제히 그녀를 올려다보았다.

릴리는 멈춰버린 듯한 시간 속에서 낄낄 웃으며 떠나가는 동료들을 바라보고, 이윽고 바닥에 내동댕이쳐졌다.

충격에 호흡이 멎을 것 같았지만, 그것뿐이었다.

"……하, 하하하."

드러누운 자세로 던전의 천장을 올려다보며, 릴리는 허탈하게 웃었다. 킬러 앤트들이 나란히 그녀에게 몸을 돌렸다.

마지막 순간에 이 모양이냐고, 릴리는 갑자기 웃음이 나왔다.

역시 모험자는 믿을 수 없어.

만약 이 소행이 자신이 저질렀던 짓에 대한 인과응보라면, 너무해도 정말 너무한다고 릴리는 생각했다.

'……아아, 하지만.'

이것이 그 소년을 속인 벌이라면, 마음이 편해졌다.

모험자인 주제에 조금도 릴리가 아는 모험자답지 않았던 그 소년에 대한 대가라면, 이상하게도 순순히 받아들일 수 있었다. 그렇다면 오히려 당연한 일이라고.

『키아아……!』

헤아릴 수도 없는 킬러 앤트가 파도가 되어 꿈틀거리며

밀려왔다.

릴리가 내동댕이쳐진 곳은 한쪽이 벽으로 가로막혀 도망칠 길이 없었다.

벽면을 옆에 둔 채, 드러누운 모습으로 쓰러진 릴리는 벌레 몬스터들에게 에워싸였다.

"……분해라."

툭 내뱉은 말이 킬러 앤트의 조잡한 발소리에 묻혔다.

전업 서포터. 멸시의 대상.

사라진다 해도 모험자들은 조금도 아쉬워하지 않는, 단순한 짐꾼. 밥벌레.

혼자서는 아무것도 못하는 릴리의 천직. 그야말로 릴리 그 자체.

둔해 터진 자신.

릴리는, 릴리를 제일 싫어했다.

"신이시여. 어째서……"

릴리는 남에게 이름으로 불리고 싶었다. 도움이 되고 싶었다.

이용당하는 것이 아니라, 의지의 대상이 되고 싶었다.

약한 자신이 싫었다. 타인의 손에 인생이 좌지우지되는 자신이 정말 싫었다.

릴리는, 릴리가 아닌 누군가가 되고 싶었다.

자신의 마법 또한 분명 그런 마음이 형태로 드러난 것이리라.

"왜, 릴리를, 이런 릴리로 만들었나요……?"

이제까지 몇 번이나 죽으려 했는지 알 수 없었다.

신에게 돌아가, 몇 번이나 리셋하기를 바랐는지 기억나질 않았다.

릴리는 지금의 자신이 아닌, 좀 더 나은, 다른 릴리가 되기를 원했던 것이다.

약골 릴리는 결국 거기까지 가지도 못했지만.

릴리는 마음속 어디선가 자신의 리셋을 계속 바랐다.

『키샤악……!』

"……그렇겠네요. 이젠 상관없겠네요."

몬스터들이 만든 반원형 공간이, 서서히 서서히, 좁아졌다.

툭. 뺨을 지면에 대고 옆으로 돌아누운 릴리는 체념에 물든 웃음을 지었다.

90도로 누운 시야 속에서 킬러 앤트 한 마리가 점점 커졌다.

최후가 눈앞에 다가온다.

"……외로웠어."

입에서 툭 굴러 떨어진 말에 릴리는 놀랐다.

마지막 순간에 새나온 가슴속의 본심.

그렇구나. 난 외로웠던 거구나.

아무에게도 도움이 되지 않는 데에는 이미 익숙해졌다.

익숙해지기는 했지만, 외로움이 사라지는 것은 아니었다.

외로워.

아무에게도 의지하지 못하고, 아무도 자신을 의지하지 않았다는 것이, 외로웠다.

혼자 있는 데에는 익숙해지고 말았지만, 외로웠다.

"그렇구나. 릴리는……"

누군가와 함께 있고 싶었던 것이다.

이제야 겨우 인정할 수 있게 된 자신의 속내에, 릴리는 자조했다.

『샤아아아아아아아아아아아아아아악!』

킬러 앤트가 발톱을 쳐들었다. 던전의 천장에서 내려오는 인광을 받아 번뜩 빛난다.

이젠 안녕.

드디어 죽을 수 있다. 드디어 끝이 났다. 드디어 하늘로 돌아갈 수 있다.

이제야. 이제야 겨우 리셋이다.

아무것도 못하는 자신을 끝낼 수 있다. 약한 자신을 끝내버릴 수 있다.

아무도 도와주지 않는 시시한 자신을, 아무런 가치도 없는 자신을, 외로운 자신을.

이제야, 리셋할 수가 있다.

'아아, 릴리는 이제야……'

……이제야, 함께 있어줄 누군가를 찾았는데.

'이제는…… 죽는 건가요?'

릴리는 자조하는 표정으로 눈물을 지었다.

그리고.

"파이어볼트―――――――――――――
――――――――――――――!!"

폭염.

"……어?"

주홍색 불꽃이 룸에 솟아났다.

🦇

"소용없어."

에이나를 올려다보던 헤스티아는 탄식과 함께 대답했다.

"네에……?"

"소용없다네. 벨은 그 서포터를 버리지 않기로 이미 결심했거든."

생각지도 못한 대답에 에이나가 아무 말도 못하고 있자, 헤스티아는 다시 한 번 탄식했다.

살짝 눈꺼풀을 내리깔고, 헤스티아는 어젯밤의 광경을 떠올렸다.

"주신님, 저는요…… 그래도, 그 아이가 지금 곤란한 상황이라면, 도와주고 싶어요."

그 서포터 소녀를 신용해서는 안 된다는 말에, 벨은, 그 렇게 대답했던 것이다.

이야기를 듣지 않았던 거냐고 언성을 높이는 헤스티아에게, 그래도 그는 자신의 생각을 굽히지 않고, 아니, 굽힐 수 없어서, 필사적으로 말을 이었다.

"외로운 것 같았단 말이에요, 걔는. 스스로도 둔감해진 것처럼, 스스로도 깨닫지 못한 것처럼, 바보처럼 귀엽게 깔깔 웃는단 말 예요. ……혼자여도 괜찮다고."

벨은 자신이 이제까지 보았던 것을 들려주고, 헤스티아 가 보지 못했던 릴리에 대해 몇 번이고 이야기했다.

그리고 자신의 마음을 토로했다.

"주신님도, 외로웠던 저를 도와주셨잖아요?"

릴리에게서 자신의 모습을 보았다고 했다.

헤스티아와 만나기 전, 오라리오를 혼자 떠돌던, 불안과 외로움에 짓눌릴 것 같던, 그 무렵의 고독한 자신을 그녀 안에서 보았다고 했다.

"제가 착각한 거라면 그건 그거대로 상관없어요. 하지만 착각 이 아니라면…… 이번에는 제가 그 아이를 도와주고 싶어요."

자신을 구해주었던 주신님처럼── 벨은 마지막으로 그 렇게 말을 마쳤다.

"……그 아이는, 벨은, 자신이 남에게 받은 다정함을 남 에게 돌려줄 수 있는 아이야. 자신이 느꼈던 아픔을 헤아 려줄 수 있는……."

눈을 내리깔았던 헤스티아는 고개를 들고 다시 에이나를 올려다보았다.

"이렇게 된 이상 벨은 고집불통이라네. 이젠 논리로는 움직이지 않아, 그 아이는."

어깨를 으쓱하며 그렇게 말하는 헤스티아에게 에이나는 당황한 듯 곤혹스러운 표정을 짓고, 무언가를 말하고 싶은 듯 입을 열었다.

"이의가 있나?"

"아뇨, 벨이라면…… 그라면 분명 그렇게 말할지도 모르지요. 하지만 그건 아무런 근거도……."

아직 불안을 감추지 못하는 에이나에게, 헤스티아는 천천히 팔짱을 끼고, 부루퉁하게.

지금부터 입에 담을 말을 스스로도 매우 유감스럽게 생각한다는 듯, 볼을 부풀리며 말했다.

"게다가 말일세. 벨은 사람 보는 눈 하나는 확실하거든. 나처럼, 분명히."

"릴리이이이이이이이이이이이이이이이이이이이!!"

릴리를 부르는 목소리가 킬러 앤트의 무리를 갈라놓았다.

폭염이 폭염을 낳는 굉음. 갑작스럽게 후방에서 습격이 시작되자 킬러 앤트들은 황급히 방향을 돌리려 했지만 서로의 몸이 방해되어 움직일 수가 없었다.

잇달아 작렬하는 화염은 천공기(穿孔機)처럼 벌레의 무리를 헤집었다. 릴리의 활짝 뜬 두 눈에도 뚜렷하게 불꽃의 벼락이 보인 순간…… 백발의 소년이 몬스터의 벽을 가르고 튀어나왔다.

"거기서 비켜어어어어어어어!"

『끼각?!』

단검과 단도를 휘둘러대는 소년, 벨은, 억지로 거대 개미의 무리를 밀어냈다.

릴리의 곁에서 팔을 든 채로 뻣뻣하게 굳었던 킬러 앤트에게 육박해 순식간에 목을 베어버린다.

"릴리, 괜찮아?! 나 알아보겠어?!"

자신의 몸을 끌어안는 인물이 누구인지, 릴리는 처음엔 알아보지 못했다.

루벨라이트색 눈동자가 동요로 흔들렸다. 어깨를 붙잡은 손가락이 아플 정도로 파고들었다.

당황하며 꺼낸 포션을 자신의 입가에 가져다댄다.

기도하는 듯한 눈빛이 지켜보는 가운데 릴리는 천천히 입을 열고 그 파란 액체를 마셨다.

금방 코훅코훅 귀여운 기침이 나왔다.

"……벨, 님?"

"그래! 무사해?"

조금 전의 릴리처럼 눈물을 지은 벨은 웃으며 갈라진 목소리를 냈다.

이제까지 얼어붙었던 릴리의 가슴이 아플 정도로 옥죄어들며, 뜨거워졌다.

벨은 릴리의 안부를 확인하더니 금세 고개를 들었다.

날카로운 두 눈이, 여전히 건재한 몬스터의 무리를 돌아보았다.

릴리는 무의식중에 조그만 손을 움직여, 마지막까지 품에 남겨두었던 칠흑의 나이프를 벨에게 내밀었다.

그는 활짝 웃으며《헤스티아 나이프》를 받아들었다.

"평소처럼, 거기서 기다려."

마지막으로 그 말을 남기고, 벨은 일어났다.

분노의 발소리가 룸 곳곳에서 메아리쳤다. 여기저기서 연기를 피우던 불꽃은 벨의 마법이 남긴 잔재였다.

더할 나위 없는 고립무원.

벨과 릴리를 완전히 포위한 몬스터들의 수는 약 서른. 게다가 통로 안쪽에서 아직도 양산되고 있다.

당장이라도 달려들려는 몬스터 떼. 그러나 벨은 겁을 먹지 않았다.

얼마 전의 벨 같았으면 틀림없이 그 숫자에 굴했을 것이다. 아니, 지금도 정면으로 맞붙으면 당해내지 못할 것이다.

그러나 지금 벨에게는 '마법'이 있다.

"간다……!"

렉 홀스터에서 감귤색 액체가 든 시험관을 꺼냈다.

마법을 쓸 때 소모되는 마인드의 존재를 안 벨이, 결사의 각오로 구입했던 8,700발리스짜리 비장의 아이템.

'매직 포션'. 정신력 회복 특효약.

벨은 뚜껑을 뽑아 단숨에 들이켰다.

『……샤아아아아아아아아아아아아아아아아아아아아아아아아아아아아아!!』

"흐읍!"

킬러 앤트 한 마리가 달려든 순간, 벨도 오른팔을 정면으로 들었다.

"파이어볼트————!!"

불꽃의 벼락이 작렬한 순간, 킬러 앤트는 터져나가며 사방으로 흩어졌다.

일제히 움직이기 시작한 몬스터들에게 벨의 포효가 잇달아 이어졌다.

염뢰(炎雷)의 속사포.

벨이 외칠 때마다 미쳐 날뛰는 불꽃이 달려나가 건전을 형형히 비추었다.

주홍색 번개는 킬러 앤트 한 마리를 확실하게 해치웠으며, 때로는 두 마리를 한꺼번에 꿰뚫었다.

폭풍의 여파를 받아 킬러 앤트들은 벨에게 다가올 수도 없었다.

압도적인 숫자의 차이를, 마법의 은총이 뒤집었다.

"야아아아아아아아아아아아아아아아아아아아아아아!!"

숫자가 격감한 킬러 앤트의 집단을 향해 벨은 무기를 장비했다.

《헤스티아 나이프》와《단도》를 양손에 들고, 만신창이가 된 몸을 적진에 날렸다.

나이프에서 뿜어져 나가는 자청색 광채가 달릴 때마다 킬러 앤트의 목이, 몸통이 허공에 치솟았다.

"……."

릴리는 그 광경을 반쯤 멍하니 지켜보았다.

하얀 그림자가 움직일 때마다 몬스터들은 유린되고, 눈 깜짝할 사이에 체액을 흩뿌리며 숨이 끊어졌다.

빠르고, 날카롭고, 강하다.

정신이 들고보니 그렇게나 많던 킬러 앤트의 대군은 움직이지 않았으며, 룸에 서 있는 것은 소년 하나뿐이었다.

양손의 나이프를 칼집에 꽂은 벨은, 자신도 안도의 표정을 지으며 돌아서더니 릴리에게 종종걸음으로 다가왔다.

"……어떻게, 여기까지."

"아, 그게, 그때 몬스터가 잔뜩 몰려들긴 했는데, 아마 다른 모험자가 찾아온 것 같아. 안개 때문에 잘 안 보였지만 몬스터가 계속 줄어들어서……."

그래서 즉시 릴리를 쫓아왔다고, 이렇게 시간을 맞춰 올 수 있었던 비밀을 밝혔다.

머리를 긁으며 아무것도 아니라는 듯 쓴웃음을 짓는 벨의 모습에, 릴리의 마음속에서, 무언가가 끊어졌다.

"······요."

"응? 뭐라고 그랬어, 릴리?"

"왜요?"

정신이 들고 보니 릴리의 입은 멋대로 움직이고 있었다.

달리 무언가 할 말이 있을 텐데도, 그것과는 다른 말이 쏟아져 나왔다.

"왜 릴리를 구해준 거예요? 왜 벨 님은 릴리를 버리지 않았어요?"

"······어어어?"

"설마 자신이 속았다는 걸 모른 거예요? 릴리가 벨 님을 놀라게 해주려고 나이프를 가지고 갔다고, 그런 바보 같은 생각을 한 거예요?!"

얼빠진 표정을 짓는 벨에게 릴리는 마침내 언성을 높였다.

"벨 님 대체 왜 뭐예요?! 바보예요?! 얼간이예요?! 구제할 길 없는 멍청이인 거예요?!"

"멍청······?! 저기, 릴리? 좀 진정하고······?"

"진정 못해요!! 벨 님은 아무것도 모르잖아요?! 릴리는 환전할 때 돈을 삥땅쳤단 말이에요! 벨 님하고 릴리의 몫은 반반이 아니라 4대 6이었어요! 나중에는 신나서 3대 7로 한 적도 있었어요! 아이템 심부름 부탁받았을 때도 벨 님에게는 정가의 두 배나 되는 가격을 불렀어요! 합계 열두 개나요! 훔칠 엄두도 안 나는 후진 장비나 아이템에 실망한 건 셀 수도 없어요!!"

잇달아 폭로되는 사실에 벨은 입술을 실룩거렸다.

릴리의 목소리는 멈추지 않았다. 머리 한구석이 '이제 그만!'이라고 필사적으로 호소했지만 도저히 고백을 멈출 수 없었다.

"이젠 알았어요?! 릴리는 나쁜 놈이에요! 도둑이에요! 벨 님에게 거짓말만 했던, 서포터 축에도 못 끼는 **못된 호빗**이라구요!"

"어, 으음⋯⋯."

"그래도⋯⋯ 그래도 벨 님은, 릴리를 구해줄 거예요?!"

"으, 응."

"왜요!!"

숨을 헐떡이며 릴리는 벨을 바라보았다.

소년이 다음으로 할 말에 무엇을 기대하는 것인지 릴리 자신도 알 수 없었다.

그저 심장이 바보처럼 두근거리기만 했다.

릴리의 험악한 기운에 압도되기만 하던 벨은, 살짝 당황하면서, 마치 반사적인 행동처럼, 그 말을 입에 담았다.

"여, 여자애니까?"

──화악. 온몸이 열로 타올랐다.

눈썹이 분노의 각도로 질끈 올라갔다.

어째서인지는 알 수 없지만 온몸이 부글부글 끓었다.

어째서인지는 알 수 없지만 말로는 설명할 수 없는 감정이 치밀고 치밀었다.

의미도 알 수 없는 불만이 폭발했다.

"바보! 벨 님 바보오오오오!! 또 그런 소릴 하며 그때랑 똑같잖아요?! 벨 님은 여자면 아무나 구해주는 거예요?! 어떻게 그럴 수가 있어! 저질이에요! 색골! 바람둥이! 변태! 여자의 적————!!"

그렇게 소리를 질러대는 자신이 어째서인지 눈물을 쏟을 것 같았다.

그런 소리를 할 수 있는 처지가 아닌데도, 눈앞의 소년에게 불만을 터뜨려댔다.

불만. 무언가가 불만스러웠던 것이다.

도움을 받았으면서도 대체 뭐가 불만이란 말인가.

이 가슴 속의 고동은 도대체 그에게 무슨 소리를 듣고 싶어 한단 말인가.

이젠 영문을 알 수 없었다.

벨은 쩔쩔매며 비난의 폭풍을 받아들였지만, 이윽고 릴리가 숨을 헐떡거리자.

눈썹을 늘어뜨리고 웃음을 지으며, 짐승 귀가 사라진 릴리의 머리에 손을 얹었다.

"그러면, 릴리니까."

"————."

밤색 눈이 단숨에 한껏 벌어졌다.

"난, 릴리니까 구해주고 싶었어. 릴리니까, 없어지지 않았으면 했어."

"흐, 에에……!"

"그럴 듯한 이유 같은 건 못 찾아. 릴리를 구하는 데 이유는……."

눈물샘을 막은 둑이 무너졌다.

굵은 눈물이, 한껏 일그러뜨린 얼굴 위로 줄줄 넘쳐났다.

릴리는 참지 못하고 목을 놓아 울기 시작했다.

"으에, 으에에에에에에에에에엥……!"

"릴리, 어려운 일이 있으면 상담해줘. 난 바보라서, 말해주지 않으면 몰라."

"허윽……! 우와아아아아아아아앙……!"

"최대한, 도와줄게."

소년의 배에 안겼다.

강철색 갑옷이 포옹을 방해했지만 아무래도 상관없었다. 등에 감은 팔로 힘껏 끌어안았다.

머리 뒤와 등에 얹힌 따뜻한 손바닥에 자꾸만 눈물이 솟았다.

알고 있었다. 이미 알고 있었다.

벨이 자신을 걱정해 달려와 주리라는 것은.

그가 걸친 경장은 여기저기 움푹 들어가 흠집투성이였으며.

색소가 엷은 피부에는 찰과상도 셀 수 없었다.

몬스터들을 억지로 쓰러뜨리고, 헤집고, 필사적으로 여기까지 와주었다는 것쯤은 알고 있었다.

불러주었으면 했다. 말해주었으면 했다. 인정해주었으면 했다.

릴리가 정말로 싫어하는 릴리를, 받아주었으면 했다.

"미아, 미안…… 미안, 해요……!"

"……응."

언제까지고 어디까지고, 눈물 섞인 목소리는 울려 퍼졌다.

거대 개미의 주검이 사방에 흩어진 살벌한 던전 한구석. 부스러져가던 마석 하나가 깨지고, 또 하나가 깨져 몇몇 몬스터가 재로 변해가고, 아직까지 남은 불꽃의 잔재에 휩싸여 허공을 춤추었다.

그 재가 하늘하늘, 눈물을 흘리는 소녀의 머리 위로 내려앉았다.

조그만 호빗을 끌어안은 휴먼은 쓴웃음을 지으며 계속 얼굴에 웃음을 짓고 있었다.

하늘은 쾌청.

언젠가 누군가가 갑자기 말을 걸었던 그날과 마찬가지로 구름 한 점 없이 맑았다.

백발에 태양빛을 받으며 벨은 바벨로 걸어가고 있었다.

그로부터 이틀.

릴리는 헤어진 후로 줄곧 자취를 감추었다.

그때까지 이용하던 여관에서도 짐을 빼 완벽하게 소식이 끊겼다. 【소마 파밀리아】에 가봤지만 얻은 것은 없었다. 릴리는 벨의 앞에서 모습을 감춘 것이다.

걱정과 불안은 있었다.

정처 없이 온 도시를 찾아 헤맬까 생각한 적도 몇 번인가 있었다.

그러나 동시에, 벨은 어쩐지 그런 생각을 했다.

조만간 다시 만날 수 있을 거라고.

정말로 근거도 없이 그렇게 생각하며, 이렇게 여느 때의 생활 패턴을 따라가고만 있었다.

그녀가 자신을 찾을 수 있도록.

"……!"

벨은 발을 멈추었다. 그리고 즉시 움직였다.

서쪽으로 향한 바벨의 문. 그곳에 조그맣게 오도카니 선 크림색 로브가 있었다.

등에 짊어진 백팩의 어깨띠에 팔을 끼우고, 고개를 살짝 숙인 채.

앞머리는 걷어놓아서 동그랗고 귀여운 눈동자가 햇살 아래에 드러났다.

자꾸만 빨라지려는 발걸음을 애써 붙들며 소녀의 곁으로 향했다. 놀라게 하지 않도록, 자극하지 않도록.

© Suzuhito Yasuda

이윽고 호빗 소녀도 이쪽을 알아차렸다.

가엾을 정도로 어깨를 떨면서, 이리저리 몸을 움찔거렸다.

"……."

"……."

피차 손을 뻗으면 닿을 거리까지 다가섰다.

릴리는 고개를 들고, 몇 번이나 입을 열려 하다가, 다시 고개를 숙이고 말았다.

처음 한 마디를 꺼낼 수 없는 것 같았다. 그녀답지 않은 모습이었다.

벨은 릴리가 말을 할 수 있을 때까지 끈덕지게 기다렸으나, 이윽고 쓴웃음을 지으며, 먼저 입을 열었다.

"서포터님, 서포터님. 모험자를 찾고 있진 않나요?"

"에?"

릴리는 고개를 들었다.

동그랗게 뜬 밤색 눈에, 벨은 웃음을 지었다.

"혼란스러우세요? 하지만 지금 상황은 간단하잖아요? 서포터님의 손을 빌리고 싶은 반쪽짜리 모험자가 자신을 어필하러 온 거예요."

릴리도 알아차린 모양이었다.

뺨이 온기로 물들고, 확 젖어드는 눈동자가 기쁨을 띠기 시작했다.

벨은 멋쩍은 듯, 실제로도 부끄러워하면서, 오른손을 내밀었다.

　"나랑 같이 던전에 내려가줄래?"

　오늘부터 다시 시작하자.

　벨과 릴리가 정말로 손을 잡은, 두 사람만의 조그만 파티.

　작은 관계의 리셋.

　두 번째 시작.

　"——네! 릴리를 데려가 주세요!"

　해바라기 같은 웃음을 지으며, 릴리는 벨이 내민 손에
자신의 손을 겹쳤다.

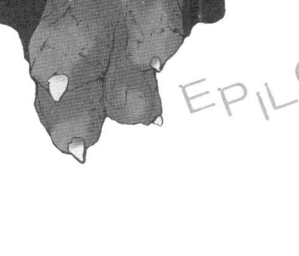

에필로그 백 스테이지

"가버렸어……."

아이즈는 오도카니 서서 중얼거렸다.

장소는 10계층. 안개가 피어나는 이 일대에는 아이즈 한 사람 외에는 아무도 없었으며, 주위에는 그녀에게 베여 숨이 끊어진 몬스터의 주검만이 굴러다녔다.

조금 전까지는 한 소년의 모습이 안개 안에서 언뜻언뜻 보였지만 그는 몬스터의 포위망이 느슨해진 순간 강행돌파해 무언가에 떠밀리듯 이 자리를 빠져나가고 말았다.

에이나에게 부탁을 받아, 미궁을 탐색하는 모험자들에게 일일이 '백발 모험자'라는 정보를 모으고, 어떻게든 소년—— 벨의 곁까지 오기는 했지만…… 또 엇갈리고 말았다고 아이즈는 어깨를 살짝 늘어뜨렸다.

'하지만…….'

그에게 도움이 되었을지도 모른다고, 아이즈는 막연히 생각했다.

안개 속이라 확실하지는 않았지만 필사적으로 몬스터들과 교전하던 벨의 모습에서는 초조함이 배어나오는 것 같았다. 그리고 아이즈가 몬스터의 흐름을 끊은 덕에 자유로워진 그는 자기 자신이 아닌 무언가를 걱정하듯 온 힘을 다해 달려갔다.

달려가야만 하는 무언가가 그 소년에게 있었으리라. 아이즈는 어쩐지 그런 생각이 들었다.

'이제는 어떻게 한다…….'

에이나에게 부탁 받은 것도 있으니, 벨의 안전을 확인할 때까지는 뒤를 따라가는 편이 좋을까.

지금 따라잡으려면 또 한바탕 고생을 해야 할 텐데…….
아이즈가 살짝 고민하고 있을 때. 문득.

안개의 바다 속에서 무언가가 빛났다.

"……이건."

초원에 떨어진 그 광원을 주워들고 보니, 그것은 에메랄드색을 띤 프로텍터였다.

리베리아나 에이나의 눈동자를 방불케 하는 그 방어구는 격렬한 몬스터의 공격을 끊임없이 받아 흘려냈는지 표면이 흠집투성이였다.

어째서 이런 곳에? 아이즈는 고개를 갸웃거렸으나 이내.

"아."

짚이는 곳이 한 군데 있었다.

"혹시……?"

──그녀의 등 뒤에서.
10계층에 잘못 흘러든 하얀 니들 래빗 한 마리가 폴짝폴짝 초원을 뛰어다니고 있었다.

【릴리루카 아데】

소속: 【소마 파밀리아】
종족: 파룸
직업(Job): 서포터
도달 계층: 제11계층
무기: 단도, 석궁
소지금: 300발리스

《서포터 글러브》

○ 몬스터의 시체 처리가 목적인 서포터의 장비. 소모품.
○ 강력한 위산 같은 것으로부터 피부를 보호한다. 상태이상 효과에도 내성이 있다.
○ 다양한 색깔의 모델이 있다. 릴리가 좋아하는 것은 갈색.

Lv. **1**

힘: I42 내구: I42 기교: H143 민첩: G285 마력: F317

《마법》

【신다 엘라】

○변신마법.
○변신할 모습은 영창 때의 이미지에 의존. 구체성이 없을 때는 실패.
○모방 추천.
○영창식:【당신의 상처는 나의 것. 나의 상처는 나의 것.】
○해주식:【울려 퍼지는 열두 시의 알림.】

《스킬》

【아텔 어시스트】

○장비의 하중이 일정 이상일 때 받는 보정.
○능력 수정은 중량에 비례.

《리틀 발리스타》

- 【고브뉴 파밀리아】작품. 호빗을 비롯한 소인 전용 장비.
- 사이즈에 어울리지 않는 높은 위력이 장점. 볼트식 탄창으로 연사도 가능. 다만 사정거리는 짧다.
- 별도로 판매하는 화살에 따라 파괴력 및 사거리가 변동.

후기

　시리즈 제2권입니다. 이 책을 읽어주셔서 정말 고맙습니다. 오모리 후지노입니다.

　이 작품은 세계관이야 판타지지만, 설정 그 자체는 게임을 의식했습니다. 게임을 플레이할 때는 궁금하지 않았던 경험치 같은 시스템을, 스토리를 짜면서 어떻게 하면 모순되지 않게 설득력을 주며 녹여낼 수 있을까, 고민하면서 생각한 것입니다.

　이번 제2권에서 스포트라이트를 맞췄던 서포터라는 직업도 그런 생각 속에서 태어났습니다.

　모 4차원 주머니처럼 도구를 얼마든지 넣을 수 있는 편리한 자루는 없습니다. 그렇다면 던전에서 가지고 오는 물건은 어디에 넣지? 아니, 정말 짐을 들고 제대로 싸울 수 있을까? 그럼 대체 누가 들지? 그런 생각을 하던 중에 모험자를 서포트해주는 존재가 필요해졌습니다.

　본문에서도 나왔듯 서포터는 결코 화려한 직업은 아닙니다. 신분 낮은 사람이 바닥을 기는 심정으로 감내하는 일입니다. 히로인 한두 사람쯤 비뚤어져도 이상하지 않겠지요. 네, 분명.

　하지만 글 속에서만이 아니라도, 짐을 대신 짊어져줄 사람이 있다는 것은 매우 고마운 일이라고 생각합니다. 제가 진 짐을 나눠줄 사람이 있기에 많은 것들과 맞서며 나아갈 수 있는 것 아닐까요.

자만에 빠져서, 힘을 빌려준 분들에게 고마워하는 마음을 잊어버리는 사람은 되지 말아야겠다고. 요즘은 그런 생각을 자주 합니다.

그런고로 이대로 감사의 말씀을 드리고자 합니다.

이번에도 많은 서포트를 해주신 담당편집자님. 과도한 스케줄 속에서 멋진 일러스트를 그려주신 야스다 스즈히토 선생님, 그리고 본서의 간행에 힘을 보태주신 관계자 여러분, 깊이 감사드립니다.

또한 수많은 독자 여러분 덕에 다음 권인 3권도 간행이 결정되었습니다. 어서 전해드릴 수 있도록 노력하겠사오니 앞으로도 부디 잘 부탁드립니다.

그럼 이만 실례합니다.

오모리 후지노

역자후기

"잡아먹는 게 아냐. 잠깐만 얌전히 있으면 돼…….

헤헤…… 등짝을 확인해 볼 게 있어.

【스테이터스】만 잠깐 보면 돼!

등짝! 등짝을 보자!"

'벨 세르크'에서—

길드에서는 흔한 일이라고 합니다. 소년은 그렇게 남자가 되는 거죠. (뭔 소리야)

안녕하세요, 역자입니다.

스포일러가 안개처럼 자욱하게 깔린 후기이므로, 곳곳에 도사린 천연무기의 공격을 피하시려면 재빨리 1페이지로 향하는 계단을 올라가 주시기 바랍니다.

그런고로 '던전만남' 제2권 되겠습니다. 독자 분들은 이 작품을 어떻게 부르시는지 모르겠지만 저는 일단 이렇게 부릅니다. ^^;

게임 같은 분위기를 물씬 풍기던 1권에 이어 2권에서는

'서포터'라는 새로운 시스템……이 아니라 개념이 등장했습니다. 후기에서 작가님도 말씀하셨듯 RPG에서는 다들 별 생각 없이 사용하는 인벤토리라는 것을 던전단남의 세계관에 맞춰 설정한 것이라 할 수 있겠습니다. 그리고 저는 이 개념 자체에 한없는 모에를 느꼈던 것입니다.

또 이상한 녀석 나왔다고 생각하지 마시고(그리고 제가 이상했던 건 어제오늘 일이 아닙니다!) 이런 게임 속의 한 장면을 생각해 보세요. 그래픽은 20년 전의 16비트 게임기 시절 분위기. 시스템은 필드에서 적과 조우하면 전투 화면이 열리고 메뉴를 선택하는 택티컬한 RPG가 아니라 베고 던지고 점프하는 액션 RPG입니다. 그리고 PC를 조작해 이리저리 몬스터를 썰면 아이템이 툭툭 드롭되는 거죠.

원래는 이 드롭템도 PC가 다가가서 주워야 하지만, 어느 날 돈을 내고 '서포터'를 고용했더니 뒤를 졸졸 따라다니는 SD 여자아이가 생긴 겁니다! 그것만으로도 횡재했다는 기분인데 아이템도 줍고, 가끔은 포션까지 챙겨주고. 여기에 육성 요소가 있다면 경험치나 돈을 투자해 서포터의 이런저런 능력을 높여줄 수도 있겠죠. 아이템 운반량이 늘어나는【힘】, 이동속도가 빨라지는【민첩】, 게임 중에 적절한 조언을 해주는【지혜】, 그 외에도【감수성】,【기품】,【도덕심】,【예의범절】,【신앙심】,【매력】,【가슴】, 나아가 육성결과에 따라 달라지는 엔딩까지. "주인님, 그동안 길러주셔서 고맙습니다."

…………….

이상하다. 갑자기 액션 RPG가 아니라 모 딸내미 키우기 게임이 되고 말았군요. 아무튼 이 서포터란 개념에는 그런 온갖 모에 요소가 녹아 있는 것입니다! (역설)

그냥 인벤이 넉넉한 펫 같기도…… 흠흠! 어쨌거나 이를 통해 주인공 벨은 이번에도 새로운 '만남'을 경험했습니다.

이번 권의 히로인이라고 할 수 있는 릴리는, 눈치 채신 분도 있겠지만 신데렐라가 모티브인 것 같습니다. 릴리의 변신 마법 '신다 엘라'부터 시작해서 릴리와 신데렐라를 연결한 것으로 보이는 요소는 상당히 많이 있으니 한번 찾아보시는 것도 재미있겠네요.

개인적으로는 마지막의 재가 쏟아지는 장면이 마음에 들었습니다. 저만의 해석일지는 모르겠지만, 전 이 장면에 '신데렐라는 공주가 아니라 신데렐라(재투성이 아가씨) 그대로여도 상관없다'는 의미를 부여해 봤습니다. 하기야 남자를 만나 구원을 받은 건 마찬가지니 꼭 그렇지만도 않으려나요…… 아하하. 뭐, 3권을 보면 벨과 릴리의 관계가 어떻게 바뀌어갈지도 알 수 있겠지요.

일본에서는 현재 3권이 발매 중이고 저도 아직 내용을 전부 확인하지는 못했습니다만, 보아하니 벨이 사랑하는 지전무쌍님과 함께 '숙적'을 잡으러 가는 내용인 것 같더군요. 어떤 의미에서는 벨의 트라우마이자 마음의 벽이기도 한 만큼, 멋지게 물리치고 성장하는 모습을 보여주었으면

합니다.

그러면 저는 다음 작품에서 뵙겠습니다.

2013년 6월

김완

던전에서 만남을 추구하면 안 되는 걸까 2

2013년 8월 1일 1판 1쇄 발행
2020년 10월 30일 1판 21쇄 발행

저　　　자 오모리 후지노
옮 긴 이 김완
발 행 인 유재옥
본 부 장 조병권
담당편집 정영길
편 집 1 팀 정영길, 김민지, 조찬희
편 집 2 팀 김다솜, 이본느
편 집 3 팀 오준영, 곽혜민, 김혜주
편 집 4 팀 성명신
미　　　술 김보라, 서정원
라이츠담당 김슬비, 한주원
디 지 털 박상섭, 이성호, 최서윤
발 행 처 ㈜소미미디어
인쇄제작처 코리아피앤피
등　　　록 제2015-000008호
주　　　소 서울 마포구 토정로 222, 403호(신수동, 한국출판콘텐츠센터)
판　　　매 ㈜소미미디어
마 케 팅 한민지, 이주희, 우희선
물　　　류 허석용
전　　　화 편집부 (070)4164-3962, 3963 기획실 (02)567-3388
　　　　　　판매 및 마케팅 (070)4165-6888, Fax (02)322-7665

ISBN 979-11-85217-06-2 04830
ISBN 979-11-950162-0-4 (세트)